Rebecca Shaw

Der neue Pfarrer

Roman

Aus dem Englischen
von Dietlind Kaiser

Ullstein

Ullstein Taschenbuchverlag
Der Ullstein Taschenbuchverlag ist ein Unternehmen der
Econ Ullstein List Verlag GmbH & Co. KG, München
Deutsche Erstausgabe
2. Auflage 2001

First published by The Orion Publishing Group Ltd, London.
Titel der englischen Originalausgabe: *The New Rector* (Orion Books Ltd, London)
Übersetzung: Dietlind Kaiser
Redaktion: Dr. Ingrid Klein
Umschlagkonzept: Lohmüller Werbeagentur GmbH & Co. KG, Berlin
Umschlaggestaltung: DYADEsign, Düsseldorf
Titelabbildung: AKG, Berlin
Gesetzt aus der Sabon, Linotype
Satz: Josefine Urban – KompetenzCenter, Düsseldorf
Druck und Bindearbeiten: Elsnerdruck, Berlin
Printed in Germany
ISBN 3-548-25199-4

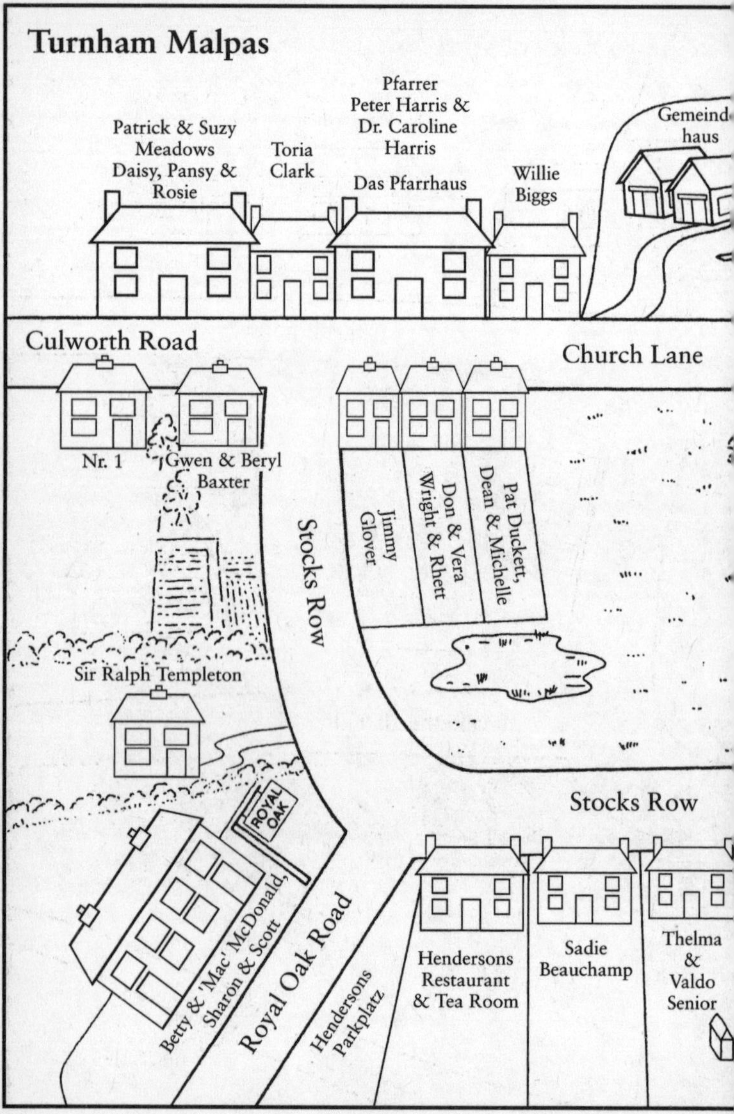

Turnham Malpas
Patrick & Suzy Meadows Daisy, Pansy & Rosie
Toria Clark
Pfarrer Peter Harris & Dr. Caroline Harris
Das Pfarrhaus
Willie Biggs
Gemeind haus
Culworth Road
Church Lane
Nr. 1
Gwen & Beryl Baxter
Jimmy Glover
Don & Vera Wright & Rhett
Pat Duckett, Dean & Michelle
Stocks Row
Sir Ralph Templeton
Stocks Row
ROYAL OAK
Betty & 'Mac' McDonald, Sharon & Scott
Royal Oak Road
Hendersons Parkplatz
Hendersons Restaurant & Tea Room
Sadie Beauchamp
Thelma & Valdo Senior

St. Thomas
à Becket
Muriel
Hipkin
Anne
Parkin
Liz & Neville Neal
Guy & Hugh
Glebe
Cottages
Glebe House
Church Lane
Jimbo & Harriet
Charter-Plackett,
Fergus, Finley & Flick
Dorfladen
Jacks Lane
Stocks Row
Swimming-
Pool
Altes Schulhaus
Michael Palmer
Schule von
Turnham Malpas
Shepherds Hill
Methodisten-
kirche
ir Ronald
&
ady Bissett
Brachland
Teich
Turnham Beck
Fußgängerbrücke

Die Bewohner von Turnham Malpas

Sadie Beauchamp	Verwitwete Rentnerin und Mutter von Harriet Charter-Plackett
Willie Biggs	Mesner von St. Thomas à Becket
Sir Ronald Bissett	Pensionierter Gewerkschaftsführer
Lady Sheila Bissett	seine Frau
James Charter-Plackett	Besitzer des Dorfladens
Harriet Charter-Plackett	seine Frau
Fergus, Finlay und Flick	ihre Kinder
Toria Clark	Dorfschullehrerin
Pat Duckett	Hausmeisterin der Dorfschule
Dean und Michelle	ihre Kinder
Jimmy Glover	Wilderer und schwarzes Schaf des Dorfes
Pfarrer Peter Harris, MA (Oxford)	Gemeindepfarrer
Dr. Caroline Harris	seine Frau
Muriel Hipkin	Pensionierte Anwaltssekretärin, die alte Jungfer des Dorfes
Betty McDonald	Wirtin vom Royal Oak
'Mac' McDonald	ihr Ehemann

Sharon und Scott	ihre Kinder
Patrick Meadows	Atomwissenschaftler
Suzy Meadows	seine Frau
Daisy, Pansy und Rosie	ihre Kinder
Neville Neal	Buchhalter
Liz Neal	seine Frau
Guy und Hugh	ihre Kinder
Michael Palmer	Dorfschulrektor
Sir Ralph Templeton	Pensionierter Diplomat
Very Wright	Putzfrau im Pflegeheim in Penny Fawcett
Rhett Wright	ihr Enkel

1. Kapitel

Muriel Hipkin drehte sich um in ihrem Bett und schaute auf die geblümte Porzellanuhr auf dem Nachttisch. Es war viertel vor acht – sie hatte also noch eine Viertelstunde. Heute war Ostersonntag, ein ganz besonderer Tag im christlichen Kalender, und dieser Ostersonntag war erst recht ganz besonders, weil der neue Pfarrer seinen ersten Gottesdienst hielt. Peter Alexander Harris, der in Oxford seinen Magister gemacht hatte, war jung und voller Schwung, ganz anders als der liebe Mr. Furbank. Muriel hatte immer Hoffnungen in den lieben Mr. Furbank gesetzt, aber jetzt war er gestorben, und noch dazu so unerwartet, und es war zu spät. Zu spät für vieles.

Ihr winziges Schlafzimmer fing jeden Morgen die ersten Sonnenstrahlen ein und Muriel genoss die Wärme. Die adretten Blümchengardinen mit dem winzigen Muster passten zu der adretten, geblümten Tagesdecke. Auch der cremefarbene Teppich hatte ein winziges Muster. Zum ersten Mal wohnte Muriel in einem Haus, in dem sie die Farben und die Möbel allein ausgesucht hatte, ganz allein. Früher hatte immer Mutter die Wahl getroffen – dezentes, gedecktes Dunkelrot und Braun, leblos und »praktisch«. Diese Last war Muriel vor vier Jahren abgenommen worden. Muriel hatte sich bereitwillig versklaven lassen, aber erst, als ihre Mutter nicht mehr unter den Lebenden weilte, hatte Muriel begriffen, wie sehr ihr

Hände und Füße gebunden gewesen waren. Ihr Geld sorgte zwar für das Haus und den Lebensunterhalt, mit ihrem Geld wurden die Leckerbissen und die zusätzlichen Heizkosten bezahlt, aber sie hatte keine einzige Entscheidung getroffen.

Befreit von ihren Ketten, kehrte sie in das Dorf Turnham Malpas zurück, in dem sie geboren war, und kaufte sich dieses Haus, eigentlich ein Haus für Erstkäufer, aber in ihrem Fall war es das erste *und* das letzte. An sozialen Aufstieg war nicht zu denken. Hier würde sie bleiben – bis sie ständige Pflege in einem Heim brauchte, was der Himmel verhüten möge. Das Haus war winzig. Es gab ein Wohnzimmer, dem ein Stück abgezwackt worden war für eine Miniküche. Hinten führte eine Wendeltreppe nach oben, deren Absatz nicht viel größer als ein Fußabstreifer war. Oben gab es ein Schlafzimmer und ein Miniatur-Bad. Es war nicht einmal genug Platz für den Staubsauger, der unter der Wendeltreppe abgestellt werden musste. Zum Ausgleich stand das Haus neben dem Friedhof. Die kleine Häuserzeile hieß Glebe Cottages. Niemand sonst wollte Muriels Haus mit dem Blick auf die alten Gräber, das Friedhofstor und die Kirche, aber zu dem Haus gehörte ein großer Garten, der sich an die Friedhofsmauer schmiegte. Muriel gärtnerte für ihr Leben gern und ihr Garten konnte sich sehen lassen. Beide Male, als sie am jährlichen Wettbewerb teilgenommen hatte, war sie mit so vielen Preisen ausgezeichnet worden, dass es schon peinlich wurde. Vielleicht sollte sie sich dieses Jahr gar nicht beteiligen, damit andere eine Chance bekamen.

Acht Uhr. Beim letzten Schlag der Kirchenuhr tapste Pericles die Treppe herauf. Seine hellbraunen Augen funkelten vor Vergnügen, als er auf Muriels Bett sprang. Sein schneeweißes Fell bildete einen scharfen Kontrast zu seiner glänzenden schwarzen Nase.

»Runter vom Bett, Perry, du ungezogener Hund! Runter.« Er sprang nach unten und lief im Schlafzimmer herum auf der Suche nach Pantoffeln oder Schuhen, mit denen er ins Erdgeschoss rennen konnte. Muriel stand auf und scheuchte ihn hinaus. Vom Schlafzimmerfenster aus konnte sie den Garten hinter dem Dorfladen sehen. Sonntags um acht stand James Charter-Plackett – der neue Besitzer des Dorfladens, der jetzt freilich wie eine Miniaturausgabe der Lebensmittelabteilung von Harrods wirkte – nackt am Rand seines neuen Swimmingpools und machte einen Hechtsprung hinein, einen flachen, denn eigentlich war der Pool nicht tief genug, aber nur so konnte sich James zum Frühsport zwingen.

Harriet Charter-Plackett, ebenfalls nackt, folgte ihm ins Wasser. Muriel konnte einen Blick auf die beiden erhaschen, als sie nackt am Beckenrand standen. Während sie ihren Vater pflegte, vor seinem Tod, hatte sie ihn einmal unbekleidet gesehen und war leicht überrascht gewesen, aber James oder »Jimbo«, wie er sich lieber nennen ließ, war der erste Mann, den sie je richtig in Augenschein hatte nehmen können. Dieses nackte Herumstolzieren im Garten hatte einen kleinen Skandal verursacht, als das Ehepaar damit anfing, aber inzwischen nahmen es die Einheimischen als eine Verschrobenheit von Städtern hin. Außerdem gefiel ihnen die Neubelebung des Dorfladens. 1990 waren Mrs. Thorntons von Fliegen übersäte Kuchen, welke Salatköpfe und die Staubschicht aus Zigarettenasche überall nicht mehr akzeptabel. Schließlich musste man mit der Zeit gehen. Der Wandel war überfällig.

Muriel warf einen Blick auf ihre schlanke Figur, eingehüllt vom langen Baumwollnachthemd – natürlich weiß. Auf Schulfotos brauchte Mutter nur nach dem bleichsten Gesichtsklecks Ausschau zu halten; das war Muriel. Sie war immer noch ein bleicher Klecks. Blasse Haut, blassblaue Augen, blassblondes Haar, das jetzt mit den weißen Strähnen darin noch blasser wurde. Bei starker Sonne war Muriel fast unsichtbar. Im Internat (es war nur ein unbedeutendes gewesen – ein besseres konnten sich ihre Eltern nicht leisten) war ihr beigebracht worden, sich auszuziehen, ohne auch nur Teile ihrer Anatomie zu entblößen. Es sei unschicklich, sich nackt zur Schau zu stellen, hatten die anglikanischen Nonnen erklärt. Muriel fragte sich oft, wie stark die Lehren der Nonnen ihre Beziehungen in späteren Jahren beeinflusst haben mochten. Die Nonnen hatten sie in einem solchen Ausmaß Befangenheit, Schüchternheit und Bescheidenheit gelehrt, dass Muriel nie in der Lage gewesen war, unbefangen mit dem anderen Geschlecht umzugehen – natürlich mit Ausnahme des lieben Mr. Furbank. Manche Leute hätten vielleicht gelästert, er gehöre sowieso nicht zum anderen Geschlecht und sie komme deshalb so gut mit ihm aus. Sie straffte die Schultern; sie musste unbedingt darauf achten, sich gerade zu halten.

Ihr Bad war der Reinlichkeit geweiht. Frische, saubere Handtücher, schneeweiß, bildeten ordentliche Reihen, unterbrochen von unbenützten Waschlappen. Alles fühlte sich knisternd an, weil die Wäsche fast einen Tag lang im Wind auf der Leine gehangen hatte, zum Trocknen und Auffrischen. Muriel hatte sieben Waschlappen, für jeden Wochentag einen. Alle weiß. Auf diese Weise wusste sie immer, dass sie sauber waren. Die Wände waren weiß, die Badewanne, das Waschbecken und die Toilette waren weiß; der Boden war weiß gefliest, die Vorhänge waren weiß, die Decke, die Wasserhähne, der Handtuchhalter ... alles jungfräulich wie Muriel. Als Erstes an jedem Morgen wusch sie sich gründlich nach der ganzen im Bett verbrachten Nacht.

Das Baden hob sie sich für abends auf. Dann lag sie im parfümierten Wasser, mit ausgeschaltetem Licht, und nur der Mondschein drang in die Ecken. Sie machte sich Gedanken über das Leben und seinen Sinn, obwohl ihr nie viel dazu einfiel. Manchmal dachte sie darüber nach, wie ihr Leben wohl verlaufen wäre, wenn sie geheiratet hätte. Kinder, vielleicht vier. Lauter nette saubere kleine Mädchen mit hübschen Gesichtern und schönen blonden Locken. Kluge Schülerinnen mit guten Manieren, nicht wie diese aufdringliche junge Sharon McDonald aus dem Pub Royal Oak mit ihren wackelnden Hüften und blitzenden Augen. Muriels Mädchen wären lieb und gut erzogen gewesen. Sie hätte jeden Abend, wenn ihr Mann aus dem Büro nach Hause kam, ein köstliches Essen für ihn zubereitet. Er hätte einen militärischen Schnurrbart gehabt und wäre blond gewesen, groß und mit einem frischen Teint, und er wäre sanft gewesen und ein witziger Gesellschafter. Doch gelegentlich, wenn sie in der Wanne lag und ihr Leben sich endlos vor ihr ausbreitete, weinte sie wegen ihrer Unproduktivität und Einsamkeit. Dann dachte sie als gute Christin an alle Wohltaten, die ihr widerfahren waren, und schrubbte sich heftig, damit sie makellos sauber zu Bett ging.

Sauber wie an jedem Wochentag ging Muriel vorsichtig die Wendeltreppe hinunter. In zehn Jahren würde diese Treppe vielleicht ein Problem für sie werden. Perry stürzte zur Tür, wollte in den Garten gelassen werden. Muriel hatte ihm beigebracht, sich an einer bestimmten Stelle zu erleichtern, so dass sie den Bereich täglich desinfizieren konnte. Im Allgemeinen war Pericles sehr brav. Sie wärmte ihre Teekanne, in Blau und Weiß, passend zu ihrem Frühstücksgedeck, mit kochendem Wasser vor, präparierte die Kanne liebevoll für das Aufbrühen des Tees. Muriel liebte die zarten blauen Blumen, die sich an der Tülle und am Deckel entlangrankten. Auch den Tassengriff schmückten Blumen. Als sie das Service aussuchte, hatte sie ihren kleinen Esstisch am Erkerfenster, kaum größer als ein Kartentisch, vor dem geistigen Auge gehabt. Das kleine, versilberte Toastgestell wartete darauf, bestückt zu werden, die dazu passende Honigschale schimmerte neben der ebenfalls passenden Zuckerdose, als stammte sie aus der vornehmen georgianischen Epoche. Ein Teller Haferflocken, danach Toast mit Honig – ihr gleich bleibendes Frühstück, seit ihr die Ketten abgenommen worden waren –, wurde an diesem Sonntagmorgen um eine Banane bereichert. Ein kleines Extra zur Feier des Tages.

Als die Küche wieder aufgeräumt war, schaute Muriel auf die Uhr. Zeit für Pericles' Spaziergang. Muriel schloss die Hintertür ab, nahm die Leine vom Haken dahinter – an diesem Haken hing außerdem ihre adrette weiße, blau geblümte Schürze, die zum Teewärmer und den Topfhandschuhen passte. Als Pericles das Scheppern der Leine hörte, rannte er im Kreis herum und jaulte. Pudel jaulten dauernd, aber ihr machte das nichts aus. Die Vorgärten von Glebe Cottages waren nicht eingezäunt; deshalb musste Muriel darauf achten, dass Pericles seine Manieren nicht vergaß.

Direkt vor ihr lag die Jacks Lane, die zwischen der Schule und dem Garten hinter dem Dorfladen verlief. An Schultagen schwatzte Muriel mit den Kindern auf dem Schulweg und die Kinder tätschelten Pericles und fragten, warum er so komisch hieß. Heute, am Sonntag, war die Schule still, ruhte von ihrer Arbeit aus. Über die Mauer weg sah Muriel den armen Mr. Palmer, der auf der Gartenbank saß und Zeitung las. Das alte Schulhaus war seine Dienstwohnung. Muriel hatte immer Mitleid mit ihm – er war unter so tragischen Umständen verwitwet. Natürlich hatte das Dorf ihm beigestanden, aber es gab Gerüchte, die nicht zur Ruhe kamen. Er war geblieben, obwohl er nur noch eine leere Hülle war, aber dennoch liebten ihn die Kinder, und er war ein hervorragender Schulleiter.

Es mussten fast vierzig Kinder sein, die die Schule besuchten. Einmal war die Zahl auf fünf geschrumpft und die Schule sollte geschlossen werden. Dann waren erst die Städter mit ihren Familien zugezogen, träumten vom Landleben, und dann war noch das Herrenhaus in ein Heim für gefährdete Kinder umgewandelt worden, die jetzt ebenfalls die Schülerzahl verstärkten. Muriel wusste nicht genau, worin die Gefährdung dieser Kinder bestand. Was Willie Biggs, der Mesner, ihr erzählt hatte, ergab schlicht und einfach keinen Sinn. Muriel las in der Zeitung Dinge, aus denen sie nicht schlau wurde, aber eins stand fest: Sie brauchten trotzdem Liebe wie alle Kinder.

»Morgen, Miss Hipkin. Ich habe heute Morgen vier Eier bekommen.« Finlay Charter-Plackett saß rittlings auf der Steinmauer, die den Garten seiner Eltern umgab.

»Oh, guten Morgen und frohe Ostern, Finlay!«

»Haben Sie ein Ei bekommen, Miss Hipkin?«

»Nein, Schätzchen, ich habe niemand, der mir eins schenkt.«

»Hier – Sie können das von Cadbury mit der Cremefüllung haben. Mummy hat die massenhaft im Laden.«

»Das geht nicht, Schätzchen, das geht wirklich nicht. Das würde deiner Mutter gar nicht gefallen.«

Harriet Charter-Plackett, jetzt voll bekleidet, tauchte aus den Koniferen auf und schaute über die Mauer. »Das geht schon in Ordnung, Miss Hipkin, natürlich müssen Sie es nehmen. Ich finde es gut, wenn meine Kinder großzügig sind. Frohe Ostern.«

»Oh, vielen herzlichen Dank. Ich esse es heute Nachmittag zu meiner Tasse Tee. Auf Wiedersehen.«

Pericles hatte es eilig, von der Leine gelassen zu werden. Muriel überquerte Shepherd's Hill und ging auf das Brachland hinter der winzigen Methodistenkirche. Dort ließ sie den kleinen Hund von der Leine, und er rannte los zu seinen Lieblingsplätzen. Es hatte etwas Albernes, dass es ihm solchen Spaß machte, jeden Tag dieselben Grasbüschel zu beschnüffeln. Der neue Anstrich der Kirchenwände war wirklich trostlos und karg. Muriel war die sanfte Schönheit von St. Thomas à Becket viel lieber, mit den Buntglasfenstern, den Fahnen, dem Altar und den Blumen. Diese Woche würden es weiße Lilien aus den Treibhäusern beim Herrenhaus sein. Ein bisschen streng, aber eine erfreuliche Abwechslung gegenüber den üblichen aufwendigen Gestecken, die Lady Bissett anfertigte. Wie war es nur möglich, dass jemand geadelt und Sir Ron genannt wurde, weil er Gewerkschaftsfunktionär gewesen war? Sir Ronald und Lady Bissett. Vor der Erhebung in den Adelsstand war er immer als Ron Bissett bekannt gewesen. Jetzt hieß er Sir Ronald. Wie konnte er es rechtfertigen, dass er den Titel angenommen hatte? Das verstieß doch bestimmt gegen alles, wofür er eingetreten war. Lady Sheila Bissett glaubte, sie sei in die Rolle der Gutsherrengattin geschlüpft, aber das war nur in ihrer Einbildung der Fall; alle wussten, dass sie in Culworth im Pub The Case is Altered hinter dem Tresen gestanden hatte, vor ihrer Heirat, und leider hatte sie das nie abgestreift. Die Aura umgab sie, wo immer sie war.

»Guten Morgen, Miss Hipkin. Frohe Ostern.«

Muriel lief knallrot an. Lady Bissetts Spitz beschnüffelte Pericles.

»Guten Morgen, Lady Bissett, und gleichfalls frohe Ostern.«

»Bis nachher in der Kirche. Wiedersehen.«

Es war so peinlich. Natürlich konnte Lady Bissett ihre Gedanken nicht lesen, aber Muriel kam es so vor.

Sie schaute auf die Uhr und beschloss, die Abkürzung durch die Anlage zu nehmen, weil die Zeit knapp wurde. Im Teich schwammen noch keine Enten. Die Eiche, eigentlich die Königseiche, trieb wieder Knospen. Vor zwei Jahren hatte es danach ausgesehen, als sterbe der Baum ab, aber er hatte sich wieder erholt. Wenn die Königseiche starb, würde auch das

Dorf sterben – alle glaubten das. Aber im Dorf pulsierte wieder das Leben, gab es neue Leute, neue Ideen. Als Muriel wartete, bis sie die Church Lane überqueren konnte, kam der neue Pfarrer – Peter, er bat alle, ihn so zu nennen – auf dem Weg zur Kirche aus dem Pfarrhaus. Er winkte Muriel zu und rief munter: »Frohe Ostern!« Sie winkte zurück und wünschte sich einen Moment lang, er wäre der liebe Mr. Furbank: Sie hätte ihn sehr glücklich machen können. Sie beide im Pfarrhaus, sie beide bestellten den Garten des Herrn und schauten zu, wie seine Blumen gediehen. Im Garten unseres lieben Herrn. Nun ja, die Uhr ließ sich nicht zurückdrehen.

Der Morgengottesdienst fing um zehn an. Die Kinder saßen schon auf ihren Plätzen, als Muriel hereinkam. Willie Biggs zwinkerte ihr zu. Der Mann war einfach unverbesserlich. Der liebe Mr. Furbank hätte ihm die Stelle nicht geben dürfen; in diesem Punkt war er schlecht beraten gewesen. Muriel trug ihr marineblaues Kostüm mit dem Sonnenplisseerock und dazu eine butterblumengelbe Bluse. Die Krempe ihres marineblauen Strohhuts schmückten gelbe Butterblumen; Muriel trug ihn nur an Ostersonntagen. Einer ihrer marineblauen Handschuhe bekam ein Loch, aber sie musste sich damit behelfen. Wenn sie den Handschuh in der Hand hielt und nur den anderen trug, würde es niemand bemerken. Orgelmusik durchströmte die Kirche. Als Mrs. Peel, die Organistin, eben eine besonders triumphale Passage einleitete, kamen Sir Ron und Lady Bissett auf dem Weg zu ihren Plätzen den Mittelgang entlang. In weniger höflichen Kreisen wäre Sir Rons Leibesmitte als Bierbauch bezeichnet worden. Er hatte sich das weiße Haar ziemlich lang wachsen lassen und trug es ohne Scheitel zurückgekämmt. Seine kräftige Gesichtsfarbe und die schweren Hängebacken ließen auf ein Wohlleben schließen, für das frühere eingefleischte Gewerkschafter nur Verachtung übrig gehabt hätten. Muriel empfand seine robuste, kerngesunde Persönlichkeit als überwältigend.

Heute Morgen war die Kirche voll, teils weil Ostern war, teils weil das ganze Dorf den neuen Pfarrer hören wollte.

Der Einzugschoral begann und alle standen auf. Peter trug ein schönes, mit schwerer alter Spitze verziertes Chorhemd. Mit dem dichten Haar, das einen bronzefarbenen Heiligenschein um seinen Kopf bildete, machte er eine eindrucksvolle Figur. Seine breiten Schultern wirkten, als könnten sie jede ihm auferlegte Last tragen, und mit seinen eins neunzig überragte er den Mesner, die Chorsänger und die Ministranten. Er sollte ein Bischof sein, dachte Muriel. Suzy Meadows, Mutter von drei Kindern und neu im Dorf, fand ihn schwindelerregend attraktiv. Neben ihr saßen in der Reihe vor Muriel Daisy, Pansy und Rosie, rutschten hin und her und kicherten. Muriel wünschte sich, sie hätten sich nicht in ihre Nähe gesetzt; sie waren so bezaubernd, dass es Muriel ablenkte. So niedlich und sich so ähnlich, bis auf die Größe. Daisy war fünf und rundlich, Pansy vier und sehr mager und Rosie drei und genau richtig. Alle drei hübsch und blond wie ihre Mutter. Patrick Meadows kam nie in die Kirche. Er arbeitete irgendwo in so einer geheimen Atomforschungsanlage und beteiligte sich nie am Familienleben.

Als der Choral zu Ende war und die Gemeinde sich setzte, kam die Pfarrfrau herein, sah abgehetzt und atemlos aus. Sie war so feminin und hübsch. Ihr dunkles, lockiges Haar war kurz und streng geschnitten, aber die Locken ließen sich dennoch nicht verleugnen. Sie hatte eine reine, elfenbeinfarbene Haut und leuchtend blaue Augen. Sie eilte den Gang entlang, setzte sich auf die für sie reservierte Bank und kniete sich hastig auf das mit Symbolen, die einer Pfarrfrau gebührten, bestickte Polster. Während der liebe Mr. Furbank hier gewirkt hatte, war es nicht in Gebrauch gewesen, weil ihm in den ganzen dreißig Jahren in der Gemeinde eine Frau gefehlt hatte. Muriel war begeistert darüber gewesen, dass es jetzt endlich eine Pfarrfrau gab, aber ihre Hoffnungen waren im Keim erstickt worden, als sie erfuhr, dass Caroline Harris Ärztin an einem Krankenhaus in Culworth war. Auch noch ganztägig. Also keine Babys, keine Mitarbeit im Mütterkreis – sie gehörte zur neuen Frauengeneration.

Eine inspirierte Predigt, danach erhebender Gesang und ein vom Chor vorgetragener neuer, moderner Choral ergaben einen schönen Ostersonntags-Gottesdienst. Muriel wurde bewusst, dass die Predigten des lieben Mr. Furbank sehr langweilig geworden waren. Sie hatte sie nur genossen, weil ihr seine schöne Artikulation und seine sanfte Miene gefielen.

Peter schüttelte der ganzen Gemeinde nach dem Gottesdienst überschwänglich die Hände, sagte, er hoffe, sie alle kämen am nächsten Sonntag anschließend auf einen Kaffee ins Gemeindehaus, und er werde sich bemühen, in den nächsten Wochen alle Gemeindemitglieder zu besuchen. Willi Biggs zwinkerte Muriel zu und flüsterte: »Schon was anderes als der alte Pfarrer, stimmt's? Hat irgendwie mehr Schwung. Dem können Sie nicht mit Ihrer Zitronenmarmelade kommen. Der spielt Squash und joggt, wirklich. Der zieht bestimmt ganz neue Saiten auf. Es wird nicht lange dauern, bis wir auf Tamburinen herumtrommeln und uns abküssen und abdrücken, warten Sie's nur ab.«

Lady Bissett kam aus der Kirche geschritten, mit ausgestreckter Hand.

»Mein lieber Peter, willkommen in Turnham Malpas! Wir freuen uns so, dass Sie hier sind – Sie sind wie eine frische Brise. Natürlich kennen Sie meinen Mann, aber ich kenne Ihre liebe Frau noch nicht. Ah, da ist sie ja. Meine liebe Mrs. Harris ...«

»Genau genommen *Dr.* Harris.«

»Entschuldigen Sie, Dr. Harris. Ich bin Lady Bissett und das ist mein Mann Sir Ronald.«

Caroline Harris drehte sich zu Sir Ronald um und Muriel sah eine Spur Bosheit in ihren Augen aufblitzen.

»Ich scheine Sie aus dem Fernsehen zu kennen. Sie sind doch Gewerkschafter?«

»Oh, er ist so oft auf der Mattscheibe, äh, im Fernsehen, stimmt's, Ron...ald?«

»Häufig. Wer ein öffentliches Amt innegehabt hat, kann den Fernsehkameras nicht entgehen.«

»Dann waren es bestimmt Sie, der diesen Massenstreik in der Maschinenfabrik in Bradley organisiert hat?«

»Ich habe versucht, ihn zu verhindern, das ist die lautere Wahrheit, Mrs.... Dr. Harris.«

»Oh, so ist das im Fernsehen gar nicht rübergekommen«, sagte Caroline, dann wandte sie sich immer noch lächelnd Muriel zu und sagte: »Sie müssen Miss Hipkin sein. Willie Biggs hat mir erzählt, dass Ihre Familie seit Jahrhunderten in diesem Dorf gelebt hat.«

»Ganz so lange nun auch wieder nicht, aber meine Vorfahren haben seit einigen Generationen in den Gärten und dem Park am Herrenhaus gearbeitet, und als Lady Templeton es nach dem Krieg verkaufen musste, ist meine Familie weggezogen. Jetzt bin ich zurückgekommen und wohne wieder hier.«

»Sie müssen bald einmal zum Tee zu mir kommen und mir alles über das Dorf erzählen. Ich sage Ihnen Bescheid, an welchem Tag ich zu Hause bin, und dann verabreden wir uns.«

Ehe Muriel ihr für ihre Freundlichkeit danken konnte, hatte sich Lady Bissett zwischen sie gedrängt und sich bei der Pfarrfrau für die Einladung bedankt. Wenn Dr. Harris nicht extrem unhöflich sein wollte, musste sie klein beigeben und Lady Bissett in die Einladung einbeziehen. Dadurch war Muriel die

Freude verdorben, aber dann erinnerte sie sich an ihre Christenpflicht und lächelte entzückt.

Als sie aus dem Morgengottesdienst zurückkam, stand Pericles hinter der Tür. Er hatte sich ganz fürchterlich auf dem Fußabstreifer übergeben. Sie brachte ihn eilig in den Garten hinter dem Haus, wo ihm wieder unglaublich übel wurde. Wenn man seine Größe bedachte, war es erstaunlich, wie viel er im Magen hatte. Das Säubern des Fußabstreifers verzögerte ihr Mittagessen, deshalb zog sie ihre dicke Strickjacke an und setzte sich stattdessen mit Pericles in den Garten hinter dem Haus. Er lag den ganzen Nachmittag lang da und sah aus, als würde er sich vor Selbstmitleid verzehren. Gegen drei kochte sie sich eine Tasse Tee, legte das Cadbury-Ei mit der Cremefüllung auf einen Teller und trug das Tablett in den Garten. Dort draußen stand ein kleiner Tisch, den sie zum Eintopfen benützte, aber wenn sie ihn scheuerte, diente er bei wärmerer Witterung auch als Teetisch. Das Ei mit der Cremefüllung schmeckte köstlich – sehr kalorienreich, fast zu gut und sehr luxuriös. Aber es gab nicht viele Genüsse in ihrem Leben. Von ihrem Stuhl aus konnte Muriel über die Mauer hinweg auf den Friedhof sehen. Am Sonntagnachmittag schmückten die meisten Menschen, denen etwas daran lag, die Gräber mit frischen Blumen. Der Wasserhahn war neben dem Geräteschuppen in der Nähe der Mauer. So weit weg, dass er Muriel die Aussicht nicht versperrte, aber so nahe, dass sie sehen konnte, was sich tat.

Michael Palmer, der Schulleiter, füllte frisches Wasser in die Vase auf dem Grab seiner Frau. Er kam jeden Sonntag, winters wie sommers. Man hätte nie gedacht, dass er erst fünfundvierzig war – er sah gute zehn Jahre älter aus. Den Weg entlang kam Sharon McDonald vom Royal Oak. Ein richtiges kleines Weibchen, dachte Muriel. Der Rock hätte kaum kürzer oder enger sein können und das T-Shirt war bestimmt so gedacht, dass es ihre beiden Schultern bedeckte und nicht eine vollständig freigab. Die unverhohlene Zurschaustellung ihrer weiblichen Reize wäre nur einem Blinden nicht aufgefallen. Sharon blieb provozierend vor Mr. Palmer stehen. Der Wind wehte ihre schrille Stimme herüber.

»Hallo, Mr. Palmer. Erinnern Sie sich an mich?«

»Aber ja, natürlich, Sharon.« Er richtete sich auf, hielt in einer Hand die mit Wasser gefüllte Vase und in der anderen die Blumen. »Es ist zwar eine Weile her, dass Sie zur Schule gegangen sind, aber ich kann mich recht deutlich an Sie erinnern. In letzter Zeit bekomme ich Sie hier gar nicht mehr zu sehen.«

»Nein, ich arbeite in Culworth, bei Tesco. Langweilig, aber sonst gibt's nicht viel Auswahl. Wie geht's Ihnen? Unterrichten Sie immer noch in diesem gottverlassenen Kaff?«

»Ja, Sharon, ich unterrichte immer noch. Mir gefällt es hier.« Er machte sich auf den Weg zum Grab. Sharon folgte ihm, schwankte in ihren hochhackigen Schuhen den unebenen Weg entlang. Als Mr. Palmer sich bückte, um die Blumen zu arrangieren, beugte sich Sharon über ihn und legte ihm die Hand auf den Rücken. Muriel konnte nicht hören, was sie sagte, aber sie sah, dass Michael sich rasch aufrichtete und ihrer Nähe entzog. Er schüttelte den Kopf und protestierte. Ihr Gespräch dauerte noch ein paar Augenblicke, und dabei wich Michael Palmer weiter zurück und schüttelte den Kopf. Sharon schien das Gespräch urkomisch zu finden und ihr Gelächter schallte über den Friedhof zu Muriel herüber. Es klang grausam. Mr. Palmer machte kehrt und ging weg, das Einwickelpapier der Blumen noch in der Hand. Muriel wusste, dass er es immer zusammenknüllte und in den von Willie Biggs bereitgestellten Abfallkübel warf. Er musste durcheinander sein. Mr. Palmer war ein Mann mit gewissenhaft eingehaltenen regelmäßigen Gewohnheiten. Muriel wusste das, weil sie bei den Singstunden in der Schule montags und donnerstagsmorgens Klavier spielte.

Sharon schlenderte ziellos über den Friedhof. Sie merkte, dass Muriel sie beobachtete, legte den Daumen an die Nase und wedelte mit den Fingern in Muriels Richtung. Muriel wandte sich ab. Was für ein unhöfliches Mädchen. Ihre Eltern hätten ihr bessere Manieren beibringen müssen. Aber was konnte man schon von ihnen erwarten? Das Betreiben des Royal Oak ließ Mr. und Mrs. McDonald wenig Zeit für Sharon und ihren Bruder Scott. Er war ein unhöflicher, arroganter Junge. Mr. Palmer sagte, er sei sehr begabt, aber Scott gebe sich überhaupt keine Mühe.

Pericles ging es etwas besser und deshalb ging Muriel mit ihm spazieren; dann bereitete sie sich im Haus ein substanzielles Abendessen zu. Im Allgemeinen ging sie abends nicht in die Kirche, wenn es nicht ein besonderer Anlass war; stattdessen schaute sie sich die religiösen Sendungen im Fernsehen an und danach vielleicht ein gutes Fernsehspiel. Das Fernsehen war ihr Rettungsring. Mutter hatte es nicht geduldet, obwohl sich Muriel erboten hatte, die Kosten zu übernehmen. Alte Leute können sehr tyrannisch sein.

Der Ostermontag brach klar und schön an, aber Muriel hatte für diesen Tag der Muße nichts von Interesse geplant. Kurz nachdem sie mit Pericles vom Spaziergang zurückkam, klopfte es an der Tür. Muriel klemmte Pericles unter den Arm und machte auf. Caroline Harris stand lächelnd auf der Schwelle.

»Ich weiß, dass Sie vermutlich eine Menge vorhaben, weil Feiertag ist, aber könnten Sie sich heute Nachmittag frei machen und mit mir Tee trinken?«

»Na so was, guten Morgen, Dr. Harris. Wie nett von Ihnen, liebend gern! Vielen Dank.«

»Gut – kommen Sie gegen drei. Falls es warm ist, setzen wir

uns in den Garten. Peter ist heute nicht da, deshalb freue ich mich, wenn Sie mir Gesellschaft leisten. Also bis nachher. Ihre Narzissen sehen zauberhaft aus. Ich hätte schrecklich gern ein paar Ratschläge von Ihnen für unseren Garten; leider ist er völlig verwildert.«

Für den Besuch wählte Muriel ihre zart cremefarbene Bluse aus, dazu einen braunen Tweedrock und eine farblich harmonisierende braune Strickjacke – na ja, eigentlich war sie rostrot. Sie bürstete sich das Haar und zwängte es in einen engen Ballerinenknoten – die Frisur, die sie sich angewöhnt hatte, als sie große Mode gewesen war und an der sie seither festgehalten hatte. Zu Ehren der Einladung legte sie einen Hauch bräunlichorangen Lippenstift auf. Sie schritt gemessen die Church Lane entlang, vorbei am Friedhofstor und am Haus von Willie Biggs, wo ihr im Vorbeigehen auffiel, dass sich der Vorhang bewegte, und drückte auf die Pfarrhausklingel.

Caroline Harris machte auf. Neben ihr standen drei Siamkatzen, deren lange Schwänze sich um ihre Beine schlängelten.

»Kommen Sie doch herein«, sagte sie herzlich. »Ich habe Scones im Backofen und sie sind fast fertig. Gehen wir doch in die Küche, bis sie so weit sind.«

Der liebe Mr. Furbank war bei der Hausarbeit nicht sehr geschickt gewesen und Muriel graute vor seiner verwahrlosten Küche; Caroline Harris hatte jedoch in den wenigen Tagen seit ihrem Einzug Erstaunliches vollbracht. Die Wände waren schon gestrichen – eine leuchtende Melonenfarbe –, Kupfertöpfe schimmerten auf Regalbrettern, der alte Herd war so poliert, dass er fast wie neu aussah, und ein großer Tisch aus Kiefernholz ersetzte den scheußlichen Klapptisch, an dem der liebe Mr. Furbank gegessen hatte. Wo ein schmuddeliger Speiseschrank mit Gittertür gewesen war, stand jetzt ein riesiger Kühlschrank mit Tiefkühlfach. Der Boden war abgeschliffen und versiegelt worden und die indischen Teppiche darauf waren mit Bedacht wie zufällig angeordnet.

»Oh, das ist wunderschön!«, sagte Muriel und schaute sich voller Wohlgefallen um. »Sie haben hier drin wahre Wunder gewirkt, und das auch noch in so kurzer Zeit. Was für schöne Vorhänge. Sind die aus Indien?«

»Ja. Ich war ein halbes Jahr dort, habe in Kalkutta die Ärmsten der Armen verarztet und massenhaft Sachen mitgebracht. Peter nennt das meine indische Phase. Milch und Zucker?«

»Nur Milch, danke.«

Caroline trug das Tablett in den Garten. Es war für zwei gedeckt.

»Lady Bissett kommt also nicht?«, fragte Muriel zögerlich.

Sie sagte »nein« in einer Art und Weise, dass sich weitere Fragen verboten, dann fügte sie hinzu: »Können Sie mich Caroline nennen? Mir wäre das lieber. So, jetzt erzählen Sie mir alles über Ihre Familie und was Sie im Dorf so machen, Miss Hipkin.«

Muriel setzte an zu einer kondensierten Fassung der Familiengeschichte und zu einer kurzen Geschichte des Dorfes. Sie war erst seit drei Jahren wieder da, aber sie hatte in sehr kurzer Zeit die Ereignisse aus vierzig Jahren in Erfahrung gebracht. Schließlich rief sie sich zur Ordnung und hauchte errötend: »Ach, du meine Güte, ich habe pausenlos geredet, und Sie haben mir gar nichts über sich erzählt.«

»Miss Hipkin, da gibt es nicht viel zu erzählen.« Caroline lachte. »Peter und ich sind seit fünf Jahren verheiratet und ich habe mich in meine Arbeit gestürzt, als Entschädigung für die Tatsache, dass ich keine Kinder bekommen kann. Wir sind beide sehr enttäuscht, aber so ist es nun einmal. Es liegt an mir und es lässt sich nichts daran ändern.«

Im Pfarrhaus schlug eine Tür zu und Peter kam in den Garten, mit einem Henkelbecher in der Hand. Er beugte sich über Caroline und küsste sie, umfasste ihr Kinn mit der freien Hand. »Darf ich mich dazusetzen?«, fragte er und meinte sie beide.

»Du bist zeitig zurück«, bemerkte seine Frau.

»Stimmt. Wie geht es Ihnen, Miss Hipkin?«

»Sehr gut, vielen Dank. Bitte nennen Sie beide mich doch Muriel. Es klingt viel freundlicher.«

»Abgemacht.« Peter biss ein großes Stück von einem Scone ab und sagte dann mit vollem Mund: »Ich habe gedacht, Lady Bissett kommt heute auch?«

»Nein.« Caroline äußerte sich nicht weiter über die Angelegenheit mit Lady Bissett und Peter wandte sich Muriel zu.

»Ich werde bei Veränderungen in der Gemeinde sehr behutsam vorgehen«, sagte er zu ihr, »aber Veränderungen sind nötig. Wir müssen mehr tun, um die Kinder zu fördern. Fällt Ihnen dazu etwas ein?«

»Ich habe oft gedacht, dass viele von den Kleinen auf den Farmen und aus den etwas abgelegenen Häusern eine Vorschule brauchen könnten. Dadurch könnten sie sich schon vor der Einschulung an andere Kinder gewöhnen. Ich spiele in den Singstunden montags und donnerstags für Mr. Palmer Klavier, und mir fällt auf, dass es für die Neuen sehr schwierig ist, sich einzufügen.«

»Was für eine großartige Idee. Das könnte doch im Gemeindehaus stattfinden?«

Muriel dachte darüber nach und sagte dann: »Da wären etliche Umstellungen nötig, weil dort vormittags regelmäßig Jogaunterricht erteilt wird und sich eine Frauengruppe zum Steppdeckennähen trifft – und außerdem leitet Lady Bissett dort den Kreis, der Blumen arrangiert. Aber ich bin mir sicher, dass die Termine sich ändern ließen.«

»Darum werde ich mich sofort kümmern. Wir brauchen nur eine Kraft, die dazu bereit ist, das zu organisieren. Ich spreche ein paar Mütter von Kleinkindern an, denn vielleicht ist ihnen ein Gemeinschaftsprojekt lieber als eine Einzelperson, die für alles verantwortlich ist. Was meinst du, Caroline?«

»Die Kommunalverwaltung wird wissen wollen, wie es um die sanitären Einrichtungen steht. Vielleicht könnten wir mit einer Spielgruppe für Mutter und Kind anfangen, bis wir die offizielle Genehmigung haben.«

Peter stand auf, ging zu seiner Frau und gab ihr einen Kuss auf die Stirn. »Wo wären wir ohne deinen gesunden Menschenverstand?«

Kurz danach ging Muriel. Sie sagte, Pericles werde unruhig, und bedankte sich bei beiden für den schönen Nachmittag. Peter brachte sie zur Tür.

Was war er doch für ein reizender junger Mann. Genau das, was das Dorf brauchte.

2. Kapitel

Peter Alexander Harris betete jeden Morgen von halb sieben bis sieben in seiner Kirche. Wenn das Spirituelle erledigt war, kümmerte er sich um seine Physis und lief um das Dorf herum, grob geschätzt vier Kilometer. Wenn er am Pfarrhaus ankam, rannte er gleich nach oben ins Bad und duschte, sang dabei aus voller Kehle. Wenn der Gesang abbrach, bereitete ihm Caroline das Frühstück zu: ein Müsli mit Vollmilch und Bananenwürfeln, danach ein gekochtes Ei mit Vollkorntoast und reichlich Butter und Marmelade. Wenn das tägliche Ritual beendet war, wandte er seine Aufmerksamkeit Caroline zu.

»Komm her, mein Schatz, und nimm dir ein bisschen Zeit für mich, bevor du in der Gruft der Vampire verschwindest.«

»Gruft der Vampire? Wie grausig, Peter! Lass das bloß kein Gemeindemitglied hören, sonst machen sich die Leute schreckliche Vorstellungen von meiner Arbeit.«

»Sag mir, warum du Lady Bissett am Montag nicht mit zum Tee eingeladen hast.«

»Es kommt selten vor, dass mir jemand auf Anhieb unsympathisch ist, aber ich fürchte, dass Sheila Bissett und ich bald die Klingen kreuzen werden. Wenn sie sich ihrer Herkunft entsprechend benähme, hätte ich sie vermutlich ganz gern, aber sie tut entsetzlich großspurig. Sie bildet sich tatsächlich ein, sie sei die zeitgemäße Version einer Gutsherrengattin. Und dabei weiß ich genau, dass sie früher hinter dem Tresen im The Case Is Altered in Culworth gearbeitet hat.«

»Wer hat dir das erzählt?«

»Willie Biggs. Wenn du irgendetwas über irgendjemand wissen willst, frag Willie. Es ist mir gelungen, mich mit ihm anzufreunden.«

»Wie hast du das geschafft?«

»Ich habe seine Wehwehchen diagnostiziert.«

»Caroline!« Peter kippte sie von seinem Knie und tat so, als wollte er ihr den Hintern versohlen. Caroline lachte und küsste ihn ausdauernd, so dass Peter wieder einmal bewusst wurde, wie sehr er sie liebte. Dann fuhr sie eilig zum Krankenhaus. Peter räumte den Tisch ab, spülte das Geschirr und ging in sein Arbeitszimmer.

Bei einem Geräusch, das ganz ähnlich klang wie Gezwitscher aus einem Vogelnest, schaute er aus dem Fenster. Die junge Frau, die ihm am Sonntag in der Kirche aufgefallen war, ging am Pfarrhaus vorbei. Ihr silberblondes Haar wurde von einem Stirnband festgehalten, so dass ihr zauberhaftes, rosenwangiges Gesicht deutlich zu sehen war. Sie hatte eine lange, vollkommen gerade Nase, runde, geschwungene Wangen und leuchtend blaue Augen. Die drei kleinen Mädchen, die Hand in Hand neben ihr gingen, hatten die gleiche Augen- und Haarfarbe. Eins war rundlich, eins sehr mager und eins genau richtig. Alle drei hatten lange Zöpfe, die durch das Herumhüpfen auf dem Pflaster ebenfalls auf- und abhüpften. Ihre Mutter schaute zum Fenster des Arbeitszimmers hinauf und hob grüßend die Hand. Aus einem unerfindlichen Grund wäre Peter fast das Herz stehen geblieben. Er winkte zurück und senkte dann den Kopf, um die Post zu öffnen. Sein Herz beruhigte sich und er versuchte angestrengt, sich auf seine Arbeit zu konzentrieren, aber er konnte es nicht. Es war geradezu lachhaft. Er hatte heute Morgen eine Menge Post – die meiste adressiert an den jetzt verstorbenen Pfarrer Arthur Furbank.

Das Telefon klingelte. »Pfarramt, Peter Harris. Was kann ich für Sie tun?«

»Hier ist Michael Palmer, der Leiter der Dorfschule. Könnte ich in den nächsten Tagen bei Ihnen vorbeikommen und mich mit Ihnen unterhalten? Wir sind eine kirchliche Schule, und deshalb werden wir viel miteinander zu tun haben.«

»Aber ja, sehr gern. Ich bin zum ersten Mal direkt an schulischen Belangen beteiligt und ich freue mich darauf. Wir sollten es nicht auf die lange Bank schieben. Ich hätte heute Vormittag gegen elf für Sie Zeit. Passt Ihnen das?«

»Bestens. Bis dann.«

Peter legte auf, lehnte sich im Stuhl zurück und musterte das Arbeitszimmer. Über dem Kamin, in dem sich zwei elektrische Heizstäbe alle Mühe gaben, den Raum zu erwärmen, hing ein naives, an Bauernmalerei erinnerndes Bild der Jungfrau Maria. Das Einzige, was daran etwas taugte, war das Gesicht. An wen erinnerte es ihn? – Caroline? Nein, nicht an seinen Schatz. Dann wusste er, an wen. Die viel zu blauen Augen und die geschwungenen Wangen erinnerten ihn an die junge Frau, die am Sonntag in der Kirche gewesen war und die erst vor wenigen Augenblicken sein Herz zum Stocken gebracht hatte. Peters Selbstbeherrschung half ihm, seine Gefühle zurückzudrängen. Er sprang auf, nahm das Gemälde ab und legte es mit der Vorderseite nach unten auf den Aktenschrank. Jetzt war über dem Kamin, wo das Bild gehangen hatte, ein hellbraunes Rechteck zu sehen. Peter nahm ein weiteres Gemälde von der Wand und bemerkte, dass die Tapete stark verschmutzt war. Das galt auch für die Regale, die darauf warteten, von ihm mit den noch in Umzugskartons verpackten Büchern bestückt zu werden. Der Teppich war fadenscheinig und schmutzig, der Schreibtisch, an dem er arbeitete, war verdreckt und fühlte sich etwas klebrig an. Er hätte sich nie darauf einlassen dürfen, das Pfarrhaus so zu übernehmen, wie es war. Er hätte darauf bestehen müssen, es neu einzurichten. Caroline hatte in der Küche Wunder vollbracht; hier, in seinem Reich, würde er selbst Hand anlegen müssen.

Peter rollte die Ärmel hoch, nahm innerhalb von zehn Minuten sämtliche Bilder ab und stöpselte die elektrische Kaminheizung aus. Sobald sich die Stäbe abgekühlt hatten, warf er das ganze Ding samt Kabel in den Mülleimer. Dann zerrte und schob er den Schreibtisch, die Aktenschränke und das Sofa – uralt und ramponiert – auf den Flur. Auch die Sessel stapelte er übereinander an der Flurwand, und jetzt brauchte er nur noch den Teppich zu entfernen. Als er ihn zusammenrollte, entstiegen ihm dicke Staubschwaden und brachten Peter zum Husten. Er machte das Fenster auf, wedelte mit den Armen, um die Staubwolken zu verscheuchen, und fand sich wieder von Angesicht zu Angesicht Suzy Meadows gegenüber, die mit Pansy und Rosie nach Hause ging. Wieder machte sein Herz einen Sprung, als er in das liebliche, madonnenhafte Antlitz schaute.

»Guten Morgen, Mr. Harris. Ich bin Suzy Meadows, das ist Pansy und das ist Rosie. Sagt guten Morgen, ihr beiden.« Die kleinen Mädchen lächelten und zogen sich dann die Röcke vor die Gesichter.

Peters Stimme schallte auf das Pflaster hinunter. »Guten Morgen, Mrs. Meadows. Ich bin eben dabei –«

»Nennen Sie mich Suzy – das tun alle.«

»Also Suzy. Ich räume eben das Arbeitszimmer aus. Entschuldigen Sie den vielen Staub.«

»Donnerstags kommt die Sperrmüllabfuhr. Wenn Sie sich beeilen, nimmt die alles mit, was Sie nicht behalten wollen – und für den Pfarrer macht sie das wahrscheinlich umsonst. In etwa einer halben Stunde müsste das Müllauto kommen.«

»Gut, vielen Dank. Das meiste muss weg.«

»In Culworth gibt es einen Gebrauchtmöbelladen, falls Sie Ersatz brauchen. Ich habe dort für einen Pappenstiel zwei wunderschöne Stühle für die Diele gekauft. Dort gibt es immer jede Menge Sessel und andere Möbelstücke.«

»Danke für den Tipp. Hallo, Pansy und Rosie. Wo habt ihr eure Schwester gelassen?« Keins der beiden Mädchen erwiderte etwas und Suzy antwortete an ihrer Stelle.

»Ach, die ist zum Üben bei Hugh Neal im Glebe House. Beide haben in der Schule Blockflötenunterricht und Liz Neal hat versprochen, Daisy Nachhilfe zu geben. Auf bald, Mr. Harris. Bye!«

»Bye.« Peter sah ihr hinterher und machte sich bewusst, welcher Art seine Gefühle waren. So verheerend das für einen Mann sein mochte, der seiner Frau und seiner Kirche so ergeben war – er fühlte sich auf katastrophale Weise zu Suzy hingezogen. Er hatte keine Ahnung, warum. Das war so etwas, was einfach passierte, wogegen man offenbar machtlos war. Peter beendete die Ausräumerei und ging hinüber zur Kirche. Hier fand er doch gewiss Hilfe, bevor es zu spät war. Wie war es möglich, dass ihm so etwas widerfuhr? Jeder junge Kleriker zog eine Reihe junger Frauen an, die ihm schöne Augen machten und eine Zeitlang treue Kanzelschwalben wurden, bis sie merkten, dass es zwecklos war, aber in seinem Fall war es umgekehrt. Er kniete vor dem Altar nieder und betete. *»Lieber Gott, steh mir elendem Sünder bei ...«*

Willie Biggs, der sich von der Plackerei auf dem Friedhof ausruhen musste, schlich durch eine Seitentür in die Kirche, setzte sich an eine Säule und mampfte im Halbdunkel sein zweites Frühstück. Sein Mars-Riegel war fast verschwunden, als er den Pfarrer bemerkte, der betend den Kopf senkte. Seltsam, dachte er – der Morgen war erst zur Hälfte vorbei und der Pfarrer hatte es schon wieder nötig, seine Batterien aufzuladen. Und dabei war er doch gleich nach dem Aufstehen eine halbe Stunde hier gewesen. Der Mann musste Sorgen haben. Willie verhielt sich mucksmäuschenstill, in der Hoffnung, Peter würde ihn nicht bemerken, wenn er hinausging; und Peter nahm ihn tatsächlich nicht wahr, weil er zur Orgel hinüberging, sie einschaltete und eine jubelnde Choralmelodie anstimmte. Jedes Mal, wenn Willie die Orgel hörte, dankte er dem Herrn dafür, dass er nicht mehr in die Bälge treten musste. Das hatte er jahrelang gemacht, bis irgendein Wohltäter, der es vor seinem Hinscheiden nötig hatte, Gott für sich gnädig zu stimmen, das »Elektrofrisieren« der Orgel, wie Willie das nannte, finanziert hatte. Meine Fresse, dachte Willie, dieser Pfarrer hat beim Orgeln schwer was drauf. Da wird sich Mrs. Peel aber ganz schön ranhalten müssen, so wahr ich Willie Biggs heiße. Die Musik schallte mit einer triumphalen Lebendigkeit durch die Kirche, die Willie durchaus nicht kalt ließ. Blaskapellen entsprachen eher seinem persönlichen Geschmack, aber er wusste aufrichtig zu schätzen, wie schön der Pfarrer spielte.

Peter schloss die Darbietung mit einem Akkord ab, schaltete die Orgel aus und ging ruhig und gefasst nach Hause. Er kochte sich eine Kanne Kaffee und trug das Tablett mit zwei Tassen darauf in das Wohnzimmer. Als er das Tablett abstellte, klingelte es an der Haustür.

Auf der Treppe stand Michael Palmer, seit zwanzig Jahren amtierender Schulleiter in Turnham Malpas. Der Posten war als Sprungbrett gedacht gewesen, aber Michael war immer noch hier, unterrichtete eine neue Kindergeneration und hielt sich mit schwacher Kraft am Leben fest. Sein eckiges, wettergegerbtes Gesicht mit dem schütteren Haar darüber schaute milde lächelnd zu Peter auf, der ihn überragte, weil Michael ohne Schuhe nur eins achtundsechzig maß. Die beiden Männer gaben sich die Hand und Michael zuckte bei Peters kräftigem Händedruck zusammen.

»Sehr erfreut, Mr. Harris. Oder darf ich Sie Peter nennen?«

»Ja, bitte. Kaffee?«

»Danke, bitte schwarz. Es kommt mir merkwürdig vor, Sie mit dem Vornamen anzureden. Der frühere Amtsinhaber war für uns immer nur Mr. Furbank – es hätte dreist gewirkt, ihn anders zu nennen. Es wurde Zeit für etwas frischen Wind; Mr. Furbank war viel zu lange hier. Entschuldigen Sie die Direktheit, aber es ist wahr. Mr. Furbank hat den Kindern viel Interesse entgegengebracht, aber leider konnte er nicht mit ihnen umgehen, und ich hatte Mühe, die Kinder am Kichern über seine zerstreute Art zu hindern. Er ist jeden Freitagmorgen in die Schule gekommen, hat ein Gebet gesprochen und danach einen kurzen Vortrag über dies und das gehalten. Ich rechne nicht damit, dass Sie in jeder Hinsicht in seine Fußstapfen treten, und deshalb habe ich mich gefragt, wie Sie sich Ihre Präsenz in der Schule vorstellen.«

Peter trank einen Schluck Kaffee, während er sich die Antwort überlegte. »Ich würde sehr gern einmal pro Woche ein Gebet sprechen, aber wie wär's, wenn das in der Kirche stattfände?«

»Was für eine gute Idee.«

»Ich bin sehr erpicht darauf, die Kinder aus dem Dorf zum Kirchenbesuch zu ermuntern und kirchliche Aktivitäten in den Mittelpunkt ihres Lebens zu rücken. Sobald ich geeignete Helfer finde, möchte ich Pfadfindergruppen für Jungen und Mädchen ins Leben rufen, und Muriel Hipkin hat außerdem eine Art Vorschule angeregt. Sie meint, dass viele Kinder bei der Einschulung mit fünf Jahren noch gar keine Erfahrung damit haben, sich anderen Kindern anzupassen und sich mit ihnen auszutauschen. Was halten Sie davon?«

»Es würde mich freuen – es ist eine hervorragende Idee! Etliche Kinder von den Farmen in der Umgebung haben bei der Einschulung große Angst vor dem, was sie erwartet. Eine Vorschulgruppe wäre ausgezeichnet. Wo würden Sie sie unterbringen?«

»Ich hatte an das Gemeindehaus gedacht.«

»Wenn wir die Erlaubnis von der Kommunalverwaltung bekämen, könnten wir sie im Schulgebäude unterbringen. Ein Klassenzimmer steht leer, die sanitären Einrichtungen sind vorhanden und es würden kaum Zusatzkosten entstehen. Ich spreche mit meiner Stellvertreterin darüber – sie unterrichtet die Kleinen und hätte deshalb mehr mit dem Projekt zu tun als ich. Ich bin mir sicher, dass sie begeistert ist.«

»Ist Ihre Frau auch an der Schule tätig?«

Einen Moment lang gab Michael keine Antwort. Er stellte vorsichtig die Tasse auf dem Tischchen ab, zog sein Taschentuch heraus und tupfte sich den Schnurrbart trocken. Peter bemerkte, dass Michaels Hand zitterte, als er das Taschentuch einsteckte.

»Meine Frau ist vor drei Jahren gestorben.«

»Wie traurig. Bitte, verzeihen Sie mir, ich habe das nicht gewusst. Wie taktlos von mir.«

»Überhaupt nicht – woher hätten Sie es wissen sollen? Sie hat auch unterrichtet, aber drüben in Culworth. Nein, meine Stellvertreterin ist Toria Clark, eine Lehrerin der neuen Generation, energiegeladen und voller Ideen. Die Kinder lieben sie.«

Peter stellte seine Tasse ab und schenkte Michael Kaffee nach. Die beiden unterhielten sich noch eine Stunde über das Dorf und die Möglichkeiten, etwas zu verändern. Peter spürte, dass Michael ein guter Schulleiter war, und Michael dachte, es sei ein Segen für Turnham Malpas, dass Peter sich darauf eingelassen hatte, hier zu leben.

Um sich zu beschäftigen und sein augenblickliches Problem zu verdrängen, hatte Peter Carolines reichlichen Vorrat an

Anstrichfarbe im Gartenschuppen geplündert, und nachdem er die Wände abgewaschen und die Arbeitszimmerwände in einem gedämpften Altgoldton gestrichen hatte, fiel ihm ein, dass er ins Dorf musste, um Fleisch für das Abendessen zu kaufen.

Jimbo Charter-Plackett stand neben der Tür und diskutierte mit Sir Ronald über Politik. Jimbo trug eine Metzgerschürze und einen runden Strohhut, eine Aufmachung, die er sich ausgedacht hatte, um dem Laden Stil zu verleihen. Sobald er den Pfarrer erkannte, zog er den Strohhut.

»Guten Tag, Sir, willkommen im Dorfladen von Turnham Malpas. Es ist mir eine Ehre, Sie zu bedienen. Auf bald, Ron ... Sir Ronald.« Er winkte dem selbst ernannten Gutsherren zum Abschied zu und machte Peter die Tür frei. »So ein alberner Wichtigtuer. Was darf es sein, Herr Pfarrer?«

»Caroline hat mich gebeten, Lammkoteletts für das Abendessen zu besorgen.«

»Hier entlang.« Jimbo führte ihn an die Fleischtheke. Die Charter-Placketts hatten das Cottage nebenan gekauft, die Wände herausgerissen und den vorhandenen Platz neu aufgeteilt. Dadurch war aus dem Tante-Emma-Laden von früher, im Vorderzimmer eines großen Cottage, ein hervorragendes Lebensmittelgeschäft geworden.

»Einen derart unglaublichen Laden in so einem kleinen Dorf habe ich noch nie gesehen!«, rief Peter. »Was haben Sie denn eigentlich nicht?«

»Da gibt es nicht viel. Wir führen, was Sie verlangen – und wenn wir es nicht führen, wird sich das bald ändern.«

»Entschuldigen Sie die Frage, aber wie in aller Welt schaffen Sie es, dass sich das rentiert?«

»Wir sitzen jedenfalls nicht rum und warten darauf, dass die Kunden zur Tür hereinkommen. Wir betreiben einen landesweiten Versandhandel mit Farmprodukten und außerdem einen Partyservice für Hochzeiten und den Jagdball. Dieses Jahr sind wir die Vertragslieferanten für die VIP-Bewirtung beim Jägerfest im Nachbarcounty. Ich kaufe fast alle frischen Waren hier in der Gegend und alle Kuchen in der Tiefkühltruhe und auf dem Tresen werden von den hiesigen Farmerfrauen gebacken. Also gebe ich den Leuten in der Umgebung Arbeit und kann den Dorfbewohnern Gutes bieten. Ich bin stolz darauf, dass es nur in wenigen Dörfern einen so guten Laden gibt wie in Turnham Malpas. So, diese vier Koteletts gehen aufs Haus, Herr Pfarrer – ein kleines Zeichen unserer Freude darüber, dass endlich Jugend im Pfarrhaus eingezogen ist. Wir haben den alten Knaben ja sehr gemocht, aber er hätte schon vor Jahren abtreten sollen. Zum Erntedankfest würden Harriet und ich gern alle Fleischsorten kostenlos liefern – als unseren Beitrag.«

»Das ist sehr freundlich und großzügig von Ihnen, James.«

»Jimbo, wenn ich bitten darf. Hier, stecken Sie diese Schachtel mit kandierten Mandeln unter das Kopfkissen der lieben Frau Gemahlin, mit lieben Grüßen von Harriet und mir.«

»Das ist überaus großzügig, Jimbo – sie wird sich riesig freuen. Muss mich beeilen, bin mit dem Anstreichen meines Arbeitszimmers noch nicht fertig. Vielen herzlichen Dank.«

Die Lammkoteletts, von Caroline delikat mit Rosmarin gewürzt und auf den Punkt gegrillt, waren ein gastronomischer Genuss.

»Diese Koteletts lassen sich gar nicht mit denen vergleichen, die wir früher im Supermarkt gekauft haben, stimmt's, Liebling?«

Caroline, die den letzten Klecks Pfefferminzgelee von ihrem Teller kratzte, nickte zustimmend. »Alles in diesem Laden ist frisch«, schwärmte sie. »Das Obst, das Gemüse, die Kuchen, das Fleisch, der Käse ... ein wahres Wunderland. Die beiden müssen bestimmt schwer arbeiten, Peter, um alles so in Schuss zu halten. Dieser Jimbo hat's faustdick hinter den Ohren, weißt du. Willie hat mir erzählt, dass sie jeden Tag ›nackig‹ in ihrem Pool im Garten hinter dem Haus schwimmen.«

»Nackt, eh? Wetten, dass das die Klatschmäuler umtreibt.«

»Ehrlich gesagt, bei Jimbo kann eine Frau schon auf Gedanken kommen. Harriet hat bestimmt ihre liebe Not, ihn im Auge zu behalten.«

»Aber, aber, Caroline! Ist von dem Käse von gestern Abend noch was übrig?«

Die kandierten Mandeln kamen zum Vorschein, als Caroline ihr Nachthemd unter dem Kissen hervorzog.

»Liebling, was für eine reizende Überraschung! Wie lieb von dir.«

»Bedank dich nicht bei mir, bedank dich bei Jimbo Charter-Plackett – er hat sie mir für dich geschenkt. Hat gesagt, ich soll sie dir unter das Kissen legen. Vielleicht ist das seine Geheimmethode, sich Harriet gefügig zu halten.«

»Ich bin dir gefügig, und zwar sofort. Beeil dich.« Sie stellte die Schachtel mit den kandierten Mandeln auf den Nachttisch und legte sich »nackig« auf das Bett, mit einladend ausgestreckten Armen.

Peter schlief mit ihr, um sich zu vergewissern, dass zwischen ihm und seiner Liebsten alles in Ordnung war, aber vor dem Einschlafen ging ihm das Madonnengesicht Suzys durch den Kopf. Er rieb sich die Stirn, um es zu verscheuchen.

3. Kapitel

Das arbeitsreiche Leben, das sie führte, damit ihre drei Mädchen gut versorgt waren, entschädigte Suzy für den Mangel an ehelicher Gemeinsamkeit mit ihrem Mann. Er war der Archetyp des verrückten Wissenschaftlers. Sie wusste es, als sie ihn heiratete, hatte also kein Recht, sich zu beklagen, aber damals erschien es ihr als eine liebenswerte Eigenschaft. Jetzt, da der Rasen gemäht und das Haus hergerichtet werden mussten und der neue Wohnzimmerkamin immer noch in Einzelteilen auf dem Boden lag und auf den Einbau wartete, war Suzy trostlos zumute. Daisy, Pansy und Rosie waren die Lichtblicke in ihrem Leben; ohne sie hätte sie Patrick inzwischen verlassen. Sie hatte bereitwillig ihren Beruf aufgegeben, um Kinder zu bekommen, und hatte fünf Jahre lang in der Mutterschaft geschwelgt, aber im Moment hatte sie stark das Gefühl, ihrem Leben fehle es an Sinn. Dann lachte sie sich aus. In Anbetracht des Wäschebergs, der gebügelt werden musste, brauchte sie nicht nach einer anderen Beschäftigung Ausschau zu halten. Aber das weit offene Fenster, die im Garten spielenden Mädchen und die Narzissen in der enghalsigen Glasvase auf dem Küchentisch sorgten nicht für das Gefühl tiefer Befriedigung wie sonst. Ich bin einsam, dachte sie – einsam. Sie stand da und bügelte Patricks Hemd und hatte das Gefühl, ihm in letzter Zeit so am nächsten zu kommen. Er hatte die Kinder gezeugt, die sie sich wünschte, und war dann so gut wie ganz aus ihrem gemeinsamen Leben verschwunden. Er war mit sich selbst beschäftigt und launisch, hatte seit fast einem Jahr keinen Sex mehr gewollt, und sie war erst zweiunddreißig. Zugegeben, er war fünfundvierzig, aber der Altersunterschied schien am Anfang keine Rolle gespielt zu haben, obwohl er jetzt wie eine klaffende Lücke wirkte. Vielleicht entsagten alle Männer der Sexualität, wenn sie Mitte vierzig wurden – das war eigentlich kein Thema, über das sie mit den Müttern der Schulkinder sprechen konnte. Sogar die Mädchen sahen alle ihr ähnlich, hatten überhaupt nichts von Patrick. Man hätte meinen können, sie habe drei Jungfrauengeburten hinter sich. Es wirkte, als ob Patrick nicht das Geringste mit den Kindern zu tun gehabt hätte.

Suzy überlegte, wie viele andere Ehefrauen jetzt bügelnd da standen und sich fragten, wo ihre Männer geblieben waren. Es war so wenig mit ihnen anzufangen, dass sie genauso gut tot sein konnten. Vielleicht gab es in Großbritannien Tausende von Frauen, denen heute Morgen so wie Suzy zumute war. Eine neue Frisur, ein hübsches Nachthemd, teures Parfüm, ein köstliches Essen bei Kerzenlicht, wenn die Kinder im Bett waren ... sie hatte alles versucht. Und alles war reine Zeitvergeudung gewesen. Sie hielt sich Rosies Söckchen an das Gesicht und genoss die Wärme, die Gedanken an Rosies erfreulich fröhliche Persönlichkeit. Wie sehr Suzy doch alle drei Mädchen liebte. Um ihretwillen musste sie durchhalten.

Sie hörte, wie die Haustür aufging und dann zuknallte. Patrick stand im Flur und sah am Boden zerstört aus. Er müsse packen für eine Flugreise nach Amerika und auf einer Konferenz einen Vortrag halten. Der dafür vorgesehene Forscher sei krank geworden und er müsse deswegen im letzten Augenblick einspringen. Suzy machte ihm Sandwiches, die er aß, während sie seinen Koffer packte. Patrick hatte es ungeheuer eilig, und als er fort war, fiel Suzy ein, dass sie nicht einmal wusste, in welchem Hotel er absteigen würde. Aber schließlich würde er nur drei Tage weg sein, höchstens vier, und in so kurzer Zeit konnte nicht viel passieren.

Als Suzy das nächste Mal jemanden an der Haustür hörte, war es Miss Hipkin. Von ihr erwartete Suzy nichts Weltbewegendes.

»Guten Morgen, Miss Hipkin. Kommen Sie doch herein.«

»Guten Morgen, Mrs. Meadows. Haben Sie einen Augenblick Zeit?«

»Ja, natürlich. Ich mache eben für mich und die Mädchen etwas zu trinken. Möchten Sie sich uns anschließen?«

»O ja, gern. Nichts, was ich lieber täte.«

Muriel trat begierig in den Flur des Hauses der Meadows'. Hier hatte Laura Ashley voll zugeschlagen. Muriel war hingerissen von dem zartgrauen Teppichboden und der dazu passenden Tapete. Diese alten Häuser lohnten tatsächlich die Mühe, sie zu verschönern.

Die drei kleinen Mädchen standen schüchtern im Flur und beobachteten den Besuch. Muriel gab sich besondere Mühe, sich die Namen von Kindern zu merken, weil sie das Gefühl hatte, Kindern sei das wichtig. Daisy kannte sie aus dem Musikunterricht in der Grundschule.

»Hallo, Daisy und Pansy, hallo, kleine Rosie.«

»Hallo, Miss Hipkin. Wollen Sie mich besuchen?«, erkundigte sich Daisy.

»Eigentlich deine Mutter, aber es freut mich, dass du auch da bist, Daisy. Genießt du die Ferien?«

»Ich möchte wieder in die Schule, dort gefällt es mir am besten. Nach den Sommerferien kommt Pansy auch mit.«

»Ja, ich weiß. Ich habe neulich gesehen, wie Mr. Palmer ihren Namen auf eine Liste eingetragen hat.«

Suzy brachte den Mädchen Kakao und gesund aussehende Hafermehlkekse. Muriel und Suzy tranken Kaffee.

»Mrs. Meadows …«

»Suzy, bitte.«

»Gut, also Suzy. Ich bin hier, um ein bisschen vorzufühlen. Peter, Sie wissen schon, Mr. Harris, möchte eine Spielgruppe für die Kleinen ins Leben rufen. Sie soll im Gemeindehaus zusammenkommen, obwohl das noch nicht entschieden ist. Auf alle Fälle wird nach einer Gruppenleiterin gesucht und nach anderen Helfern. Ich habe mir überlegt, ob Sie vielleicht Interesse daran hätten, die Gruppe zu leiten. Ich weiß, dass Sie Lehrerin waren, bevor die Kinder kamen, und ich finde, dass Sie ideal dafür wären. Mr. Harris, Sie wissen schon, Peter, weiß nicht, dass ich Sie besuche. Im Moment ist das alles noch ganz geheim.«

»Das klingt, als ob meine Gebete erhört worden wären. Ich würde das liebend gern machen. Was für eine Chance! Ich könnte Rosie mitnehmen, sie ist im richtigen Alter. Oh, Miss Hipkin, ich könnte Sie küssen! Was heißt könnte? Ich tu's einfach.«

Suzy stand auf, umarmte Muriel und küsste sie herzhaft auf beide Wangen. »Schließlich gehören wir zur EU, da dürfen wir uns auch küssen, wie es die Franzosen tun.«

Muriel konnte sich nicht daran erinnern, wann sie zum letzten Mal einen Kuss bekommen hatte. Ihre Mutter hatte nicht viel vom Küssen gehalten und sonst hatte es niemanden gegeben. Muriel lief knallrot an.

»Es ist noch nicht spruchreif, weil Mr. Harris nicht weiß, dass ich hier bin, aber wenn Sie ernsthaft die Absicht haben, das zu machen, lege ich ein Wort für Sie ein.«

»Oh, es ist mir wirklich ernst damit. Eine Spielgruppe wäre so von Vorteil für die Kinder. Denken Sie nur an die Kinder von den Farmen und an diejenigen aus dem Herrenhaus. Die armen Kleinen werden im siebenten Himmel sein.«

»Der Kaffee ist himmlisch, vielen herzlichen Dank. Ich gehe

gleich zum Schulleiter und berichte ihm von unserem Plan. Dr. Harris glaubt, dass wir es als Gruppe für Mütter mit Kleinkindern aufziehen müssen, bevor wir die offizielle Genehmigung von der Kommunalverwaltung bekommen. Wir müssen klein anfangen. Auf Wiedersehen, ihr drei Schätzchen.«

»Auf Wiedersehen, Miss Hipkin«, sagten sie, die Münder voller Keksbrösel.

»In meinem Kopf überschlagen sich die Pläne, Miss Hipkin. Beim Gedanken daran werde ich heute Nacht bestimmt kein Auge zutun.«

»Mr. Meadows wird doch nichts dagegen haben, oder? Ich weiß, dass manche Männer es nicht mögen, wenn ihre Frauen außer Haus arbeiten.«

»Oh, machen Sie sich wegen Patrick keine Gedanken. Vermutlich merkt er nicht einmal, dass ich arbeite. Außerdem haben Männer heutzutage nichts mehr gegen berufstätige Frauen. Sagen Sie mir so bald wie möglich wegen der Spielgruppe Bescheid. Vermutlich würde Liz Neal auch mitmachen.«

»Natürlich, ich hatte sie ganz vergessen. Auf Wiedersehen ... Suzy.«

Muriel ging am Cottage der Grundschullehrerin vorbei zum Pfarrhaus und klingelte.

Peter kam an die Tür. Er trug seine Malerhosen und einen alten Zottelpullover, den Caroline der Mülltonne überantwortet hatte und den er gerade noch rechtzeitig retten konnte.

»Kommen Sie herein, Muriel, eben bin ich mit dem Anstreichen des Arbeitszimmers fertig geworden. Wie gefällt Ihnen die Farbe?«

»Wunderschön, wirklich wunderschön. Ich hatte keine Ahnung, dass dieses Zimmer so hell wirken kann. Was für ein Unterschied! Die weißen Paneele sind so ein hübscher Kontrast. Es gehört Mut dazu, sich für so kräftige Farben zu entscheiden. Leider ist bei mir zu Hause alles weiß oder magnolienfarben. Eigentlich bin ich wegen einer Gemeindeangelegenheit gekommen. Sie wissen doch noch, dass wir darüber gesprochen haben, eine Spielgruppe ins Leben zu rufen? Ich glaube – natürlich ohne Ihnen vorgreifen zu wollen –, dass ich die richtige Leiterin dafür gefunden habe.«

»Das ist ja großartig, Muriel. Wer ist es?«

»Suzy Meadows. Sie kann die kleine Rosie mitbringen, und als ich es erwähnt habe, ist sie gleich begeistert gewesen.«

Peter drehte sich um und schaute aus dem Fenster, um seine Verwirrung zu verbergen. Muriel erwartete Dankesbezeigungen.

»Sie war früher Lehrerin, wissen Sie, bevor die Mädchen geboren wurden, und ich glaube, sie möchte sich gern wieder ins Getümmel stürzen, wenn man das so nennen kann.«

»Was für eine gute Idee, Muriel. Ich wäre nie darauf gekommen, Mrs. Meadows zu fragen. Sind Sie sicher, dass es ihr nicht zu viel wird, wo sie doch drei Kinder zu versorgen hat und ihren ... Mann?«

»Diese neue Frauengeneration ist viel dynamischer und tatkräftiger, als es ihre Mütter waren. Mrs. Meadows ist Feuer und Flamme.«

»Sehr gut. Wir bleiben am Ball. Ich verabrede mich mit ihr und mache Nägel mit Köpfen. Vielen Dank für Ihre Eingebung, Muriel.«

»Nicht der Rede wert. Ich freue mich darauf, dass alles in die Gänge kommt. Auf Wiedersehen, Herr Pfarrer. Ich finde selbst hinaus.« Und Muriel schloss die Pfarrhaustür hinter sich.

Ihre nächste Station war der Dorfladen, wo Harriet und Jimbo fleißig waren. Als Muriel hereinkam, bediente Harriet gerade Sharon und Scott vom Royal Oak.

Sharon wählte ihre Einkäufe mit abfälliger Miene aus. »Sie haben überhaupt keine Fertiggerichte, oder? Sachen, wie wir sie bei Tesco verkaufen. Köstliches Huhn Kiew und so, Sachen, die man bloß in den Backofen zu schieben braucht, so was haben wir dort. Scott, leg den KitKat-Riegel zurück. Mum hat gesagt, dass du heute keine Schokolade mehr kriegst.«

»Halt die Klappe, ich mach', was ich will.« Scott griff sich den KitKat-Riegel, riss das Einwickelpapier ab und biss rein.

Jimbo schäumte. »Den müssen Sie bezahlen, Sharon.«

»Er kann selber bezahlen, ich rück' nichts raus.«

»Geht nicht, Schwesterherz. Hab' kein Geld.«

»Warte nur, bis wir zu Hause sind. Das sag' ich Mum.«

»Dann sag' ich ihr, wo du gestern Nacht warst.«

Muriel fühlte sich genötigt, sich einzumischen. »So solltest du nicht mit deiner Schwester reden, Scott. Du musst den Riegel bezahlen. Wenn ich's recht bedenke, hättest du ihn überhaupt nicht nehmen dürfen, wenn deine Mutter es verboten hat.«

»Halten Sie sich da raus, Sie spießige alte Schachtel. Sie pingelige, langweilige Schreckschraube. Kümmern Sie sich um ihren eigenen Kram.«

»Also wirklich.« Muriel lief knallrot an. Dieser kleine Rotzlöffel hatte laut ausgesprochen, was sie schon seit einer ganzen Weile über sich selbst dachte. Aber es war verstörend, die Wahrheit von einem Kind zu hören.

Jimbo kam hinter der Käsetheke hervor, packte Scott am Kragen und warf ihn hinaus.

»Raus mit dir und bleib ja draußen. Du darfst wieder reinkommen, wenn du dich für dein schlechtes Benehmen entschuldigt hast. Und wenn dein Vater wissen will, warum ich dich rausgeschmissen habe, sag ihm, er soll rüberkommen und mit mir reden.«

Sharon hatte nicht einmal so viel Anstand, sich für ihren Bruder zu entschuldigen. Sie bezahlte ihre Einkäufe, schlenderte aus dem Laden und streckte Muriel im Vorbeigehen die Zunge heraus.

Harriet setzte Muriel auf einen Stuhl und schenkte ihr einen Kaffee aus dem für Kunden aufgestellten Automaten ein.

»Setzen Sie sich, Miss Hipkin, und trinken Sie das. Es tut mir Leid, dass er so ungezogen zu Ihnen war. Aber bedenken Sie, dass die Eltern schuld sind, nicht er.«

Jimbo schäumte immer noch. »Und du schreib dir hinter die Ohren, Harriet, dass Scott McDonald hier drin nichts mehr verloren hat, bis er sich entschuldigt – und das ist mein Ernst.«

»Jimbo, das Royal Oak ist ein sehr guter Kunde.«

»Ich weiß, ich weiß, aber ich will ihn nicht mehr hier drin haben. Als nächstes beklaut er uns.«

Muriel fand die Sprache wieder. »Wissen Sie, er ist ein sehr schwieriger Schüler. Mr. Palmer braucht für ihn eine feste Hand. Im Musikunterricht stört er immer.«

»Wahrscheinlich bekommt er zu Hause zu wenig Aufmerksamkeit.« Harriet wandte sich ab und stellte weiter Zutaten für den Käsekuchen zusammen, den sie einfrieren wollte.

Jimbo ging in die Fleischabteilung, auf der Suche nach Abfällen von einer Rinderkeule, die er eben für einen Kunden zerlegt hatte. Er überreichte sie Muriel in einer hübschen dunkelgrünen Plastiktüte mit dem Aufdruck »Turnham Malpas Village Store«.

»Mit besten Empfehlungen von Jimbo für Pericles.«

»Wie lieb von Ihnen, Mr. Charter-Plackett. Pericles wird sich riesig freuen. Sie verwöhnen ihn viel zu sehr.«

Überhaupt nicht, es ist mir ein Vergnügen.«

Als Muriel ihre Einkäufe erledigt hatte, ging sie nach Hause. Sie blieb stehen und schaute sich um, bevor sie die Straße überquerte, und da tauchte Scott McDonald aus der Anlage auf, stopfte etwas in ihre Einkaufstasche und rannte lachend davon. Sie schaute nach und sah das Einwickelpapier des Kit-Kat-Riegels. Scott hatte ihr den Tag völlig verdorben. Es hatte so gut angefangen, mit der Lösung des Problems, wer die Spielgruppe leiten sollte, damit, dass sie Peters Farbwahl bewundert hatte, mit der Vorfreude auf das Einkaufen der Kleinigkeiten, die sie brauchte – und jetzt hatte Scott das alles ruiniert. Sie konnte sich nicht so weit erniedrigen, dass sie mit Mr. McDonald redete. Sie ging nicht ins Royal Oak; das gehörte sich nicht für Damen. Sie musste hoffen, dass es sich von selbst erledigte. Wie auch immer, Pericles genoss das frische Fleisch, und schließlich fand Muriel ihre übliche gute Laune wieder.

Suzy Meadows war nach Muriels Besuch ganz aufgeregt.

»Kommt, Mädchen, wir gehen rüber zu Mrs. Neal und erzählen ihr das mit der Spielgruppe. Ich weiß, es ist noch nicht amtlich, aber ich platze, wenn ich nicht mit jemandem darüber rede.«

Rosie schlüpfte in ihren Anorak und fragte ihre Mutter, was eine Spielgruppe sei.

»Eine Art Schule für kleine Mädchen und Jungen, die noch zu klein für Mr. Palmers Schule sind.«

»Wo?«

»Im Gemeindehaus, nehme ich an.«

»Oh.« Rosie steckte den Daumen in den Mund, während sie darüber nachdachte, was davon zu halten war.

Liz schnitt im Vorgarten ihre Rosen zurück. Guy und Hugh rasten wie verrückt auf ihren Fahrrädern herum.

»Liz, ich musste einfach herkommen. Muriel Hipkin hat mir erzählt, dass der Pfarrer im Gemeindehaus eine Spielgruppe gründen möchte, und Miss Hipkin wird mich als Leiterin vorschlagen.«

»Ich weiß, ich weiß.«

»Woher?«

»Peter war heute Morgen hier und hat mit mir gesprochen. Es soll aber nicht im Gemeindehaus stattfinden – höchstens am Anfang –, aber danach wird die Gruppe im Glücksfall in das leer stehende Klassenzimmer in der Grundschule verlegt.«

»Liz, hat er Sie gebeten, die Gruppe zu leiten?«

»Natürlich nicht, ich bin doch keine Lehrerin. Er wollte nur wissen, ob ich bereit bin, Ihnen zu helfen und bei der Bildung des Beirats mitzuwirken.«

»Hätten Sie etwas dagegen, mit mir zusammen zu arbeiten?«

»Es wäre mir ein Vergnügen. Wir brauchen beide eine Aufgabe, und das wäre genau das Richtige. Hugh, lass Pansy in Ruhe – sie will nicht auf deinem Rad fahren. Schluss damit, bitte. Gehen wir doch alle hinein und spielen Halma oder sonst etwas. Los, kommt alle mit.«

Als Suzy das Haus von Liz verließ, beschloss sie, den Stier bei den Hörnern zu packen und Peter einen Besuch abzustatten.

Er kam an die Tür und bat sie alle hinein.

»Ich hoffe, mein Besuch kommt Ihnen nicht ungelegen«, fing Suzy ziemlich schüchtern an. »Habe ich Sie bei irgendetwas gestört? Nein? Gut. Miss Hipkin war bei mir und hat sich erkundigt, ob ich Interesse daran hätte, eine Spielgruppe aufzubauen, und ich bin hergekommen, um Ihnen zu sagen, dass ich es mit Freuden täte.«

Peter hatte Pansy auf sein Knie gesetzt und ihr seine Armbanduhr zum Spielen gegeben. Rosie gab sich die größte Mühe, sie ihr wegzunehmen.

»Ich schau mal, ob ich was finde, womit du spielen kannst.« Er zog eine Schublade in seinem Schreibtisch auf und nahm Papier und einen Bleistift heraus. »Da, siehst du – mal mir ein Bild. Ich würde mich auch freuen, wenn Sie das übernähmen«, sagte er und schaute Suzy endlich in die leuchtend blauen Augen. »Wir brauchen Begeisterungsfähigkeit, aber wir brauchen auch Erfahrung, und es wird für uns viel einfacher, das leer stehende Klassenzimmer zu bekommen, wenn die Leiterin die berufliche Qualifikation mitbringt. Ich stelle mir eine aktive Spielgruppe vor, in der wirklich gelernt wird, nicht nur einen Hort, wo die Mütter sich ihre Kinder einfach vom Hals halten. Sehen Sie das auch so?«

»Ja, natürlich. Es macht Toria Clarks Arbeit viel einfacher, wenn die Schulanfänger schon in einer guten Spielgruppe waren. Liz Neal ist gern bereit zu helfen. Ich weiß jedoch nicht, was für Beiträge üblich sind. Ich frage ein paar Freundinnen in London, was sie für die Vorschule bezahlen.«

»An die Beiträge hatte ich noch gar nicht gedacht, aber natürlich müssen wir Schulgeld berechnen. Fragen Sie herum, ich setze einen Brief an die Kommunalverwaltung auf, damit jemand kommt und die Räumlichkeiten besichtigt. Am besten wäre die Schule dafür geeignet. Wenn das nicht geht, machen wir es im Gemeindehaus.«

»Jetzt halte ich Sie aber nicht länger auf, Peter. Kommt, Mädchen. Ist es nicht aufregend? Ich kann es gar nicht erwarten, anzufangen!«

»Mein Daddy ist heute Morgen nach Amerika verreist.« Pansy schaute zu Peter auf, als sie ihm die Neuigkeit berichtete.

»Na, so was! Wird er lange fort sein?«

»Nein, nur drei bis vier Tage.« Suzy sammelte Rosie ein und machte sich auf den Weg zur Tür.

Peter begleitete sie hinaus und schaute ihnen nach, als sie den Gehweg entlanggingen. Sie wohnten im übernächsten Haus. Er wünschte sich von Herzen, dass nicht ausgerechnet

Suzy die geeignetste Kandidatin für die Stelle gewesen wäre.

Zwei Tage später ging Suzy an die Tür, als es klopfte. Suzy hatte den Kopf voller Listen und Dinge, die um die erfolgreiche Gründung der Spielgruppe kreisten. Sie war auf Muriel gefasst, mit Neuigkeiten über das Projekt, und deshalb war sie schockiert, als sie eine Polizistin vor sich sah, dazu zwei Männer, die wie Kriminalbeamte aussahen. Der ältere Mann zeigte ihr seinen Ausweis und fragte dann, ob sie Mrs. Patrick Meadows sei.

»Ja.«

»Dürfen wir hereinkommen?«

»Ja.«

Sie standen im Flur und sahen sich gegenseitig an.

Schließlich sagte die Polizistin: »Ich befürchte, wir haben schlechte Nachrichten für Sie, Mrs. Meadows. Es geht um Ihren Mann. Zu meinem großen Bedauern muss ich Ihnen mitteilen, dass er tot ist.«

»*Tot?* Sie müssen sich irren – er ist in Amerika. Nein, nein, es muss sich um eine Verwechslung handeln. Es muss ein anderer Patrick Meadows sein. Mein Mann hält auf der Konferenz einen Vortrag. Er kommt morgen nach Hause – oder etwa nicht?« Ihr versagte die Stimme, als sie auf den Gesichtern der Polizisten verlegenes Mitgefühl wahrnahm.

Die Polizistin führte sie ins Wohnzimmer und half ihr auf einen Stuhl.

»Ich koche Ihnen eine Tasse Tee, Mrs. Meadows. Wo sind die Kinder?«

»Woher wissen Sie, dass ich Kinder habe?«

Die Polizistin zeigte auf das unterste Regalbrett, auf dem die Kinderbücher standen.

»Sie sind ein paar Tage bei meiner Mutter. Ich koche den

Tee.« Sie wollte aufstehen, aber die Polizistin drückte sie sanft zurück auf den Stuhl und verschwand in der Küche. Die beiden Kriminalbeamten blieben vor Suzy stehen. Der jüngere schaute sich im Zimmer um, als rechnete er damit, Beweismaterial an den Wänden zu finden.

Suzy gelang es, ein paar Worte herauszubringen.

»Wie ist er ... wie ist ... was ist passiert?«

»Er ist in seinem Auto gestorben.«

»Sie meinen, es war ein Unfall?«

»Nein, es sah nach Absicht aus.«

»Nach Absicht? Was meinen Sie mit Absicht?«

»Er hat die Auspuffabgase mit einem Schlauch in das Auto geleitet.«

»Sie meinen *Selbstmord*? Patrick würde niemals Selbstmord begehen. Er ist kein Mensch, der so etwas tut!«

»Könnten Sie uns im Hinblick auf seine streng geheime Arbeit gestatten, Mrs. Meadows, seine Papiere und persönlichen Dinge daraufhin durchzusehen, ob wir einen Grund für das Vorgefallene finden können? Wenn nicht heute, dann vielleicht an einem anderen Tag, an dem Sie gefasster sind.«

»Wo war er, als er ... als er ... es getan hat?«

»Er ist heute Morgen gefunden worden, als es hell wurde. Er hatte sein Auto an den Klippen in der Nähe von Flamborough Head in Yorkshire geparkt.«

»Dann ist eindeutig, dass es nicht Patrick sein kann, weil er vor drei Tagen nach Amerika geflogen ist. Ich habe ihm den Koffer gepackt.«

»Er hat in Wahrheit das Land überhaupt nicht verlassen, Mrs. Meadows. Er hatte keinen Pass bei sich, keine Dollar, kein Ticket – keinerlei Hinweise darauf, dass er vorhatte, nach Amerika zu fliegen.«

»Er hat es aber doch gesagt. Er hat nie gelogen – seine Ehrlichkeit war geradezu zwanghaft.«

»Hat er sich in letzter Zeit merkwürdig verhalten?«

»Er hat sich immer merkwürdig verhalten. Alle Welt hat geglaubt, er sei ein Spinner, aber für ihn war das normal. Er hatte immer nur seine Arbeit im Kopf; er war weder gesellig, noch hat er sich um die Kinder gekümmert. Am Tag seiner Abreise war er nicht anders als sonst.«

»Wir haben diesen an Sie adressierten Brief gefunden. Ich lege ihn auf den Kaminsims, dann können Sie ihn lesen, wenn Sie sich dem gewachsen fühlen. Falls irgendetwas darin stehen sollte, was ein Licht auf seinen Geisteszustand oder den Grund für seine Tat wirft, würden wir es gern erfahren.«

»Danke. Da drüben steht sein Schreibtisch. Wenn Sie wollen, können Sie ihn durchsuchen.«

Suzy lehnte den Kopf zurück, unfähig, das Geschehene zu fassen. Im Geist ging sie eilig die Ereignisse in den Wochen vor Peters Abreise durch. Hatte es Anhaltspunkte gegeben, die ihr entgangen waren? Plötzlich ruckte sie hoch. »Wie soll ich das nur den Kindern beibringen? Lieber Gott im Himmel, was soll ich nur machen?«

Die sachliche Stimme der Polizistin unterbrach sie mit einem freundlichen »Hier ist Ihr Tee, Mrs. Meadows«. Suzy merkte gar nicht, wie heiß der Tee war, so durstig war sie. Der ältere der beiden Polizisten hatte damit angefangen, Patricks Schreibtisch zu durchsuchen: systematisch, eine Schublade nach der anderen, Ordner um Ordner, Brief um Brief. Patricks Terminkalender lag in der obersten Schublade. Als der Kriminalbeamte darin blätterte, wusste Suzy, dass Patrick nie die Absicht gehabt hatte, nach Amerika zu fliegen. Patrick nahm den Terminkalender immer mit, wenn er das Haus verließ. Darin standen viele Namen, Adressen und Nachrichten, allesamt nötig für seine Arbeit. Patrick hatte sich also schon untypisch verhalten, als er an jenem letzten Morgen zur Arbeit gefahren war.

»Er hatte Angst – das war es. Als er an jenem Morgen weggefahren ist, hatte er Angst«, sagte Suzy mit bebender Stimme zu der Polizistin. »Ich weiß nicht, wovor er Angst hatte, aber so war es.«

»Hatten Sie häufig Leute aus den Büros oder den Labors bei sich zu Gast, Mrs. Meadows?«

»Manchmal schon, aber nicht oft. Patrick war nicht sehr gesellig. Gelegentlich hatten wir Ausländer zu Besuch. Sie haben hier gewohnt – ein typisch englisches Dorf war nach ihrem Geschmack.«

»Ausländer aus welchen Nationen?«

»Manchmal aus dem Nahen Osten oder aus Europa, und einmal ein Amerikaner.«

»War zwischen Ihnen und Ihrem Mann alles in Ordnung? Sie wissen schon, standen Sie ihm so nahe, dass er sich Ihnen anvertraut hätte?«

Suzy war wie versteinert. Ihre Gesichtszüge gehorchten ihr nicht und sie hatte ihre Stimme verloren. Sie hatte keine Kontrolle mehr über sich. Jede Selbstbeherrschung war ihr verloren gegangen. Langsam rannen ihr Tränen über das Gesicht. Keine Sturzflut, sondern ein stetiges Fließen wie bei einem Landregen. Sie merkte, dass sie unbedingt auf die Toilette musste, wenn kein Unglück passieren sollte. Sie fand sich auf der Gästetoilette wieder, wo sie heftigen Durchfall bekam. Es dauerte fast zehn Minuten, bis sie sich wieder einigermaßen im Griff hatte. Die Polizistin klopfte zweimal an die Tür und fragte, ob sie Hilfe brauche, aber Suzy hatte die Stimme verloren und konnte nicht antworten. Schließlich kam sie heraus und ging ins Wohnzimmer zurück. Sie setzte sich und zitterte am ganzen Leib. Im Zimmer war es so kalt.

»Wir gehen jetzt, Mrs. Meadows. Ich nehme den Terminkalender mit aufs Revier und überprüfe ihn auf nützliche Anhaltspunkte. Debra bleibt bei Ihnen. Falls Ihnen etwas einfallen sollte, was uns helfen könnte, sagen Sie es Debra; sie informiert uns darüber.« Alle drei traten auf den Flur und Suzy hörte, wie sie sich leise unterhielten. Debra kam wieder herein, zog die Jacke aus und setzte sich auf den Stuhl ihr gegenüber.

Kurz nachdem die Kriminalbeamten gegangen waren, klingelte es an der Haustür. Debra ging hin. Wer auch immer draußen stand, wurde hereingebeten und unterhielt sich mit ihr im Flur. Die Wohnzimmertür ging auf und im Türrahmen stand Peter Harris, seiner Größe wegen mit gesenktem Kopf. Er trug das weiße Messgewand für Trauungen. Er erschien Suzy wie ein Engel, den Gott gesandt hatte, um sie zu trösten.

»Mrs. Meadows, ich habe den Streifenwagen vor dem Haus gesehen, deshalb bin ich gekommen, um nachzuschauen, ob Sie Hilfe brauchen. Die Polizistin hat mir berichtet, was geschehen ist. Es tut mir so Leid.«

Peter nahm ihre Hände in die seinen und rieb sie mechanisch, damit sie wärmer wurden. Sie lächelte ihn an. »Danke, dass Sie gekommen sind.«

»Entschuldigen Sie das Messgewand. Ich komme direkt aus der Kirche. Ist schon bekannt, warum es dazu gekommen ist?«

Debra erklärte, sie wüssten keinen Grund, aber Mr. Meadows habe einen Brief an Mrs. Meadows hinterlassen. Sie schien froh über die Gelegenheit zu sein, den Brief zu erwähnen, war aber sensibel genug, nicht vorzuschlagen, ihn zu öffnen.

»Möchten Sie ihn in meinem Beisein aufmachen, Mrs. Meadows?« Als Suzy nickte, reichte ihr Peter den Brief. Suzy gab ihn dem Pfarrer zurück und bat ihn, ihr den Brief vorzulesen.

»Das geht wirklich nicht, Suzy; Patrick hat ihn für Sie

bestimmt. Das ist sicher sehr persönlich. Vielleicht verschieben wir es auf später, wenn Sie sich etwas besser fühlen.« Er hielt ihr die Hand und sie hielt die seine, als klammerte sie sich dadurch an die Realität.

»Ich will keinen Trauergottesdienst für ihn. Das wäre der reine Hohn. Er hat mit der Kirche nichts im Sinn gehabt. Ich lasse ihn einäschern. Keine Choräle, keine Gebete. Für ihn wird es kein Leben nach dem Tod geben, Peter. Aus und vorbei. Geben Sie mir den Brief.«

Suzy, las sie. *Meine Forschungsarbeit in den letzten drei Jahren beruht erwiesenermaßen auf irrigen Voraussetzungen, ist durch und durch fehlerhaft. Mein ungeheuerlicher Irrtum ist so entsetzlich, dass ich alle Notizen und die Studie, an der ich schrieb, vernichtet habe. Dadurch wird niemand herausfinden, was für eine grauenhafte Zeitvergeudung diese letzten drei Jahre gewesen sind. Ebenso gut hätte ich nie gelebt haben können. Ich kann meinen Kollegen nicht unter die Augen treten; deshalb bringe ich mich um.*

»Hier, Peter – lesen Sie.«

Er nahm den Brief, auf einen liebevollen Abschied gefasst. Es war nicht der erste Brief eines Selbstmörders, den er las, aber der grausamste. Auf die Hand, die Suzy hielt, fielen heiße Tränen. Er schaute ihr ins Gesicht und sah, wie das Madonnenantlitz sich vor Kummer auflöste. Er hielt Suzy ganz fest, während die Tränen flossen. Allmählich ließ das Weinen nach und Suzy sagte etwas.

»Ist Ihnen aufgefallen, Peter, dass der Brief nichts über mich und die Kinder enthält? Nichts darüber, was jetzt aus uns wird, wovon wir leben sollen? Kein Wort in der Richtung ›ich habe dich so sehr geliebt‹ oder ›ich bedaure, was ich tun muss‹. Es ist schlimm genug, ihn zu verlieren, aber das Wissen, dass er keinen Gedanken an uns verschwendet hat, tut am meisten weh.«

»Ich glaube, Sie sollten jetzt nicht allein sein. Am besten wäre, Ihre Mutter käme und brächte die Mädchen nach Hause.«

»Gütiger Gott, wie in aller Welt kann ich es den Kindern sagen? Was für Worte gibt es dafür? ›Euer Vater hat sich umgebracht, weil er nicht mehr mit sich leben konnte? Was aus euch wird, hat ihn einen feuchten Kehricht interessiert‹?«

»Vielleicht könnte Ihre Mutter Ihnen dabei helfen, die richtigen Worte zu finden. Was auch immer Sie sagen, ich fürchte, es wird nicht leicht. Wir sollten Patricks Eltern benachrichtigen. Wenn Sie möchten, übernehme ich das.«

»Seine Eltern sind beide gestorben, bevor er dreißig wurde. Er hat niemand, bis auf eine entfernte Verwandte, die sich nie um ihn gekümmert hat. Könnten Sie meine Eltern anrufen, sie bitten, herzukommen und die Mädchen mitzubringen? Die Nummer ist hier.«

Nach einer Pause sagte sie mit zitternder Stimme: »Ich bleibe hier sitzen und warte. Ich weiß nicht, worauf, aber ich warte. Patrick wird bald nach Hause kommen. Donnerstags ist er immer zeitig daheim.«

4. Kapitel

Bevor sie ins Krankenhaus fuhr, stellte Caroline am nächsten Morgen eine Vase mit Blumen auf Peters Schreibtisch, zusammen mit einem Briefchen, in dem stand, wie sehr sie ihn liebte. Sie schaute aus dem Arbeitszimmerfenster, weil sie wissen wollte, wie das Wetter war. Auf dem Gehweg standen fünf Fotografen und Reporter vor Suzys Haustür. Ihre Autos parkten kreuz und quer auf der Grünanlage. Die Aasgeier waren also schon da. Sie konnte sich die Schlagzeilen lebhaft vorstellen: *Atomphysiker tot aufgefunden. War es Mord?*

»Peter, komm her. Schau dir das an.«

Er war entsetzt. »Das ist die Höhe. Ich gehe hinaus und werde das stoppen. Aber vorher rufe ich die Polizei an – die sollte sowieso hier sein.«

»Das mache ich, und du sprichst ein Machtwort.«

Peter eilte aus der Pfarrhaustür den Gehweg entlang, mit zornig rauschender Soutane.

»Ich wäre Ihnen äußerst dankbar, wenn Sie die Güte hätten, von hier zu verschwinden und Mr. Meadows' Witwe und ihre Kinder in Frieden lassen.« Die Reporter umringten Peter, hielten die Mikrofone hoch, um seine Worte einzufangen.

»Können Sie uns Informationen über Mrs. Meadows geben? Wie viele Kinder hat sie? Ist ihr etwas Bedrohliches aufgefallen? Gibt sie uns ein Interview?«

»Haben Sie nicht zugehört? Ich habe Sie aufgefordert, von hier zu verschwinden. Steigen Sie in Ihre Autos und fahren Sie. Bitte.«

»Hören Sie, Sir, Sie können nicht erwarten, dass wir uns so eine Schlagzeilenstory entgehen lassen, die Öffentlichkeit hat ein Recht auf Information. Ein führender Atomphysiker wird tot in seinem Auto aufgefunden ... da muss doch was oberfaul sein. Die nationale Sicherheit könnte in Gefahr sein.«

»Ist seine Frau fremdgegangen?«

»Stecken Eheprobleme dahinter? Als Pfarrer müssten Sie doch darüber Bescheid wissen, Sir.«

Alle schrien auf ihn ein.

»Können Sie uns zu einem Interview verhelfen?«

Peter, der sie alle überragte, erhaschte einen Blick auf die kleinen Mädchen, die aus einem Fenster im Erdgeschoss zuschauten, und wie sehr ihnen das wehtun musste, machte ihn noch wütender.

»Kommen Sie mit in mein Arbeitszimmer, dann sage ich Ihnen alles, was ich weiß«, versprach er. Es war das Erste, was ihm einfiel, damit er die Reporter weglotsen konnte.

»Bestens, Sir, gehen Sie voraus.«

Als er sie von Suzys Haus weggelockt hatte, musste Peter überlegen, was in aller Welt er sagen sollte, wenn sie in seinem Arbeitszimmer waren. Gleichzeitig fiel ihm ein, warum er die Soutane anhatte: Die Schulkinder kamen zum Morgengebet in die Kirche. Als er die Pfarrhaustür aufmachte, um die Reporter einzulassen, traf die Polizei ein. Der Dorfsergeant, kräftig und kampflustig, machte keinen Hehl aus seiner Meinung.

»Also, meine Damen und Herren, wir gestatten nicht, dass Sie Mrs. Meadows belästigen. Nehmen Sie gefälligst etwas Rücksicht. Diese Autos müssen verschwinden. Es ist verboten, in der Anlage zu parken, und ich belege die Besitzer mit einem Bußgeld, wenn die Fahrzeuge nicht sofort entfernt werden. Constable, Sie postieren sich vor dem Haus von Mrs. Meadows. Fahren Sie diese Autos weg, aber gefälligst pronto. Das Royal Oak macht bald auf, dahin können Sie gehen. Dort gibt es auch einen Parkplatz.«

Als sich die Gruppe gieriger Journalisten aufgelöst hatte, wandte sich der Sergeant Peter zu. »Danke, Sir, dass Sie die weggelotst haben. Hätte mir nicht träumen lassen, dass die so schnell hier sind. Schätze, das sind Telepathen.«

»Mrs. Meadows muss vor diesen Leuten beschützt werden. Was sie durchmacht, ist schon mehr als genug.«

»Sie haben völlig Recht, Herr Pfarrer. Ich kümmere mich darum. Freut mich, Sie kennen zu lernen, Sir, bedaure nur, dass die Umstände so unerfreulich sind.«

»Danke. Muss los, ich habe einen Schülergottesdienst zu halten.«

Zum Freitagmorgengebet mussten sich fast dreißig Kinder in der Kirche versammelt haben. Muriel Hipkin saß am Klavier und spielte sanfte, »beruhigende« Melodien. Sie hatte oft davon geträumt, sich an der Orgel zu versuchen, aber sie hatte das Gefühl, das überfordere sie. Auf alle Fälle hätte Mrs. Peel da ein Wörtchen mitzureden gehabt; sie wachte eifersüchtig über ihre Stellung als Organistin. Michael Palmer stand auf, als Peter die Kirche betrat, und die Kinder taten es ihm nach. Alle bis auf Scott McDonald jedenfalls, der heute Morgen eine seiner Trotzphasen hatte. Muriel sah ihn stirnrunzelnd an, aber er streckte ihr die Zunge heraus und ignorierte sie.

Peter, bestens darin geübt, die Aufmerksamkeit aller auf sich zu ziehen, holte Scott zum Ministrieren nach vorn, ehe der wusste, wie ihm geschah. Er verrichtete seinen Dienst wunderbar und legte dabei eine Intelligenz an den Tag, die sein übliches dümmliches Herumgealber Lügen strafte. Als er jedoch am Klavier vorbei zu seinem Platz zurückging, bedachte er Muriel mit einer rüden Geste. Sie wandte sich errötend den Noten zu und spielte die Schlussmelodie. Dieser Junge war wirklich ein Ekelpaket. Sie gebrauchte dieses Wort ungern für ein Kind, aber auf ihn traf es genau zu.

Peter rang mit sich, ob er Suzy noch einmal besuchen solle. Lieber nicht, beschloss er schließlich. Möglicherweise hätte er ihre Hand in einer ganz und gar weltlichen Manier gehalten, und das ging auf keinen Fall. Als er sich an den Schreibtisch setzte und anfing, die Sonntagspredigt zu entwerfen, bemerkte er die Blumen und das an die Vase gelehnte Briefchen.

Für meinen liebsten Peter, damit du fröhlich bleibst, während ich weg bin. Mit viel Liebe, Caroline.

Er beugte sich vor, um den Duft der Blumen einzuatmen. Solche Gesten machten Caroline besonders liebenswert. Sie beide waren wie ein Mensch und er wollte nie auch nur eine Nacht ohne Caroline verbringen. Wenn der Tod sie ihm genommen hätte, wie Patrick Suzy genommen worden war, wäre sein Leben vorbei. Eine große Familie hätte ihr Glück vollkommen gemacht, aber Gott hatte in seiner Weisheit anders entschieden. Wenn Peter Kinder gehabt hätte, wäre er vielleicht nicht in der Lage gewesen, sein Leben ganz in den Dienst der Kirche zu stellen. Er hatte das laienhaft gemalte Madonnenbild, das er abgenommen hatte, nicht wieder aufgehängt, aber dennoch tauchte das Gesicht immer wieder in seinem Kopf auf. Suzy – eigentlich ein blöder Name, aber er passte zu ihr. Vielleicht zog sie weg und er hatte die Chance, sie zu vergessen. Er rief sich ihr vor Kummer aufgelöstes Gesicht ins Gedächtnis. Warum in aller Welt hatte der Mann in seinem Brief nichts über seine Gefühle geschrieben? Warum hatte er nicht Worte der Art geschrieben, wie sie Peter in anderen Abschiedsbriefen von Selbstmördern gelesen hatte, zum Beispiel: *Ich habe für dich vorgesorgt,* oder *Die Versicherungspolicen sind in der untersten Schublade,* oder *Ich liebe dich. Bitte verzeih mir.* In dem Brief hatte überhaupt nichts über seine Beziehung zu seiner Familie gestanden. Peter verdrängte die Gedanken über Patricks Beziehung zu Suzy. Wenn er im Leben so eiskalt gewesen war wie in seinem Abschiedsbrief, dann war es vielleicht keine Bilderbuchehe gewesen.

Das Telefon klingelte.

»Ich bin's, Caroline. Ist mit Suzy alles in Ordnung? Ich musste mich beeilen, ich war spät dran.«

»Ja. Die Polizei hat die Reporter verscheucht und vor der Tür steht ein Constable. Liebling, ist es dir recht, wenn ich nach Culworth komme und dich zum Mittagessen einlade?«

»Wie schön – was für eine nette Überraschung! Wir treffen uns gegen halb eins vor der Ambulanz. Bis dann, Liebling.«

Als er von dem Mittagessen mit Caroline zurückkam, schaute Suzys Mutter kurz im Pfarrhaus vorbei. Sie und ihr Mann wollten Suzy und die Kinder ein paar Tage zu sich nehmen. Morgen führen sie ab. Ob Peter im Laufe des Nachmittags vorbeikommen könne, während sie mit den Kindern spazieren gehe, um ihre Tochter wegen Patricks Einäscherung zu beraten? Suzy wolle nicht, dass die Mädchen etwas davon mitbekämen, sie sollten nicht dabei sein...

Gegen drei sah Peter, wie die Mädchen mit Suzys Eltern das Haus verließen. Er wartete fünf Minuten und ging dann hinüber. Der Constable war fort, die Reporter waren nirgends zu sehen. Suzy kam an die Haustür. Er hatte erwartet, sie sei in Schwarz, aber sie trug eine rosa Bluse und weiße Hosen und hatte sich das Haar mit einem rosa Band zurückgebunden. Nur die dunklen Ringe unter ihren Augen verrieten ihre Bestürzung. Sie nahm Peters Hand und zog ihn ins Haus. Sie besprachen die Einäscherung. Die Polizei hatte Suzy gesagt, es könne eine Weile dauern, bis die Leiche freigegeben werde: Obduktion und so weiter.

»Ich will niemanden dabeihaben. Ich gehe allein hin. Seine Asche kippe ich in den Mülleimer. Nein, nein, Widerspruch ist zwecklos. Genau das werde ich tun. Und ich bleibe in diesem Haus wohnen. Die Kinder sind auch ohne den Umzug an einen fremden Ort schon durcheinander. Und, Peter, Sie will ich bei der Einäscherung auch nicht dabeihaben. Keiner – außer mir. Dann kann ich ihn vergessen. Wir haben über ein Jahr lang nicht mehr miteinander geschlafen. Stellen Sie sich das vor. Ich habe das keinem gesagt, außer Ihnen. Eigentlich weiß ich gar nicht, warum ich es Ihnen erzähle. Doch, ich weiß es. Bitte, trösten Sie mich. Bitte.«

Suzy streckte die Hand aus, als sie fertig war, und griff nach Peters Arm. Peter nahm ihre Hand, hielt sie an seine Wange, drehte sie dann um und küsste die Innenseite.

5. Kapitel

Muriel, die mit Pericles den Nachmittagsspaziergang machte, hatte auf der Bank unter der Königseiche in der Anlage eine Ruhepause eingelegt. Sie hatte gesehen, wie Peter zu Suzy Meadows ins Haus ging, und beschloss, mit ihm zu reden, wenn er herauskam. Sie musste wissen, ob Suzy Hilfe bei der Kinderbetreuung brauchte. Muriel stellte es sich sehr nett vor, die drei an den Nachmittagen eine Zeitlang bei sich zu haben. Die armen kleinen Dinger. Sie hoffte, dass sie in ihrem Alter noch nicht ganz begriffen, was geschehen war. Vor allem die kleine Rosie würde sich später bestimmt nicht an ihren Vater erinnern. Patrick war immer ein Sonderling gewesen. Im Grunde war es keine Überraschung, dass er Selbstmord begangen hatte – und dennoch, wie war es möglich gewesen, dass er sie alle verlassen hatte; ein Zuhause, für das es sich zu leben lohnte?

Die Sonne war untergegangen und es war ziemlich kalt geworden. Muriel wurde klar, dass sie nur einen Vorwand erfand, mit jemandem reden zu können. Das war der springende Punkt – sie war so einsam, dass sie Vorwände erfinden musste, um mit Leuten zu reden. Wie mochte es sein, wenn man für einen Augenblick Ruhe und Frieden dankbar war? Was für eine Vorstellung, viel zu tun zu haben, so viel, dass es einem wie ein Geschenk vorkam, wenn man in Ruhe gelassen wurde.

Also Schluss damit. Sie würde zielstrebig die Anlage durchqueren, Shepherd's Hill entlanggehen, dann über das Brachland zum Turnham Beck. Pericles stöberte gern am Ufer herum. Tun Sie etwas Positives, hatte sie in einem Zeitschriftenartikel gelesen. Ja, etwas *Positives*. Ihre braunen Wanderschuhe gaben lebhafte Geräusche von sich, als Muriel sich entschlossen auf den Weg zum Bach machte.

Es musste über eine Stunde vergangen sein, als Muriel von Shepherd's Hill aus wieder in die Jacks Lane einbog. Als sie am Straßenende die Church Lane überquerte und auf ihr Haus zuging, warf sie einen Blick hinüber zum Pfarrhaus und sah Peter, der Suzys Haus verließ. Die Ärmste, sie musste völlig verzweifelt sein. Wie aufmerksam vom Pfarrer, dass er so viel Zeit mit ihr verbrachte. Muriel winkte ihm überschwänglich zu, aber er sah sie nicht. Es musste sehr aufreibend sein, dachte sie, sich um Hinterbliebene zu kümmern.

Der folgende Dienstag verlief für Muriel alles andere als glücklich. Sie spielte von 10.30 bis 11.30 Uhr in der Schule Klavier; eine halbe Stunde für die Grundschüler und dann, während die Kleinen auf dem Schulhof spielten, eine halbe Stunde für die Hauptschüler. Die erste halbe Stunde machte Muriel immer Spaß. Toria Clark war eine bezaubernde, lebhafte junge Frau, genau richtig für die Kleinen, aber die Größeren waren ein Kapitel für sich. Muriel hatte keine Ahnung, wie Mr. Palmer es schaffte, sie zu disziplinieren. Er war so ruhig und trotzdem folgten sie ihm.

Muriel wäre um ein Haar zu spät in die Schule gekommen. Sie hatte zeitig mit dem Backen für einen Morgenkaffee angefangen, aber es hatte länger als erwartet gedauert, bis sie die Törtchen aus dem Backofen nehmen konnte. Schließlich hatte sie es in die Schule geschafft. Normalerweise deponierte sie Mantel und Schlüsselbund in dem winzigen Lehrerzimmer, aber weil sie spät dran war, legte sie beides auf das Klavier. Mitten im Unterricht der Hauptschüler kam ein halbes Dutzend von den Grundschülern hereingerannt. Sie riefen: »Miss Hipkin! Peri-Dingsbums ist auf dem Schulhof.« Gleich danach rückte fast der ganze Grundschulzug an. Miss Clark eilte ebenfalls herein, in der Hoffnung, den Musikunterricht der Hauptschüler noch retten zu können.

Ein Pandämonium brach los. Alle Schüler stürzten hinaus, um den Pudel auf Abwegen einzufangen, aber inzwischen war Pericles über die Mauer gesprungen und auf dem Weg zum Bach. Mr. Palmer hielt die Kinder mit einem donnernden Ruf gerade noch davon ab, Shepherd's Hill zu überqueren, und scheuchte alle in die Schule zurück. Muriel vergaß den Musikunterricht und stolperte über den unebenen Boden ihrem Hund hinterher. »Pericles! Pericles!«

Sie rief vergeblich. Er lief weiter und ließ Muriel weit hinter sich. Aus ihren Augenwinkeln rollten Tränen und rannen ihr über das Gesicht. Niemand machte sich etwas aus ihr, außer Pericles, und auch er ließ sie im Stich. Sie schleppte sich weiter und rief seinen Namen. Als sie schon aufgeben und sich auf den Rasen setzen und warten wollte, tauchte Sir Ronald auf, Pericles unter dem einen und Lady Bissetts Spitz unter dem anderen Arm.

»Hab' ihn erwischt, wie er an dem Kaninchenbau da unten ein Riesenloch gebuddelt hat. Leider ist er ganz dreckig, Miss Hipkin. Aber, aber, nur keine Aufregung. Er ist gesund und munter.« Er übergab ihr Pericles und sie bedankte sich überschwänglich bei ihm. Muriel gefiel es gar nicht, dass sie einem so gewöhnlichen Mann zu Dank verpflichtet war, aber sie musste sich in das Unvermeidliche fügen.

»Vielen herzlichen Dank. Ich habe keine Ahnung, wie er aus dem Haus gekommen ist. Ich weiß Ihre Freundlichkeit sehr zu schätzen, Sir Ronald. Nochmals vielen Dank.«

Als sie in die Schule zurückkam, deckte die Hausmeisterin in der Aula die Tische für das Mittagessen.

»Entschuldigen Sie die Störung, Mrs. Duckett. Ich habe meinen Mantel und den Schlüsselbund auf dem Klavier liegen gelassen.«

»Ihr Mantel is' hier, aber Schlüssel sind da keine nich' bei, Miss Hipkin.«

»O doch. Ich habe sie dort hingelegt.«

»Bloß Ihrn Mantel. Da is' nix mit Schlüsseln.«

Muriel schaute unter dem Klavier nach und verrückte die Stühle, in der Hoffnung, sie seien in der Aufregung hinuntergefallen.

»Lassen Se bloß die Stühle so stehn – hab' se doch grade fürs Essen so aufgestellt!«

»Entschuldigung, Mrs. Duckett. Vielleicht habe ich das Haus gar nicht abgeschlossen und Pericles hat deshalb hinaus gekonnt. Du meine Güte, ich hoffe nur, dass ich nicht ausgeraubt worden bin!«

»Lassen Se Ihren Perickels nich' runter – der Boden is' sauber.«

»Entschuldigen Sie. Ich bin schon weg.«

Sie eilte nach Hause und fand die Hintertür sperrangelweit offen vor, aber die Vordertür war abgeschlossen, und von ihren Schlüsseln war nichts zu sehen. Sie verbrachte den größten Teil des Nachmittags damit, sich zu Tode zu ängstigen. Sie musste sich zusammenreißen. Mit vierundsechzig war sie doch noch lange nicht senil. Die Schlüssel mussten irgendwo in der Schule sein. Ihre Zweitschlüssel waren unter einer Topfpflanze im Hintergarten versteckt. Sie würde die Ersatzschlüssel nehmen, bis die anderen auftauchten. Was für ein Segen, dass sie für den Fall, sich auszuschließen, die Zweitschlüssel versteckt hatte.

Die nächsten beiden Nächte verliefen beklommen und sie

schlief überhaupt nicht gut. Als sie am Donnerstag in die Schule ging, um die Gymnastikstunde mit Klavier zu begleiten, begrüßte sie Michael Palmer mit dem Schlüsselbund in der Hand.

»Schauen Sie, was ich zwischen den Noten auf der Klavierbank gefunden habe. Ich habe herausgesucht, was wir heute Morgen brauchen, und da waren die Schlüssel.«

»Oh, vielen Dank, Mr. Palmer. Was für eine Erleichterung! Wie dumm von mir.«

Der Postbote kam selten zu Glebe Cottages 1, aber am nächsten Morgen lag ein hübscher, dicker Umschlag auf dem Fußabstreifer. Darin steckte eine gedruckte Einladung mit Goldrand. Harriet und James Charter-Plackett baten Miss Muriel Hipkin zu einem Abendessen zur Feier von James' vierzigstem Geburtstag. Abendkleidung erwünscht. Muriel hatte noch kein einziges Mal an einem gesellschaftlichen Ereignis teilgenommen, bei dem die Herren einen Smoking trugen. Der Vorfall mit den Schlüsseln schrumpfte zu einer Belanglosigkeit. Heute in zwei Wochen – nein, in zwei Wochen und einem Tag. Was in aller Welt sollte sie anziehen? Und was sollte sie Jimbo zum Geburtstag schenken? Gleichermaßen wichtig war, wem sonst die Ehre einer Einladung zuteil geworden sein mochte. Muriels Finanzen reichten mit Mühe und Not für den alltäglichen Lebensunterhalt; zusätzliche Ausgaben warfen alles über den Haufen. Die einzige Lösung war, ihr Kapital anzugreifen. Schließlich handelte es sich um den Höhepunkt ihres Jahres. Sie konnte es sich doch bestimmt leisten, einmal über die Stränge zu schlagen? Ein Besuch bei der Bausparkasse in Culworth war unvermeidlich, und wenn sie schon einmal dort war, konnte sie nach einem passenden Geschenk und nach einem Kleid Ausschau halten.

Der Mittwoch war für die Fahrt am besten geeignet. In

Muriels Augen war der Montag nicht der richtige Tag für Einkäufe; da gab es so viel zu waschen und zu bügeln und nach dem Wochenende musste im Haus aufgeräumt werden. Am Dienstag und am Donnerstag wurde sie in der Schule gebraucht und am Freitagmorgen spielte sie beim Schülergottesdienst in der Kirche, was hieß, dass sie den einzigen Bus in die Stadt nicht bekam. Also kam nur der Mittwoch in Frage.

Am Dienstagabend klopfte es an der Haustür und auf der Türschwelle stand Caroline Harris.

»Hoffentlich störe ich nicht. Mir war nach einem Schwatz – haben Sie Zeit?«

»Natürlich! Kommen Sie doch herein. Soll ich uns Tee machen oder möchten Sie einen Sherry? Ich habe einen sehr ordentlichen. Er ist Jahre alt und sehr gut.«

»Nach den Hektolitern Tee, die ich im Krankenhaus trinke, wäre Sherry eine erfreuliche Abwechslung. Ich könnte schwören, dass der ganze Krankenhausbetrieb zum Stillstand käme, wenn Tee Mangelware würde. Sie haben ja ein bezauberndes Haus, Muriel. Klingt unhöflich, aber ich kann mir die Bemerkung nicht verkneifen.«

Muriel brachte aus dem Sideboard eine Flasche Sherry und zwei sehr ansehnliche Kristallgläser zum Vorschein. Ein kleines Tablett mit einem sauberen weißen Tuch darauf und ein Porzellanteller mit kreisförmig darauf angeordneten Keksen rundeten ihre Gastfreundschaft ab.

»Ich habe alles darüber gehört, wie Pericles ausgerissen ist«, sagte Caroline. »Es freut mich, dass Sie ihn gesund und munter zurückhaben.«

»Eigentlich war es Sir Ronald, der ihn gefunden hat. Er hatte nach Kaninchen gebuddelt – Pericles, meine ich, nicht Sir Ronald.« Beide kicherten über die Vorstellung, wie Sir Ronald nach Kaninchen buddelte.

Caroline trank einen Schluck Sherry, knabberte an einem Keks, fegte sich die Krümel vom Rock und räusperte sich.

»Wir haben von Jimbo und Harriet eine Einladung zur Feier von Jimbos vierzigstem Geburtstag bekommen.«

»Ich auch – ist das nicht aufregend? Morgen fahre ich nach Culworth, um ein Geschenk für ihn zu kaufen, obwohl ich keine Ahnung habe, was ich ihm schenken soll.«

»Wenn Sie wollen, nehme ich Sie mit. Ich fahre immer um halb neun – wäre Ihnen das recht?«

»O ja, sehr sogar, und für die Rückfahrt nehme ich den Bus.«

»Muriel, Sie nehmen mir das hoffentlich nicht übel, aber wissen Sie schon, was Sie anziehen?«

»Das ist ein Problem. Ich habe überhaupt nichts Passendes, weil ich noch nie zu einem so eleganten Abendessen eingeladen war. Ein braves Wollkleid geht da nicht, es muss schon ein bisschen festlicher sein.«

»Hören Sie, ich finde es absolut unnötig, dass Sie Geld für ein Kleid ausgeben, das Sie nicht oft tragen werden. Sie und ich sind etwa gleich groß, wie wär's also, wenn ich Ihnen ein Kleid von mir leihe? Es tut mir Leid, wenn ich Sie gekränkt haben sollte. Es war nur ein Vorschlag.«

»Sie haben mich kein bisschen gekränkt. Ist das wirklich Ihr Ernst?«

»Selbstverständlich. Wir sind hier neu; deshalb hat noch niemand meine Festtagsgarderobe gesehen, und kein Mensch wird es merken. Hören Sie, draußen ist es dunkel, niemand sieht uns – schleichen wir uns doch gleich hinüber und probieren was an.«

»Was für eine großartige Idee. Mr. Harris hat doch nichts dagegen, oder?«

»Natürlich nicht. Es wird ihn freuen, wenn wir Ihnen helfen können.«

Es war peinlich für Muriel, sich im Schlafzimmer von Caroline und Peter auszuziehen. Sie hatten es noch nicht geschafft, es zu renovieren, aber auf den alten Teppichboden hatte Caroline einen weißen Wollläufer gelegt, der sich unter Muriels bestrumpften Füßen luxuriös und weich anfühlte. Auf einem Stuhl am Fenster lag Peters Jogginganzug und seine Turnschuhe standen darunter. Carolines Nachthemd – eine Kreation aus pfirsichfarbener Seide – lag neben Peters Pyjama mit Paisleymuster auf der Tagesdecke. Es hatte etwas Anstößiges, die Nachtwäsche der beiden aus der Nähe zu sehen; es war fast, als ob Muriel einen Blick auf die Privatsphäre des Ehepaares erhaschte. Aus dem riesigen alten Schrank des lieben Mr. Furbank kamen drei zauberhafte Abendkleider zum Vorschein.

»Das schwarze mit der Perlenstickerei am Oberteil würde Ihnen gut stehen, meinen Sie nicht auch, Muriel?«

»Es ist wunderschön. Die Perlenstickerei ist prächtig, aber ich glaube, für eine Frau in meinem Alter ist ein ärmelloses Kleid unpassend, oder?«

»Ah, Moment, es gehört ein Jäckchen dazu, mit langen Ärmeln. Es muss irgendwo im Schrank stecken – ah, da ist es ja. Probieren Sie es an.«

Das perlenbestickte Kleid passte Muriel wie angegossen. In einem Laden hätte sie genau dieses Stück gekauft. Als Caroline ihr in das Bolerojäckchen aus Georgette half, seufzte Muriel angesichts ihrer Verwandlung auf.

»Oh, das ist wundervoll! Meinen Sie wirklich, dass ich es mir ausleihen kann? Ich müsste etwas mit meinen Haaren machen.«

»Wenn ich es getragen habe, dann mit diesem Haarschmuck. Schauen Sie, so.«

Der Haarreif aus schwarzem Samt, der ihr Haar zurückschob, stand Muriel ausgezeichnet. Jetzt musste sie nur noch die schwarzen Pumps finden, die sie seit den sechziger Jahren besaß.

»Ich glaube, ich ziehe diesen cremefarbenen Fummel an. Darin sieht mich Peter besonders gern.«

Muriel war inzwischen wieder umgezogen und schaute sich im hohen Schrankspiegel des lieben Mr. Furbank an. Mit ein bisschen Glück und Geld hätte sie etwas aus sich machen können, aber jetzt war es zu spät. Die beiden Frauen packten das Kleid und das Jäckchen in eine Tragetasche und gingen nach unten. Peter telefonierte. »Ja, natürlich komme ich. Ja, sofort.« Er legte auf und wandte sich Caroline zu.

»Liebling, das war Suzy Meadows. Sie möchte, dass ich zu ihr komme. Sie ist jetzt doch nicht zu ihrer Mutter gefahren. Kommst du mit? Entschuldigen Sie, Muriel, guten Abend. Ich vergesse ja ganz meine Manieren.«

»Ich wollte früh ins Bett, Peter.«

»Ich sage Ihnen beiden jetzt gute Nacht, und vielen Dank, Caroline, dass Sie an das hier gedacht haben. Ich bin morgen Punkt halb neun hier.« Muriel hielt die Tragetasche hoch, als sie sich bedankte, verließ schnell das Pfarrhaus und ging nach Hause, vorbei am Cottage von Willie Biggs und an St. Thomas à Becket. In ihrem Häuschen blieb sie einen Moment lang mit dem Rücken zur Tür stehen und hielt die Tragetasche außerhalb der Reichweite von Pericles, der zur Feier ihrer Rückkehr Luftsprünge machte und herumtollte.

Oben nahm sie das Kleid behutsam heraus und breitete es auf dem Bett aus. Im Nu war sie aus ihren Sachen und wieder in das Kleid geschlüpft. Erst probierte sie es ohne das Bolerojäckchen. Unter dem Schwarz lugte ein Stück ihres weißen BH-Trägers hervor. Konnte sie es wagen, den BH wegzulassen? Weil sie im Moment niemand sehen konnte, probierte sie es aus. Ihr BH Größe 70 A war eigentlich überflüssig, dachte sie. Wer würde schon merken, dass er fehlte? Niemand außer ihr. Sollte sie es wagen? Warum nicht! Viele junge Frauen trugen heutzutage keinen Büstenhalter mehr; das war ihr aufgefallen. Das Bolerojäckchen aus Georgette rundete den Gesamteindruck ab. Muriel kämmte sich das Haar zurück und steckte den Haarreif hinein. Morgen würde sie ein kleines Präsent für Caroline kaufen – belgische Luxuspralinen in dem teuren Laden in Culworth. Damit machte sie Caroline bestimmt eine Freude.

Caroline machte es hingegen *keine* Freude, dass sie Peter zu dieser späten Stunde zu Suzy begleiten sollte.

»Du hast mich noch nie gebeten, bei einem Hausbesuch mitzukommen, Liebling.«

»Wir haben auch noch nie in einem so kleinen Dorf gewohnt. Ich möchte dich dabeihaben, falls sie ein Beruhigungsmittel braucht.«

»Es verstößt gegen das Berufsethos, den Patienten anderer Ärzte Medikamente zu verabreichen, das weißt du doch. Aber wie auch immer, ich komme mit.« Sie streckte sich und küsste ihn auf den Mund, schob die Zunge gegen seine Zähne, damit er den Kuss richtig erwiderte. Er legte die Arme um sie und küsste sie, als bekäme er sie tausend Jahre lang nicht wieder zu sehen. Seine Hände massierten sanft ihren Rücken und glitten dann nach unten, pressten ihren Körper fest an seinen, so dass sie sich von Kopf bis Fuß mit ihm verschmolzen fühlte.

»Vergiss nie, ganz gleich, was passiert, dass ich dich mehr als das Leben liebe. Meine Liebe zu dir ist jederzeit abrufbar.«

»Peter, ich liebe dich auch, auf immer und ewig. Ich kann mir ein Leben ohne dich nicht vorstellen. Aber jetzt komm auf den Boden der Tatsachen zurück, wenn ich bitten darf.« Caroline machte sich lachend los und sagte: »Wir gehen doch nur zwei Türen weiter. Komm schon, sie wird sich fragen, wo du bleibst. Wir setzen dieses Gespräch im Bett fort, wenn wir zurückkommen.«

Als Suzy ihnen aufmachte, war sie hysterisch. Sie schlang die Arme um Peter, klammerte sich an seine Jacke und weinte und schrie abwechselnd. Als Caroline im Hintergrund mit ruhiger Stimme sagte: »Suzy, lassen Sie uns bitte ins Haus, sonst stehen sämtliche Nachbarn auf der Matte«, ruckte Suzys Kopf nach oben.

Sie zog ein Taschentuch aus dem Ärmel, wischte sich die Augen und löste sich von Peter.

»Entschuldigen Sie.« Das galt mehr Caroline als Peter. »Ich benehme mich unmöglich, ich weiß, aber die Presse lässt uns nicht in Ruhe. Die Reporter haben meine Mutter belästigt, sie rufen dauernd bei mir an, sie waren in der Schule, in der ich früher unterrichtet habe, sie haben sogar rausgekriegt, wo ich zur Schule gegangen bin, und haben sich bei meinen Freundinnen erkundigt, wie ich während der Schulzeit war. Gemeine Suggestivfragen wie ›Hat sie sich sehr für Jungen interessiert? Hat sie viele Freunde gehabt? Hat sie Drogen genommen?‹ Sie wühlen nach Schmutz, mit dem sie mich in den Artikeln bewerfen können. Ich brauche einfach jemanden zum Reden, damit ich meine Gefühle ordnen kann. Entschuldigen Sie, dass ich Sie gebeten habe, zu mir zu kommen.« Sie brach wieder in Tränen aus und setzte sich, mit tief gesenktem Kopf.

Caroline stöberte im Sideboard herum und entdeckte eine Flasche Brandy.

»Was Sie brauchen, meine Liebe, ist ein Brandy, und außerdem müssen Sie sich richtig ausschlafen. Hier, bitte – trinken Sie langsam.« Caroline blieb vor ihr stehen, während Suzy unter Protest das Glas bis zum letzten Tropfen leer trank.

»Ich brauche das nicht.«

»Aber es wird Ihnen gut tun. Und jetzt ins Bett mit Ihnen, wenn ich bitten darf, solange die innere Wärme noch vorhält. Ich lasse Sie nicht allein; ich übernachte auf der Couch.«

Suzy schüttelte heftig den Kopf. »Nein, nein. Das kann ich nicht annehmen! Bitte. Ich komme schon klar.«

Caroline insistierte und setzte sich durch. Sie fand ein Kissen und eine Decke und legte beides auf die Couch.

»Sei ein Schatz, Peter, und bring mir meine Sachen für die Nacht. Oder ich hole sie und du bleibst hier.«

»Nein, ich gehe.«

Als er zurückkehrte, hatte Caroline Suzy ins Bett gepackt und versicherte ihr, sie werde auf die Kinder Acht geben. Sie warf einen Blick in die beiden Zimmer, in denen die Mädchen schliefen, und wünschte sich, auch bei sich zu Hause jeden Abend die Runde machen zu müssen, ehe sie selbst zu Bett ging... Peter gab ihr die Sachen, küsste sie und verließ leise das Haus.

Als die Leiche schließlich zur Einäscherung freigegeben wurde, hätte Suzy Patricks Asche einfach in den Mülleimer kippen können, wie sie es beabsichtigt hatte. Caroline versuchte, sie zu einer Urnenbestattung zu überreden, mit dem Argument, später denke sie vielleicht anders darüber. Suzy stimmte ihr nicht zu.

Am Tag, an dem die Urne gebracht wurde, wartete Suzy, bis es dunkel war und die Kinder im Bett waren, dann steckte sie die Urne in eine Plastiktasche von Sainsbury und ging durch das Dorf zum Bach. Sie brachte es doch nicht über sich, die Asche in den eigenen Mülleimer zu kippen; deshalb entschied sie sich für die öffentliche Mülltonne an der kleinen Fußgängerbrücke. Beim Anblick des fließenden Wassers überlegte sie jedoch, es sei sinnvoller, die letzten Überbleibsel ihres Mannes in den Turnham Beck zu streuen und der Strömung zu überlassen, die sie vielleicht bis ins Meer trug und in die Welt hinaus.

Suzy machte sich auf den Heimweg, mit dem Gefühl, ein

Teil ihres Lebens sei abgeschlossen. Jetzt konnte sie nur noch nach vorn schauen. Patricks Rente war ausreichend, wenn Suzy sparsam lebte, und für Beschäftigung war durch die Spielgruppe und alles andere reichlich gesorgt. Möglicherweise lernte sie eines Tages einen anderen Mann kennen, den sie lieben konnte. Aber jetzt noch nicht. Sie musste eine Zeitlang ganz auf sich gestellt leben. Der erste Schritt in diese Richtung würde sein, dass sie sich einen Babysitter suchte, vielleicht Toria Clark, und zu Jimbos Geburtstagsparty ging. Warum nicht? Sie war wieder eine freie Frau und brauchte sich keine Sorgen zu machen, dass Patrick mit seiner reservierten, abweisenden Art aneckte.

6. Kapitel

Muriel hatte den Füller, den sie für Jimbo gekauft hatte, als Geschenk verpackt, die Karte dazu geschrieben, sich die Haare gewaschen und sich mit dem jahrelang unbenutzten Manikürebesteck in dem Lederetui die Nägel manikürt. Sie hatte ein ausgedehntes Bad genommen und Pericles fast eine Stunde in den Garten gesperrt, damit er bis zu ihrer Rückkehr durchhielt. Das geliehene Kleid lag ausgebreitet auf dem Bett, ihre Pumps waren auf Hochglanz poliert und jetzt trug Muriel ein bisschen Parfüm auf. Es hieß »Panache«. Nicht übertrieben teuer, aber dennoch köstlich. Ein Hauch hinter die Ohren, ein Hauch auf die Handgelenke – genau genommen vielleicht mehr als nur ein Hauch – und ein Tropfen auf den Hals. Die Uhr zeigte halb sieben. Du meine Güte, noch eine Stunde, bis sie dort sein musste. Sie war viel zu früh fertig.

Muriel legte sich im Unterrock aufs Bett und las in dem Buch, das sie sich diese Woche in der Bibliothek auf Rädern ausgeliehen hatte – eine höchst ergötzliche Geschichte um einen bezaubernden jungen Reiter. Als Muriels kleine Porzellanuhr sieben Uhr anzeigte, erhob sie sich, frischte ihr Panache auf, zog das Kleid an und das Bolerojäckchen über ihren jetzt BH-freien Busen, schlüpfte in die Pumps, griff nach dem Abendtäschchen, das sie vor Jahrzehnten bei den jährlichen Bällen der Jungen Konservativen benützt hatte, gab Pericles ein Küsschen auf den Kopf und entschwebte zu Jimbos Party.

Sie hatte eine unverzeihliche Sünde begangen – war als erster Gast eingetroffen und zu früh. Auf der Einladung hatte gestanden »ab halb acht«, und was hatte Muriel getan? Sie war fünf Minuten vor halb acht gekommen.

»Kommen Sie herein, Muriel, kommen Sie herein. Ich bin entzückt!« Jimbo küsste sie herzlich auf beide Wangen. »Heute Abend sind Sie ein Gast, keine Kundin, also darf ich Sie Muriel nennen und Ihnen einen Kuss geben. Ich muss schon sagen, Sie sehen umwerfend aus. Wo haben Sie bloß diese tolle Aufmachung her?« Muriel errötete. »Kommt rein, ihr drei, und begrüßt Miss Hipkin.«

Aus dem Wohnzimmer tauchten die Jungen Fergus und Finlay auf und dann die kleine Flick, alle im Sonntagsstaat. »Daddy, Daddy, dürfen wir Miss Hipkin ihren Sherry bringen?« fragte Flick aufgeregt.

»Keine Bange, Muriel, die drei bleiben nicht zum Essen auf, sie sagen bloß allen guten Abend, und dann geht's ab in die Heia. Wir mögen es, wenn unsere Kinder gesellig sind und sich zu benehmen wissen. Ja, du darfst den Sherry bringen, aber pass auf.«

»Ich bin viel zu früh dran, entschuldigen Sie bitte.«

»Aber das macht doch nichts, schön, dass Sie da sind. Harriet hat alles im Griff. Entschuldigen Sie mich, ich kümmere mich um den Wein.«

Die Kinder führten Muriel ins Wohnzimmer. Die Jungen eskortierten sie zu einem Sessel und Flick brachte ihr einen Sherry.

»Woher hast du gewusst, dass ich Sherry mag?«

»Von Daddy. Die anderen wollen bestimmt Gin Tonic, aber er sagt, Sie gehören zur alten Schule und trinken lieber Sherry.«

»Aha. Gehst du gern in die Schule?«

Die Jungen zogen Grimassen, aber Flick sagte: »O ja! Miss Clark ist nett. Sie ist so witzig, sie bringt uns immer zum Lachen. Aber heute Abend kommt sie nicht. Sie passt auf die Kinder von Mrs. Meadows auf.«

»Dann kommt Mrs. Meadows also?«

»O ja. Mummy hat gesagt, es tut ihr bestimmt gut, wenn sie mal unter Leute kommt.«

»Wie alt bist du, Flick?«

»Sechs, warum?«

»Du scheinst viel darüber zu wissen, was sich im Dorf tut.«

»Mummy und Daddy meinen, dass wir das wissen sollen. Und ich hör' sowieso auch dann zu, wenn ich das nicht darf.«

In diesem Augenblick kam Harriet mit ihrer Mutter und ihrer Schwiegermutter herein.

»Muriel – darf ich Ihnen meine Schwiegermutter Katherine vorstellen? Meine Mutter Sadie kennen Sie ja.« Die Frauen gaben Muriel die Hand und Harriet überließ sie ihrem Gespräch.

Katherine nahm wichtigtuerisch im Sessel neben Muriel Platz und nötigte Sadie Beauchamp, neben ihr stehen zu bleiben.

»So, Muriel, Sie sind also eine der Dorfbewohnerinnen?«

»Ich wohne im Dorf, ja.«

»Mir kommt das alles furchtbar langweilig vor. Jimbo hätte diese Party gar nicht geben sollen. Ich bin nur gekommen, weil ich ihn nicht im Stich lassen wollte. Wissen Sie, er hatte einen tollen Posten in einer Handelsbank und hat dort Karriere gemacht, bis er sich in den Kopf gesetzt hat, aus dem Haifischbecken auszusteigen, wie er es nannte, und diesen Kramladen hier zu übernehmen.«

Muriel fühlte sich zum Widerspruch gereizt. Vielleicht war ihr der Sherry zu Kopf gestiegen, von dem sie sonst weiche Knie bekam.

»Einen Kramladen kann man das kaum nennen. Er und Harriet leiten hier ein ganz hervorragendes Geschäft. Die beiden –«

Sadie unterbrach sie entrüstet: »Manchmal bist du furchtbar unhöflich, Katherine. Die beiden haben einen Riesenerfolg mit ihrem Geschäft! Ich bin jeden Tag hier und kann das beurteilen und außerdem fällt mir auf, dass es Jimbo gesundheitlich viel besser geht als früher.«

»Erlaube mal, was gut für meinen Sohn ist, weiß ich nun wirklich besser als du.«

Das Glas mit Gin Tonic schwankte in Sadies Hand. »Und außerdem ist die ganze Atmosphäre hier viel besser für die Kinder. Sie müssen nicht mehr mit diesen ganzen Algernons und Arabellas mithalten; in der Dorfschule fühlen sie sich viel wohler.«

Katherine schnaubte und wandte sich der Aufgabe zu, Muriel einen Dämpfer zu verpassen.

»Was haben Sie denn beruflich so gemacht – Muriel, stimmt's?«

»Ich war bis zu meiner Pensionierung Anwaltssekretärin. Jetzt wohne ich in Glebe Cottages.«

»Ich muss schon sagen, Sie verstehen sich zu kleiden – ziemlich überraschend für eine Dorfbewohnerin. Obwohl Sie vermutlich selten Gelegenheit haben, ein solches Ensemble zu tragen. Wer ist denn dieser unglaublich gut aussehende Mann, der eben hereinkommt?«

Sadie lächelte und sagte ihr, das sei der Pfarrer.

»Der *Pfarrer*? So ein Mann muss hier ja total versauern. Er sollte eine Großstadtgemeinde leiten und die Bischofswürde anstreben. Seine Frau sieht sehr elegant aus. Ich gehe mal davon aus, dass sie seine Frau ist und nicht seine Geliebte. Heutzutage muss man ja der Geistlichkeit gegenüber so tolerant sein.«

Muriel stand auf, begrüßte Caroline und Peter und machte sie mit Jimbos Mutter bekannt. Sadie kannten sie schon aus der Kirche. Muriel nutzte die Gelegenheit zur Flucht und wandte sich Suzy zu, die eben mit Michael Palmer hereingekommen war. Suzy trug ein scharlachrotes, hautenges Kleid, das mehr enthüllte als verbarg. Muriel hatte das Gefühl, es sei reichlich unpassend für eine frisch verwitwete Frau. Das war Suzy durchaus bewusst; aber sie war in der Stimmung dafür. Es ging nicht an, einen Schatten auf die Festlichkeit zu werfen; Jimbo hatte das Recht, seine Party zu genießen.

Harriet dirigierte die Gäste sanft ins Esszimmer und die Kinder gingen widerstrebend zu Bett, während sich die Erwachsenen zu Tisch setzten. Muriel konnte nicht fassen, wie Harriet die Zeit zum Tischdecken gefunden hatte, ganz zu schweigen von der Zubereitung der göttlichen Speisen. Auf dem feinen rosa Tischtuch stand in der Mitte eine Reihe glänzender Kerzenhalter mit rosa Kerzen, die einen milden Schein auf kleine Blumengestecke in Rosa und Weiß warfen – genau in der richtigen Höhe, so dass sie das Gesicht des Gegenübers nicht verdeckten. Neben jedem Gedeck standen drei Kristallweingläser und die rosa Leinenservietten waren schwanenförmig gefaltet. Die Vorspeisen standen schon auf dem Tisch. Muriel wusste, dass Sadie täglich kam und Harriet half, aber auch das war keine Erklärung für ein derart vollkommen zubereitetes Essen.

Peter und Caroline saßen Muriel gegenüber und ihre Tischnachbarinnen waren Suzy und Katherine. Neben Caroline saß Lady Bisset mit ihrem Mann als Tischherrn. Es war etwas unglücklich, dass Sheila und Caroline nebeneinander saßen, aber Harriet konnte nicht wissen, dass die beiden nicht gut miteinander auskamen. Am einen Tischende saß Jimbo, das andere nahmen Harriet und ihre Mutter ein. Dazwischen platziert waren Michael Palmer und Liz und Neville Neal; Neville war Jimbos Buchhalter.

Das Essen war ausgefallen und ganz köstlich, und als Muriel sich für einen Haselnussmeringue zum Nachtisch entschied, hatte sie keine Ahnung, wo sie dafür noch Platz finden sollte. Drei verschiedene Weine zum Essen hatten sie sehr gesprächig gemacht und auch Lady Bissett hatte der Wein die Zunge gelockert.

»Am nächsten Wochenende sind wir völlig ausgelastet, stimmt's, Ron...ald?«

»Ja, allerdings. Wissen Sie, Neil und Glenys verbringen das Wochenende bei uns.«

Caroline, die eine Zabaglione aß, hielt inne und fragte, die Unschuld in Person: »Neil und Glenys? Müsste ich die beiden kennen?«

»Natürlich kennen Sie Neil und Glenys Kinnock! Er ist der Hauptredner bei der Wahlkundgebung der Labour Party in Culworth. Wir haben ihnen angeboten, bei uns zu wohnen – typisch englisches Wochenende auf dem Land und so weiter. Da können sie sich mal entspannen...« Sir Ronald hatte Carolines Frage ganz ernsthaft beantwortet, aber Lady Bissett erriet, dass Caroline nur provozieren wollte.

Peter gab Caroline einen Stups, aber sie ignorierte es und fuhr fort: »Ich hoffe bloß, es kommt nicht zu einem Volksauflauf im Dorf, und dass wir nicht mit Spruchbändern und Demonstranten überschwemmt werden. So weit ich weiß, ist die Kundgebung wahlentscheidend für die Partei.«

»Niemand wird auch nur mitbekommen, dass die beiden hier sind – das wird geheim gehalten. Natürlich ist die Polizei informiert. Wegen seiner Stellung in der Partei muss sie über Neils Aufenthaltsort Bescheid wissen.«

»Aha.« Caroline legte den Löffel weg, beugte sich über den Tisch und erkundigte sich in vertraulichem Ton bei Lady Bissett: »Haben die beiden irgendwelche Eigenheiten, über die Sie von der Parteizentrale aufgeklärt werden mussten?«

»Eigenheiten? Selbstverständlich nicht. Es sind reizende Leute.« Lady Bissett wandte sich Peter zu. »Wir hoffen, dass wir jetzt, nachdem Sie sich eingewöhnt haben, bald das Getrappel kleiner Füßchen im Pfarrhaus zu hören bekommen, Peter.«

Nach einer kurzen Pause antwortete Caroline an seiner Stelle: »Das werden Sie nicht zu hören bekommen ... Sheila.«

»Ach, dann sind Sie eine dieser modernen Frauen, die nichts vom Kinderkriegen halten, eine Karrierefrau?«

»Das geht nur meinen Mann und mich etwas an – und Sie überhaupt nichts. Ich finde, Sie sind unverschämt.«

Peter vermittelte mit einem freundlichen Hinweis: »Zu unserem Leidwesen können wir keine Kinder bekommen, Lady Bissett.«

»Es wird bald Zeit für den Gartenwettbewerb im Dorf, Lady Bissett. Was haben Sie dieses Jahr dafür geplant?« Muriel versuchte, das Thema zu wechseln, aber Lady Bissett wollte nichts davon wissen.

»Ich hätte gedacht, Sie als Ärztin wüssten, was da zu tun ist. Schließlich gibt es heutzutage alle möglichen Methoden. Ich wüsste gar nicht, was ich ohne Bianca und Brendan anfangen sollte.«

»Ich habe es nicht nötig, zur Rechtfertigung meiner Existenz auf Kinder zurückzugreifen.«

Caroline war den Tränen gefährlich nahe und Jimbo, der am Tischende die Signale einer Verstimmung auffing, sprang sofort auf, schenkte Sheila Bissett Wein nach und lenkte sie dadurch von Caroline ab. Katherine Charter-Plackett fing einen Blickwechsel zwischen Suzy und Peter auf. Sie rückte näher an Muriel heran und flüsterte laut: »Was ist denn da zwischen dem umwerfenden Pfarrer und der Sirene in Rot? Die haben was miteinander.«

Muriel war entsetzt. Zum Glück war Caroline damit beschäftigt, ihre Gefühle in den Griff zu bekommen, so dass ihr Katherines Bemerkung entging, aber Peter bekam sie mit. Er machte ein sehr bekümmertes Gesicht.

Neville lehnte sich zurück, hoch zufrieden mit dem Essen. »Harriet, das war wunderbar! Wissen Sie, Sie sollten ein Restaurant aufmachen. Sie haben das Talent dazu und die Erfahrung.«

Als Harriet auffiel, dass Jimbo das aufschnappte und glitzernde Augen bekam, hielt sie Neville spielerisch den Mund zu.

»Still, Neville. Setzen Sie ihm nicht noch mehr Flöhe ins Ohr, es reicht schon jetzt. Nein, Jimbo, reg dich ab, mein Junge. Da mache ich nicht mit.«

Neville hakte trotzdem nach. »Das Cottage neben Sadies Haus ist spottbillig zu haben, außerdem reicht das Grundstück für einen Parkplatz. Es wäre doch sehr praktisch, wenn Sadie das Lokal ständig im Auge hätte, stimmt's, Sadie? Das Cottage eignet sich hervorragend für ein Restaurant, gleich gegenüber den Anlagen und so.« Alle prusteten los, aber Jimbo lachte nicht; er speicherte die Idee in seiner mentalen Datenbank.

Nachdem sie zum Kaffee ein Schnäpschen oder einen Likör getrunken hatten, zogen sie in das Wohnzimmer um, wo Jimbo zwei eisgekühlte Champagnerflaschen bereitgestellt hatte. Alle sangen ihm zu Ehren »Happy Birthday«, während er die Flaschen entkorkte.

»Sehr zum Wohl, Jimbo. Auf Ihren Fünfzigsten!«, sagte Peter und alle klatschten. Danach wurde getanzt und gespielt, und sie amüsierten sich blendend. Um Mitternacht sagte Peter, er müsse jetzt wirklich gehen, weil er morgen einen Frühgottesdienst zu halten habe, und er und Caroline erboten sich, Muriel nach Hause zu begleiten. Jimbo brachte sie zur Tür. Er umfasste Muriels Schultern und gab ihr einen dicken Schmatz.

»Vielen herzlichen Dank für den prächtigen Füller. Ich werde ihn in Ehren halten als Geschenk einer bezaubernden Dame, die heute Abend stolz auf sich sein kann.« Muriel war in so ausgelassener Stimmung, dass sie den Kuss erwiderte.

Dann gab Jimbo Caroline einen Kuss und flüsterte ihr ins Ohr: »Nehmen Sie meine Mutter, die alte Schreckschraube, nicht ernst. Ich tu's auch nicht. Es lohnt sich nicht, sich über sie aufzuregen – okay?«

Caroline lächelte, nahm Peters Hand, und sie gingen hinaus in die Nacht. Der Mond schien, der Himmel war klar und voller Sterne, der vollkommene Abschluss eines reizenden Abends.

»Gute Nacht, Muriel, bis morgen.« Caroline und Peter winkten ihr beide zu, als sie Richtung Pfarrhaus in die Church Lane einbogen. Peter packte Carolines Hand fester. Caroline schwieg. Sie wusste, wie sehr sich Peter nach Kindern sehnte, und ihm zuliebe sehnte sie sich auch danach. Der Schmerz, den Sheila Bissett ihr zugefügt hatte, war unerträglich.

Als sie im Bett lagen, schlug Caroline ihrem Mann mit kleiner, gepresster Stimme vor, sich scheiden zu lassen.

Er setzte sich auf, völlig erschüttert. »Mich *scheiden* lassen! Warum?«

»Weil du dir Kinder wünschst und ich dir keine schenken kann, deshalb. Dann könntest du eine Frau heiraten, die dir Kinder gebären kann. Ich wüsste zwar nicht, wie ich ohne dich leben sollte, aber dir zuliebe würde ich es ernsthaft versuchen.«

Ein kurzes Schweigen entstand, bis Peter antwortete.

»Caroline, ich bin deiner nicht würdig. Ich habe dich geheiratet, weil du das Licht meines Lebens bist, nicht um der Fortpflanzung willen. Ich komme mir so klein und schäbig vor. Bring so etwas nie wieder zur Sprache. Das heißt, nur dann, wenn du dich scheiden lassen willst, und dann steh Gott mir bei. Und überhaupt, wer würde mich schon wollen? Mit mir kann es nur eine Heilige wie du aushalten.«

»Das ist nicht wahr, du bist sehr begehrenswert. Ehrlich gesagt, du bist absolut hinreißend. Mir ist aufgefallen, wie Katherine Charter-Plackett dich mit den Augen verschlungen hat!«

»Sie hat eine zu spitze Zunge. Es wird höchste Zeit, dass sie ein bisschen nachdenkt, bevor sie den Mund aufmacht. Ich gebe dir einen Gutenachtkuss, dann gehe ich hinunter ins Arbeitszimmer und halte Zwiesprache mit dem Herrn.«

»Das kannst du doch auch hier tun.«

»Nein, du lenkst mich bloß ab. Ich muss nachdenken. Gute Nacht, mein Schatz.«

Peter ging hinunter in sein Arbeitszimmer und weinte.

Nachdem Muriel den beiden zum Abschied zugewinkt hatte, schloss sie die Haustür auf und fand Pericles mit sorgenvoller Miene vor. Sie ließ ihn hastig in den Garten hinter dem Haus und bereitete sich eine Tasse Ovomaltine zu, die ihr beim Einschlafen helfen sollte. Es war ein wunderbarer Abend für sie gewesen. Das Essen, die Geselligkeit, der Wein, die Freundlichkeit, alles. Das würde sie niemals vergessen. Sie zog die Schublade auf, um einen Teelöffel herauszunehmen, und stellte fest, dass das Besteck falsch eingeordnet war. Wo sonst die Gabeln lagen, waren die Messer, die Löffel lagen dort, wo die Messer hingehörten, und die Gabeln dort, wo sie die Löffel aufbewahrte. Wie seltsam! Sie musste wegen der Party so aufgeregt gewesen sein, dass sie alles durcheinander gebracht hatte. Ein ungutes Gefühl beschlich Muriel.

7. Kapitel

Mrs. Duckett, die Schulhausmeisterin, war die Erste im Dorf, die Muriels Veränderung kommentierte.

»Bei der lässt's nach, das ist der Grund. Hab' noch nie erlebt, dass ein Mensch sich so ändert. Eben noch war sie so fit wie ein Turnschuh, 'ne Spur zu zugeknöpft und zu etepetete, das schon, aber fit wie ein Turnschuh – und was ist jetzt mit ihr los? Schätze mal, sie hat diese Krankheit, Almheizer, wo dauernd was drüber in der Zeitung steht. Am Dienstag hat die ums liebe Leben keinen richtigen Ton gespielt. Mr. Palmer war ganz schön bedient, das hab' ich ihm angesehen.«

Ihre Nachbarin Vera Wright nickte. »Neulich war sie im Laden und wusste nicht mehr, was sie gewollt hat – und ich sag' dir noch was. Ich glaube, die lässt sich gehen.«

»Lässt sich gehen? Was meinst du damit?«

Sie steckten über den Zaun weg die Köpfe zusammen. »Hast du noch gar nicht gemerkt, dass die abnimmt?«

»Nee, hab' ich nicht, aber jetzt, wo du's sagst, könnte was dran sein.«

»Die tickt nicht mehr ganz richtig, seit der Party von diesem Jimbo, zu der wir beide nicht eingeladen waren. Wo wir doch so gute Kundinnen sind.«

»Und ihr Köter gehört eingeschläfert. Der wird alt und stinkt zum Himmel. Hunde sind schon eklige Viecher. Vielleicht hat sie sich von dem was eingefangen. Kein Hund, der was auf sich hält, würd' sich so 'nen Namen gefallen lassen wie Perickels oder wie die Töle heißt. Schaust du heute Abend mal im Royal Oak vorbei?«

»Schon möglich. Muss erst mal sehen, ob das Geld noch langt, wenn ich eingekauft hab'. Unser Rhett frisst mir noch die Haare vom Kopf. Muss am Wachsen liegen. Da ziehst du die Eigenen groß, und dann halsen sie dir auch noch die Enkel auf. Das ist nicht recht. Unsere Brenda war so was von mannstoll, und schau dir an, was sie davon gehabt hat – unseren Rhett.«

Mrs. Duckett schloss ihre Hintertür ab und ging zum Eindecken für das Mittagessen in die Aula.

Muriel räumte eben die Noten weg.

»Haben Sie auch Ihre Schlüssel, Miss Hipkin?«

»O ja, vielen Dank, Mrs. Duckett. Ich passe jetzt viel besser auf sie auf. So, wo ist denn meine Strickjacke? Oh, da ist sie ja.«

»Ich will Ihnen mal was sagen, Miss Hipkin. Sie sehen irgendwie schlecht aus. Geht's Ihnen nicht gut?«

»Aber nein, mir geht es bestens, vielen Dank. Ja, bestens.«

Aber das stimmte nicht, und Muriel wusste es. Und sie wusste, warum. Es lag an der Sorge, das Gedächtnis zu verlieren. Es hatte mit Kleinigkeiten angefangen, die jedoch durchaus ein Grund zur Beunruhigung waren. Erst das mit dem Besteck. Ein anderes Mal hatte sie einen Kuchen zum Abkühlen auf einen Rost gestellt, und als sie nach Hause kam, war der Kuchen fort gewesen. Sie gab dem armen Pericles die Schuld daran, wusste aber, dass er nicht an den Kuchen herangekommen sein konnte. Außerdem machte sie immer ihr Bett, wenn sie nach dem Frühstück zum Zähneputzen nach oben ging. Als sie eines Morgens aus der Schule zurückkam, lagen Laken und Decke so da, als wäre Muriel eben aufgestanden.

Ein anderes Mal standen ihre ganzen Ziergegenstände auf anderen Plätzen, als sie nach Hause kam. Mutters zerbrechliche Porzellanfiguren waren verkehrt herum aufgestellt und ihre liebevoll in den letzten drei Jahren zusammengetragene Sammlung von Cottages war am Kaminsims aufgereiht statt in den eigens dafür gekauften Borden.

Das waren unbedeutende Vorfälle, wohl wahr, aber Muriel hatte daraus gefolgert, sie bekomme eine weiche Birne, wie ihre Mutter das genannt hatte. Ehe sie wusste, wie ihr geschah, würde sie in einem Heim landen, und mit dem schönen Leben, das ihr nach so langer Zeit jetzt doch noch beschert zu sein schien, wäre es aus und vorbei.

Muriel ging in die Kirche und betete. Peter war beim Orgelspielen, als Muriel hereinkam, und sie ließ sich von der wunderschönen, traurigen Musik tragen. Schließlich schaltete er die Orgel aus, kam herüber und setzte sich neben Muriel. Er nahm ihre Hand und sagte: »Gott segne Sie, Muriel. Wollen Sie lieber allein sein oder hätten Sie gern Gesellschaft?«

»Wenn es Ihnen recht ist, möchte ich gern mit Ihnen reden.«

»Ich habe das Gefühl, dass im Augenblick etwas nicht in Ordnung ist. Ich war so froh, als Sie sich bereit erklärt haben, Mrs. Meadows –«

»Wir nennen sie alle Suzy.«

»– Suzy beim Organisieren der Spielgruppe zu helfen. Es ist nicht gut, nichts zu tun zu haben.«

»Das weiß ich, Peter, und ich habe ja auch das eine oder andere zu tun, aber in letzter Zeit bin ich nicht ganz auf der Höhe.«

»Können Sie mit mir darüber sprechen?«

»Das ist alles bloß alberner Frauenkram. Ich gehe jetzt.«

Sie griff nach ihrer Handtasche und floh aus der Kirche. Willie Biggs, der auf dem Friedhof den Rasen mähte, beobachtete ihre Flucht. Da stimmt was nicht, dachte er, da stimmt was ganz und gar nicht. Peter kam aus der Kirche und ging den Pfad entlang zum Pfarrhaus.

»Herr Pfarrer, ich hab' da ein paar hübsche Geranien. Was halten Sie davon, wenn ich hier ein Beet anlege? Die sind alle rosa. Kann die knallroten Dinger nicht leiden – die sind so was von unnatürlich, sind die.«

»Klingt wunderbar, Willie. Was macht der Rücken?«

»Dem geht's gut, Sir, danke. Ist ein tolles Mittel, wo Dr. Harris mir empfohlen hat. Schönen Dank auch, sagen Sie ihr das? Hab' im Moment überhaupt keine Beschwerden – was ich aber nicht von Muriel Hipkin behaupten kann. Was hat die denn, was meinen Sie?«

»Weiß nicht, Willie, und sie will es mir nicht sagen.«

»Wir sind gemeinsam zur Schule gegangen, wissen Sie. In die Grundschule. Ihr Vater war Obergärtner im Herrenhaus. Hat über seinem Stand geheiratet, und Muriel ist dabei herausgekommen. Hat immer mit den Jungen von Sir Tristan gespielt, als sie klein war. War so ein hübsches kleines Ding. Und jetzt ist sie 'ne richtige alte Jungfer und so. Wirklich jammerschade. Das mit den Geranien geht also in Ordnung, Sir?«

»Ja, bitte. Könnte ich Ihnen auch ein paar Stöcke für den Pfarrhausgarten abkaufen? Meine Frau meint, es ist an der Zeit, dass ich ein paar Schneisen in das Unkraut schlage.«

»Wenn Sie da Hilfe brauchen, Herr Pfarrer, könnten wir zwei da vielleicht gemeinsam was deichseln?«

»Ich wäre heilfroh, wenn Sie sich die Zeit dafür nehmen könnten. Die Gemeinde nimmt mich so in Anspruch, dass ich gar nicht dazu komme. Das ließe sich freundschaftlich regeln, da bin ich mir sicher. Übrigens müsste der Schuppen auf dem Friedhof entrümpelt werden. Könnten Sie das auf Ihre Liste setzen?«

»Für Sie tu' ich doch alles, Sir. Kommt ganz oben auf die Liste. Einen schönen Tag noch.«

»Ihnen auch, Willie.«

Am Samstagnachmittag fing Willie damit an, den Schuppen auszuräumen. Es war erstaunlich, was sich dort angesammelt hatte. Gartengeräte, die gut auf eine Trödelversteigerung gepasst hätten. Alte Eimer, alte Vasen, Bindfaden, altes Blumeneinwickelpapier und – wer hätte das gedacht? – ein Plastikbehälter für Sandwiches aus dem Supermarkt. Wer im Vollbesitz seiner Sinne mochte auf die Idee kommen, in diesem Schuppen ein Picknick zu veranstalten? Außerdem lagen zwei Coladosen dort und zwei leere Knabberzeugtüten. »Ach du meine Fresse, ich fass' es nicht«, murrte Willie. Als er fertig war, hatte er zwei Säcke für die Müllabfuhr gefüllt. Er stellte die Säcke auf den Pfad, streckte den Rücken und bemerkte dann den Schulleiter, Mr. Palmer, der am Wasserhahn die Grabvase füllte.

»Tag, Mr. Palmer. Kommt nicht oft vor, dass Sie sich an 'nem Samstag hier sehen lassen.«

Der Rektor schaute erschreckt auf. »Nein, da haben Sie Recht, Willie. Ich habe gedacht, diese Woche komme ich früher.«

»Sonntags kann man geradezu die Uhr nach Ihnen stellen, Sir. Wenn andere Leute die Gräber bloß so pflegen würden wie Sie. Das von Ihrer Frau ist ein erfreulicher Anblick. Jetzt sind es drei Jahre, Mr. Palmer. Sie hätte bestimmt gewollt, dass Sie sich nach einer anderen umschauen, wissen Sie.«

»Schon möglich. Wiedersehen, Willie.«

Als Mr. Palmer fort war, setzte sich Willie auf den Rand einer Grabplatte und zündete sich seine Pfeife an. Er stützte die Ellbogen auf die Knie wie immer, wenn er gründlich nachdenken wollte. Drei Jahre. Er dachte an den Riesenwirbel von damals. Es war der Samstag des jährlichen Gärtnereiwettbewerbs. Ein brütend heißer Tag. Eine Affenhitze und der beste Besuch seit Jahren. Die Blumen im Zelt waren in der Hitze gewelkt. Lady Bissett hatte alle Teilnehmer gegen sich aufgebracht, weil sie darauf bestand, die Gestecke mit einem von ihr entwickelten Geheimextrakt zu besprühen. An jenem Nachmittag waren sehr unfreundliche Bemerkungen gemacht worden. Die Nervenanspannung steigerte sich noch, als die Eiskrem ausging und die gemietete Kleinbahn explodierte – musste am Ventil gelegen haben. Und nicht nur das Ventil der Lokomotive war unter Überdruck geraten. Pfarrer Furbank war das Geld aus der Kokosnuss-Schießbude direkt vor der Nase gestohlen worden. Ein netter, milder alter Knabe, aber er hatte keine Ahnung, wie die Welt von heute beschaffen war. Da durfte man überhaupt nichts mehr herumliegen lassen, nicht einmal im guten alten Turnham Malpas. Willie verdächtigte die Jungen aus dem Herrenhaus. Die Katze lässt das Mausen nicht.

Die verstorbene Mrs. Palmer war für den Tanz um den Maibaum zuständig gewesen. Sie hatte eine Gruppe aus ihrer Schule in Culworth hergebracht, weil es in der Dorfschule nicht genug Kinder gab. Muriel Hipkin hatte sich an das Klavier gesetzt, das aus der Aula geschleppt und auf die Wiese gestellt worden war; das war ein ganz schönes Stück Arbeit gewesen. Muriel spielte sich mit ein paar fröhlichen Melodien warm, der Maibaum stand, die Kinder waren alle kostümiert zur Stelle und das Publikum wartete auf den Beginn. Muriel spielte noch ein paar Melodien und Mrs. Palmer erschien immer noch nicht, um das Startzeichen zu geben. Die Kinder wurden unruhig. Mr. Palmer entschuldigte sich rundum und ging nach Hause, auf der Suche nach seiner Frau – und dort fand er sie auch. Sie hing am großen Balken in der Aula. Wenn Stella Palmer auf eine Sensation aus gewesen wäre, hätte sie sich keinen besseren Augenblick aussuchen können. Und niemand hatte je herausgefunden, warum sie es getan hatte. Michael Palmer war ein durch und durch anständiger Mann. Vielleicht hatte er das Pulver nicht erfunden, aber man kann nicht alles haben. Er war lieb und nett. Vielleicht lag es daran – er war *zu* lieb und nett.

Willie sah Muriel in ihren Garten kommen. Er ging hinüber und lehnte sich über die Friedhofsmauer.

»Die Narzissen sind jetzt verblüht, Muriel. Die müssen abgeschnitten werden.«

»Danke, Willie. Das mache ich als Nächstes.«

»Sie kommen im Leben nicht drauf, wen ich neulich in Culworth getroffen hab'.«

»So?«

»Sie kennen doch die Stelle, wo der Market Square eine kleine Kurve macht und gleich an der Ecke die Zahnarztpraxis ist? Jedenfalls hatte ich dort wieder 'ne Anprobe von meinem Gebiss, und als ich rauskomm', mit wem stoße ich da fast zusammen? Mit Sir Ralph Templeton.«

Daraufhin wurde Muriel ein bisschen munterer. »Wirklich? Wie in aller Welt haben Sie ihn nur erkannt?«

»Er hat mich erkannt. Hat gesagt, ich hätt' mich nicht die Bohne verändert, aber weil's über vierzig Jahre her sein muss, dass er mich zum letzten Mal gesehen hat, hab' ich mich offenbar gut gehalten. Er hat immer noch den dicken Haarschopf, bloß ist der jetzt schneeweiß. Und braun ist er, war ja jahrelang im Fernen Osten, und jetzt ist er pensioniert und zurückgekommen. Will sich in England niederlassen. Hat in der ganzen langen Zeit nie geheiratet. Wissen Sie noch, wie er einen Knallfrosch in die Stiefel von der Miss gesteckt hat, als die Miss die zum Trocknen neben den Herd gestellt hatte? Das war vielleicht ein Schlingel. Was haben wir gelacht!«

»Was hat er denn in Culworth gemacht?«

»Freunde besucht, hat er gesagt. Wollte mich auf 'nen

Drink einladen, aber ich hab' gewusst, dass ich dann den Bus verpasse. Ich hab' den Schuppen ausgeräumt – ist nicht zu fassen, was sich da drin alles angesammelt hat. War ein Wunsch vom Pfarrer. Der Mann ist schwer in Ordnung. Bei dem wissen Sie, woran Sie sind. Mr. Furbank hat nie recht gewusst, wie er mit einem reden soll – das lag dem gar nicht. Der Pfarrer macht sich Sorgen um Sie, Muriel. Er meint, Sie sind in letzter Zeit gar nicht Sie selbst.«

Willie machte eine Pause, bekam aber keine Antwort.

»Wenn Ihnen nicht nach Reden ist, mach' ich eben weiter.«

Er drehte Muriel den Rücken zu und schleppte die Müllsäcke in die Abfallecke.

Muriel setzte sich auf ihr Bänkchen neben ihrem Rosenbogen, kraulte Pericles hinter den Ohren, als er neben ihr Platz nahm, und dachte über ihr Dilemma nach. Wenn sie jemandem davon erzählte, würde sie in ein Heim eingewiesen werden. Wenn sie niemandem davon erzählte, würde sie den Verstand verlieren. Vielleicht war sie schon verrückt und merkte es nicht. Möglicherweise merkte der Betroffene das immer als Letzter. Wenn ihr noch ein Lapsus unterlief, würde sie das Klavierspiel in der Schule aufgeben. Letzte Woche hatte sie sich blamiert – dauernd falsche Töne, der falsche Takt und einmal sogar die falsche Melodie. Sie konnte von Mr. Palmer nicht erwarten, dass er sich das länger bieten ließ. Sie hielt sich ja gar nicht für eine große Pianistin, aber für ihr Alter konnte sie noch recht flotte Weisen spielen. Das war der springende Punkt – ihr Alter! Sie wollte eine Vierundzwanzigjährige spielen, obwohl sie vierundsechzig war. Auch nur ein Blick auf ihr Spiegelbild in einem Schaufenster – und sie verabscheute sich. Sie war nur eine vertrocknete alte Jungfer, die am Leben hing, weil sie zu feige war, Selbstmord zu begehen. Der Tod hielte eine Belohnung für sie bereit. Das Paradies. Was für ein

Anreiz – Gottes Antlitz zu schauen. Der gütige Herr hätte sie doch bestimmt eingelassen? Sie hatte sich ihr Leben lang untadelig benommen. Dass ihr jetzt so etwas widerfahren musste, da sie eben das Gefühl bekam, gebraucht zu werden, und Freude am Leben hatte ... Heute konnte man nicht einmal mehr den Gashahn aufdrehen. Das wäre eine sanfte Todesart gewesen. Sich ertränken? Vom Kirchturm springen? Aber sie bekam schon Höhenangst, wenn sie nur den Glöcknern in der Silvesternacht Kakao brachte. Sie hätte es nie bis ganz nach oben geschafft. Und wie auch immer, Peter würde sich furchtbar darüber aufregen ...

Der letzte Vorfall war lachhaft, aber er war ihr passiert. Wie konnte sie bloß die Backofentür offen lassen, bei höchster Hitze und obendrein mit angezündeten Brennern? Ganz zu schweigen von der Gasrechnung. Als sie zurückkam, war das Haus vollkommen überhitzt. Sie hatte alle Fenster und Türen aufreißen müssen, damit es abkühlte. Sie hatte angesichts von siebenundzwanzig Grad nicht einmal die Absicht gehabt, sich am Sonntag ein warmes Essen zu kochen. Wenn sie morgen zur Kirche ging, würde sie genau darauf achten, was sie tat, und vor dem Verlassen des Hauses alles überprüfen. Dann würde sie beim Zurückkommen wissen, dass sie es nicht gewesen war. Vielleicht gab es bei ihr ein Gespenst. Vielleicht hatte ein längst verstorbener Mensch etwas dagegen, dass die Cottages auf einem Kirchengrundstück gebaut worden waren. Es hatte jede Menge Widerstand gegen ihren Bau gegeben – von den Lebenden; an die Toten hatte niemand gedacht. Falls es so war, musste Peter das Gespenst exorzieren.

Der Sonntagmorgen kam. Die Sonne schien strahlend wie schon seit zwei Monaten. Ehe es zu heiß wurde, goss Muriel ihre wertvollsten Pflanzen mit Wasser aus der Tonne. Es machte ihr Spaß, den kleinen Hahn aufzudrehen und dem Wasser beim Herauslaufen zuzuschauen. Als sie fertig war, hob sie den Deckel und sah nach, wie viel Wasser noch darin war; an der Oberfläche trieb eine ertrunkene Katze. Eine ertrunkene rot getigerte Katze. Eine voll ausgewachsene, ertrunkene rot getigerte Katze! Ein Haustier, ein geliebtes Haustier in ihrer Wassertonne. Das Entsetzen darüber, dass das Tier ertrunken war, während sie die gewohnten Dinge verrichtete, war mehr, als sie ertragen konnte.

Sie floh auf die Church Lane hinaus, am Kirchenportal vorbei zu Willies Haustür. Sie hämmerte heftig dagegen, aber er reagierte nicht. Natürlich – er war in der Kirche und bereitete sie für den Gottesdienst vor. Muriel machte kehrt und ging zum Kirchen-Portal, hastete den Pfad entlang und rief: »Willie Biggs! Willie Biggs!«

Er tauchte in seinem Messgewand auf. »Was ist los, Muriel? Was gibt's denn?«

Sie packte ihn am Arm und versuchte stammelnd, ihm das mit der Katze zu erzählen. »Kommen Sie! Sie müssen mitkommen. Bitte helfen Sie mir, bitte.« Als sie ihm die Katze zeigte, erschauerte sie angesichts des Grauens.

»Setzen Sie sich erst mal«, sagte er sanft zu ihr, erschrocken über ihre Reaktion. »Das ist bloß eine alte Katze, die sich in die Tonne verirrt hat. Sie können nichts dafür.«

»Der Deckel sitzt immer ganz fest drauf, für den Fall, dass Kinder in den Garten kommen. Jemand hat die Katze hineingesteckt, das weiß ich. Es ist ein böser Streich, ein niederträchtiger, gemeiner Trick.« Sie fing an zu schluchzen.

»Ich hole eine Plastiktüte. Da muss doch eine in Ihrer Küche sein.«

Muriel sah zu, wie Willie mit seinen großen, schweren Schuhen in die Abgeschiedenheit ihrer ordentlichen, makellosen Küche eindrang, auf den kleinen weißen Fliesen herumtrampelte, sie mit Fußspuren beschmutzte, mit Fußspuren, die hin und her wanderten, bis der Verursacher den Platz fand, wo Muriel die Tragetüten aufbewahrte, allesamt adrett zusammengefaltet in einer großen Tüte von Tesco.

»Ich steck' die Katze da rein und werfe sie in die Mülltonne an der Kirche.«

»Sie hat ein Halsband um«, rief Muriel schrill, als er die Katze aus dem Wasser fischte.

»Stimmt. Ich nehm's ab, dann wissen wir, wem die Katze gehört. Na so was, es ist Mr. Charter-Placketts Katze!«

»O nein. Das kann ich ihm nicht sagen, das müssen Sie tun, Willie, sagen Sie es ihm.« Ihre Stimme klang verzweifelt.

»Das muss bis nach der Kirche warten, weil ich spät dran bin. Es geht doch nicht an, dass der Gottesdienst zu spät anfängt. Machen Sie sich eine Tasse Tee und kommen Sie dann in die Kirche. Sitzen Sie nicht allein hier herum und grübeln. Tun Sie, was ich sage, und zwar gleich.«

»Ja, ja, das mache ich.«

Sie hörte kein Wort von dem Gottesdienst. Ihre sterblichen Überreste saßen in der Bank, aber die reale Muriel schwebte im Gebälk und vermied es, Jimbo, Harriet und die Kinder anzusehen. Ach, wie traurig die Kinder wegen ihres Haustiers sein würden. Es waren so liebe Kinder, machten in der Schule nie auch nur den geringsten Ärger. Da war Caroline, saß in der Bank für die Pfarrfamilie, trug ein zauberhaftes zitronengelbes Kleid mit großen Punkten in Apricot und Hellbraun. Wie schrecklich, was Katherine Charter-Plackett gesagt hatte: »Sirene in Rot«, also wirklich. Als ob Peter sich mit einer anderen Frau einlassen würde, wo er doch Caroline hatte. Hier oben im Gebälk dufteten die Blumen köstlich. Hier war es wie in einem himmlischen Garten. Es gab kein Unkraut. Es war nicht nötig, die Pflanzen zu gießen. Hier stieß man nicht auf tote ... nein, darüber wollte sie gar nicht erst nachdenken. Mrs. Peel wächst heute über sich hinaus. War das Stück, das sie spielte, »Trumpet Voluntary«? Himmlische Musik für einen himmlischen Tag. Die Cherubim, mit denen die Bögen im Dach geschmückt waren, schlossen sich Muriel an und wirbelten herum wie bei einem paradiesischen Tanz um den Maibaum. Als Kind war Muriel so gern um den Maibaum herumgetanzt. Mit den Bändern ließen sich so hübsche Muster zaubern und beim Weitertanzen lösten sie sich auf. Muriels Bänder hatten sich ineinander verheddert und waren nicht mehr zu trennen.

Die Kirche leerte sich. Die Auserwählten des Herrn waren mit festem Schritt den Mittelgang entlang ausgezogen, begleitet von einem jubelnden Choral, den Gottes Diener sangen. Die Sonne, die durch die alten Buntglasfenster schien, warf seltsame Streifen in Rot und Lila auf die weißen Ministrantengewänder. Sie wirkten wie Engel in Technicolor. Muriel musste am Ziel sein, sie musste am Ziel sein, und jetzt würde sie bald das Antlitz ihres geliebten Herrn schauen.

Caroline schritt sofort zur Tat.

»Peter, wir müssen sie in die Notaufnahme bringen. Es steht schlimm um sie. Sie merkt nicht einmal, dass ich mit ihr rede. Was kann bloß passiert sein?«

»Das kann ich Ihnen sagen, Dr. Harris.« Und Willie erzählte die Geschichte mit der Katze.

»Was sie in den letzten Wochen auch gequält haben mag, das mit der Katze war der Tropfen, der das Fass zum Überlaufen gebracht hat. Wer könnte der armen Muriel so etwas angetan haben – oder der Katze? Muriel tut doch keiner Fliege etwas zu Leide.«

»Jemand hat einen Rochus auf sie, das steht fest.« Peter versuchte, Muriel zu wecken, aber sie saß da wie aus Stein gehauen.

Er und Caroline fuhren Muriel ins Krankenhaus, während Willie zu den Charter-Placketts ging und es ihnen beibrachte.

»Orlando? Wie konnte das passieren?«

»Das weiß ich nicht, Mr. Charter-Plackett, aber der Kater liegt im Friedhofsschuppen. Hier ist sein Halsband, Sir.«

Jimbo wurde bleich, als er das leuchtend rote Halsband des armen Orlando sah. »Ich traue mich gar nicht, es den Kindern zu sagen, aber ich muss es tun. Wir müssen einen Trauergottesdienst abhalten und Orlando im Garten beisetzen. Ich wundere mich über Miss Hipkin. Sie hat eine Wassertonne ohne Deckel?«

»Sie hat einen Deckel, der dauernd drauf war – und der saß fest. Sie hat den Kater bloß gefunden, weil sie nachschauen wollte, wie viel Wasser noch in der Tonne ist.«

»Dann war es Absicht. Wer tut bloß so etwas? Ich gehe hinein und bringe es den Kindern und Harriet schonend bei, dann komme ich in den Schuppen und hole den armen Orlando ab. Wir sind aus London weggezogen, damit wir so üble Sachen nicht erleben müssen.«

8. Kapitel

Am Montagmorgen war Jimbo damit beschäftigt, das Schaufenster für die kommende Woche neu zu bestücken. Er summte vor sich hin, während er das Menü für ein Abendessen plante, mit dem ihn ein Kunde in Culworth beauftragt hatte. Die Leute lagen ihm nicht, aber in seinem Geschäft durfte er nicht wählerisch sein. Harriet eilte durch den Laden, unterwegs zu dem gelieferten Frischgemüse, das sie mit so viel Stolz anboten. Als sie die Ladentür aufmachte, wurde sie von der wütenden Betty McDonald vom Royal Oak beiseite geschoben.

Betty hielt einen Brief in der Hand. Ihr gewöhnlich schon rotes Gesicht war jetzt noch stärker verfärbt; genau gesagt: Es stand in Flammen.

Harriet fasste sich und sagte: »Guten Morgen, Betty. Ist das Ihre Bestellung?«

»Bestellung? *Bestellung?* Sie können von Glück reden, wenn ich je wieder den Fuß in Ihren Laden setze. Wo steckt der hinterhältige Mistkerl? Sie schneien aus London hier rein mit Ihrer Schickimickitour und Ihren neuen Ideen, und bevor wir wissen, wie uns geschieht, drehen Sie uns die Luft ab.«

»Drehen Ihnen die Luft ab? Was soll das heißen?«

»Wo steckt er?«

»Möchte jemand mich sprechen?« Jimbo kam unter den Bananen hervor, die an der Stange über dem Gemüse hingen.

Er verzog keine Miene. Harriet wurde flau im Magen, als ihr der Verdacht kam, er könnte Pläne haben, von denen sie nichts wusste.

»Sie sprechen? Ich knalle Ihnen gleich eine. Wie können Sie es wagen!«

»Was wagen?«

»Sie wissen ganz genau, was ich meine. Das hier – das hier ist Ihr Werk!« Sie klatschte mit der Hand gegen den Brief und hätte ihn fast in Stücke gerissen. »In diesem Brief wird mir mitgeteilt, dass Sie die Genehmigung beantragt haben, im Haus von Phyllis Henderson ein Restaurant aufzumachen und direkt an der Kreuzung einen Parkplatz anzulegen. Ich werde mich mit Händen und Füßen dagegen wehren, mit Händen und Füßen. Wenn Sie eröffnen, kann ich mich gleich vom Frühstücks-Geschäft und den Eintöpfen und Suppen zu Mittag verabschieden. Das richtet mein Lokal zugrunde.«

Harriet streckte die Hand aus. »Zeigen Sie mir bitte den Brief.« Während sie las, braute sich in ihrem Gesicht ein Unwetter zusammen. »Wie kannst du es wagen, so etwas zu tun, ohne es mit mir zu besprechen? Wie kannst du es wagen? Jimbo, das verzeihe ich dir nie. Hast du das Haus schon gekauft?«

»Jetzt halt mal die Luft an, Harriet. Ich habe ein Angebot gemacht, für den Fall, dass ich die Genehmigung bekomme. Ein Mann muss in Bewegung bleiben, er kann nicht auf der Stelle treten.«

»Auf der Stelle treten? Ein Mann muss in Bewegung bleiben? Das kannst du haben, Jimbo. Wenn das genehmigt wird, setze ich keinen Fuß in dieses Restaurant. Keinen Fuß. Denk darüber nach.« Sie stürmte hinaus und das Ladenglöckchen, Jimbos Augapfel, schepperte, bis es fast herunterfiel. Dann erwachte der Range Rover der Charter-Placketts dröhnend zum Leben und raste die Stocks Row entlang, als wäre es die M4.

Betty triumphierte. »Da haben Sie's, sogar Ihre Frau ist dagegen!«

»Überlassen Sie Harriet mir, die kriegt sich schon wieder ein. Wenn alles klappt, biete ich sowieso keine Hausmannskost an, darüber brauchen Sie sich also keine Sorgen zu machen. Ich bediene eine ganz andere Kundschaft.«

»Raspeln Sie bloß kein Süßholz mit mir. So ein Restaurant kann mir nur schaden. Ich kenne mich aus – ich bin schon so lange in der Gastronomie, dass ich weiß, wie ernsthafte Konkurrenz aussieht. Ich setze eine Eingabe auf und sammle Unterschriften. Dieses Mal gewinnen Sie nicht.« Und Betty McDonald marschierte aus dem Laden, wobei das arme Glöckchen erneut malträtiert wurde, als Betty die Tür zuknallte.

Jimbo lachte leise vor sich hin. Er würde dieses Restaurant bekommen, lange bevor er alt und grau wurde, und es würde sich als wahre Goldgrube erweisen. Heute Nacht war eindeutig eine Schachtel mit kandierten Mandeln unter Harriets Kissen angesagt. Dann würde sie ihm bald aus der Hand fressen; das funktionierte immer. Er lächelte vor sich hin, während er die ersten Kunden bediente. Der Charter-Plackett-Charme war wie üblich in Hochform.

Sobald Jimbo sah, dass Harriet vorfuhr, goss er aus der für die Kunden zubereiteten Kanne zwei Tassen ein, stellte sie mit zwei besonders leckeren Schokoladenkeksen auf den Tresen und sah ihrem Eintreten zuversichtlich entgegen. Aber sie kam nicht herein. Er übte sich in Geduld, während er zwei weitere Kunden bediente, dann sah er zu seiner Verblüffung, dass Harriet in todschicker Aufmachung im Volvo wegfuhr.

»Sadie, Sadie!« rief Jimbo nach hinten, wo seine Schwiegermutter die Pakete für den Postversand packte. »Wo will Harriet hin?«

»Jimbo, ich habe keine Ahnung. Sie ist an mir vorbeigerannt und hat gesagt: ›Ich bring' ihn um, Gott steh mir bei, ich bring' ihn um.‹ Ich habe keine Ahnung, wen sie gemeint hat. Ich nehme an, dass sie weggefahren ist, um einen Mord zu begehen. Hoffentlich ist es niemand, den wir kennen.«

»Vielleicht meint sie mich.«

»Dich? Wieso, was hast du denn getan?«

»Ein Angebot für das Cottage von Phyllis Henderson gemacht und eine Genehmigung für die Eröffnung eines Restaurants eingereicht. Ich habe geglaubt, das wird eine hübsche Überraschung für Harriet, aber sie ist total ausgerastet.«

Sadie schrieb die Adresse auf einem Paket mit Harriets Zitronenmarmelade nach Gutsherrenart zu Ende – hausgemacht mit Eiern von frei laufenden Hühnern –, nahm die Brille ab und sagte: »Jetzt hör mal, Jimbo. Für eine Schwiegermutter gehe ich sehr pfleglich mit dir um, glaube ich, aber in diesem Fall muss ich dir doch mal die Meinung sagen. Ich will mich ja nicht einmischen, aber es muss sein. Ist dir klar, dass Harriet viel zu viel um die Ohren hat?«

»Ich arbeite auch hart.«

»Das stimmt, aber du musst nicht auch noch kochen, dich um die Kinder kümmern und Mahlzeiten für den Partyservice zubereiten. Meine Tochter hat keinen Augenblick Zeit für sich, und das muss aufhören. Stell Hilfskräfte ein. Mach es ihr leichter. Sie ist nur gegen das Restaurant, weil sie körperlich nicht noch mehr Arbeit verkraften kann.« Sadie bohrte den Zeigefinger in Jimbos Revers, drehte ihm dann den Rücken zu und überließ ihn dem Nachdenken.

Der Tag verging und Harriet kam nicht zurück. Die Jungen und Flick kamen aus der Schule nach Hause, aber statt ihrer Mutter, die sie sonst mit etwas zu essen und liebevoll begrüßte, war nur ihre Großmutter da.

»Wo ist Mummy? Wenn nur meine Mummy hier wäre.« Flick passte diese Abweichung von der Routine nicht.

Sadie sagte den Kindern, ihre Mutter sei zur Abwechslung einmal ausgegangen und bald wieder da. Jimbo war genau so zumute wie Flick, aber er sprach nicht aus, was er dachte. Um acht Uhr abends war er beunruhigt. Er saß am Schreibtisch und versuchte, die Umsatzsteuererklärung auszufüllen, war aber so besorgt, dass es ihm nicht recht gelang. Gegen elf ging die Hintertür auf und Harriet kam herein.

Jimbo sprang auf, um sie zu begrüßen. »Liebling, wo hast du nur gesteckt? Du hast uns gefehlt.«

»Keine Flausen mehr im Kopf?«

»Hör mal, Harriet, das ist ein bisschen unfair. Du weißt, dass ich mir immer ein Restaurant gewünscht habe. Wenn du nein sagst, ist der Fall erledigt. Ich überlasse es ganz dir.«

»Das ist emotionale Erpressung.«

»Nein, ist es nicht. Ich bin nur rücksichtsvoll.«

»Lass das lieber, das tut zu weh. Gute Nacht, Jimbo. Viel Spaß bei der Umsatzsteuererklärung.«

»Willst du mir nicht helfen?«

»Nein.«

Als er fertig war, ging er nach oben und stellte fest, dass Harriet nicht im Ehebett lag. Er schlich durch die Zimmer und entdeckte Harriet im Tiefschlaf auf dem Klappbett in Flicks Zimmer. Zum ersten Mal seit ihrer Hochzeit schliefen sie getrennt. Jimbo wusste, dass er den Bogen überspannt hatte. Er musste sich um Abhilfe bemühen.

Am nächsten Morgen machte Harriet die Kinder für die Schule fertig, während Jimbo im Laden mit der Arbeit anfing. Als Erstes setzte er eine Anzeige für die Lokalzeitung auf.

Suche junge Leute mit Köpfchen, rund um die Uhr und auf Teilzeitbasis, als Hilfskräfte für gut gehenden Partyservice. Ausgezeichnete Bezahlung für fleißige, dynamische Anwärter. Bitte bewerben unter Tel. 09 09/33 44 55, Turnham Malpas.

Er gab die Anzeige telefonisch an die Lokalzeitung durch und bediente dann etliche Kunden, die alle erpicht darauf waren, etwas über das Restaurant zu hören. Die meisten waren begeistert von der Idee, aber drüben im Royal Oak hatten viele, wenn auch nicht alle Stammgäste, Bettys Eingabe unterschrieben.

»Lasst es euch ein für allemal gesagt sein«, tat Vera Wright ihre Meinung kund. »Ehe wir wissen, wie uns geschieht, haben wir hier im Dorf einen Verkehr wie auf der M4. Mitten in der Nacht knallende Autotüren, voll aufgedrehte Scheinwerfer. Nichts wird mehr wie früher sein.«

»Das bedeutet mehr Arbeit, Vera.«

»O ja, mehr Arbeit für Köche und so. Wie viele Köche kennst du in Turnham Malpas?«

»Keinen, ehrlich gesagt.«

»Genau, Willie – *keinen*. Das heißt, dass nur Fremde zuziehen. Die Leute aus dem Dorf kriegen die Drecksarbeit wie Putzen und Gemüseschneiden. Habe ich Recht, Pat?«

»Na ja, ich nehm's mal an, Vera. Wen kennen wir schon, der von morgens bis abends in 'nem Restaurant arbeiten will? Ich ganz bestimmt nicht, obwohl ich's abends wohl einrichten könnte, neben der Schule her.«

Jimmy Glover, ein Stammgast im Royal Oak, setzte sein Glas vorsichtig auf dem Bierdeckel ab, wischte sich den Schaum vom Mund und sagte: »Und was ist mit den vielen Touristen, die herkommen, um sich die Wandgemälde in der Kirche und so weiter anzuschauen – wo können die nett essen? Hier schon mal nicht. Ein Blick ins Gesicht von Betty McDonald, und es ist ein Wunder, dass die nicht gleich davonrennen – vom miesen Fraß hier mal ganz zu schweigen. Ich hoffe, dass er die Genehmigung kriegt.«

»Klar doch, Jimmy. Das ist typisch für dich. Dir ist egal, dass die die Anlagen kaputt machen, weil man von denen nicht verlangen kann, dass sie die Autos parken, wie es sich gehört. O nein. Es wird sowieso Zeit, dass dieser Jimbo mal 'nen Dämpfer abkriegt. Der hält sich für einen ganz Oberschlauen.«

»Vera, das ist nicht fair. Er tut viel für das Dorf.«

»Ach ja? Was zum Beispiel – dass er nackt in seinen Pool springt? Ich habe ihn mal morgens gesehen, als ich früher als sonst zur Arbeit bin. Ich sage dir, Pat«, sie gab ihrer Freundin einen Stups, die fast ihr Bier verschüttet hätte, »an dem ist alles dran.« Beide brüllten vor Lachen.

Harriet dachte nicht im Traum daran, sich Jimmys Denkweise anzuschließen, bis sich die erste eifrige Bewerberin telefonisch meldete. Nach kurzer Verwirrung ging ihr auf, was Jimbo getan hatte. Sie notierte Namen und Telefonnummer der jungen Frau und versprach, dass Jimbo sie zurückrufe.

Sie legte ihm den Zettel hin, als er hinter der Brottheke einsam eine Schweinefleischpastete verspeiste. Linda, die für die Postannahmestelle und die Papierabteilung zuständig war, wäre beim Anblick von Jimbo auf der Armesünderbank vor Lachen schier gestorben.

»Da scheint jemand zu glauben, dass wir beim Partyservice noch Hilfskräfte brauchen«, erklärte Harriet. »Ich kann mir nicht denken, warum die Frau angerufen hat. Weißt du's? Hier ist die Nummer, falls du meinst, dass wir wen brauchen.«

Jimbo küsste ihr die Hand, als sie sich zum Gehen wandte. Sie zögerte kurz, ging aber dann weiter. Sie wird weich, sie gibt nach, dachte Jimbo euphorisch.

Betty McDonald machte ihre Drohung mit der Eingabe wahr, schrieb Briefe, führte einen Feldzug und streute üble Gerüchte aus, um Jimbo daran zu hindern, das Restaurant zu eröffnen, aber vergeblich. Viele Einwohner von Turnham

Malpas unterschrieben die Eingabe, aber die Mehrheit mochte Jimbo und konnte Betty McDonald nicht leiden. Der Planungsausschuss trat nur einen Monat nach dem Eingang von Jimbos Antrag zusammen. Der Ausschuss sah keinen Grund für die Verweigerung der Erlaubnis und begrüßte sogar die Aussicht auf ein zeitgemäßes Restaurant zur Bewirtung der Touristen, die das Dorf besuchten.

Jimbo war vor Freude außer sich. Die drei neuen weiblichen Teilzeitkräfte, die er eingestellt hatte, entlasteten Harriet, während er sich auf die Verwirklichung seines jüngsten Projekts stürzte. Das ganze Gebäude musste umgemodelt werden: neue Leitungen für Wasser und Strom, neuer Verputz, neuer Innenanstrich und natürlich eine ganz neue Küche. Jimbo rotierte, telefonierte, schrieb Briefe, schmeichelte und forderte, bis er innerhalb von vier Wochen das Cottage außen und innen völlig umgestaltet hatte.

Ein paar Leute wagten Vermutungen, wie das Lokal wohl heißen werde, aber in diesem Punkt hatte Jimbo Stillschweigen gewahrt. Harriet wusste es, weigerte sich aber, es zu verraten. Das Schild wurde angebracht, als Pat Duckett auf dem Weg zur Schule war, um aufzuschließen. Pat Duckett hatte gestaunt über die Verwandlung eines baufälligen Hauses in ein schickes Dorfrestaurant, noch dazu in so kurzer Zeit.

»So sind diese Londoner, wissen Sie. Die lassen nichts anbrennen. Denen ihr Motto lautet ›Zeit ist Geld‹. Nimm Geld ein, so schnell du kannst.« Michael Palmer hörte nur halb hin. Er kannte Pat Duckett seit Jahren und wusste, dass sie stundenlang schwatzen konnte. Deshalb ermunterte er sie nie zum Reden.

»Er nennt es Henderson's, ist das zu fassen! Die alte Phyllis wäre vor Stolz geplatzt, weil es nach ihr benannt ist. Henderson's, stellten Sie sich das vor. Was halten Sie davon, Mr. Palmer?«

»Klingt nicht schlecht. Ich habe nicht vor, dort zu essen.«

»Wird höchste Zeit, dass Sie mal unter Leute kommen, Mr. Palmer. Ein Mann in Ihrem Alter muss sich auch mal amüsieren, darf sich nicht bloß jeden Abend hinter seinen Büchern verschanzen. Die Party von Mr. Charter-Plackett hat Ihnen doch Spaß gemacht, stimmt's?«

»Hat sie tatsächlich. Gleich kommen die Kinder, Mrs. Duckett. Könnten wir bitte weitermachen?«

»Ist das mit Mrs. Meadows und dieser Spielgruppe schon amtlich?«

»Der Ausschuss tagt diese Woche. Es sollte keine Schwierigkeiten geben. Das Projekt scheint günstig aufgenommen worden zu sein.«

»Ich freue mich überhaupt nicht auf die ganze Unordnung. Die vielen Gummistiefel von den Farmkindern. Ist ja klar, was für eine Sauerei auf den Klos das gibt, wo die alle noch so klein sind. Die Behörden schreiben diese ganzen Einrichtungen vor, aber an die Schulhausmeisterin denken die nie dabei.«

»Ich bin jetzt so weit, Mrs. Duckett – nur die Hausmeisterin kommt nicht in die Gänge.«

»Tut mir echt Leid. Ich hab' doch bloß die ganzen Neuigkeiten loswerden wollen«, sagte Pat Duckett gekränkt.

»Danke.«

Michael schaute hinaus zu den Kindern, die auf den Schulhof kamen. Sie waren wirklich ein braves Häufchen – sauber, gesund und lerneifrig, bis auf diejenigen aus dem Herrenhaus. Die waren vom Leben wahrlich nicht begünstigt worden. Er bezweifelte, ob sie je ihr Leben meistern würden. Wenn er es recht bedachte, war ihm das auch noch nicht gelungen, und er war fünfundvierzig. Wenn Stella noch gelebt hätte, wäre sein Leben allerdings die Hölle gewesen. Als sie starb, glaubten die Leute, sie müssten ihn bemitleiden, aber tatsächlich traf das Gegenteil zu. Er war nicht gerade glücklicher seit ihrem Tod, aber er wäre viel schlimmer dran gewesen, wenn sie am Leben geblieben wäre. Er hatte nie herausgefunden, wie es möglich gewesen war, dass er sie geheiratet hatte, ohne Bescheid zu wissen. Etliches sprach dafür, vor der Heirat zusammenzuleben. Moralisch konnte er das zwar nicht billigen, aber in ihrem Fall hätte es ihnen eine Menge Leid erspart.

Jetzt hatte er dieses Problem mit Sharon McDonald. Sie war ihm in der Grundschule als tückisches Kind aufgefallen und er hatte Recht behalten. Er machte das Fenster auf und rief hinaus: »Macht bitte das Tor hinter euch zu. Wir wollen nicht, dass die Kleinen auf der Straße herumlaufen. Vielen Dank.« Die Erfahrung lehrte, welche Kinder die Wahrheit sagten und welche nicht zwischen Lüge und Wahrheit unterscheiden konnten, aber Sharon war unergründlich gewesen. Jetzt, fast erwachsen, war sie immer noch hinterhältig. Was für ein Gedanke, dass sie Stella in Culworth gesehen hatte und ihr nachgegangen war. Sie hatte das Geheimnis die ganze Zeit lang für sich behalten. Das zeigte nur das Ausmaß ihrer Abgründigkeit. Und wie sollte er das Problem angehen? Zu ihr sagen: »Pack ruhig aus, und zum Teufel mit dir?« Wenn er ihr Geld gab, würde es nie ein Ende nehmen. Oder sollte er kündigen und verschwinden? Oder mit ihren Eltern reden? Damit hätte er die Katze erst recht aus dem Sack gelassen. Betty McDonald würde noch aus dem Grab Gerüchte ausstreuen – da konnte er gleich eine Anzeige in die Zeitung setzen.

Eben da läutete Toria Clark die Schulglocke und die Menschen, die ihm am liebsten waren, strömten in die Schule, lachend und schwatzend, alle bereit für den neuen Tag. Dem Himmel sei Dank, dass er sich für den Lehrerberuf entschieden hatte; er konnte sich keine lohnendere Arbeit vorstellen.

9. Kapitel

Caroline ging in den Dorfladen, um eine Geburtstagskarte und ein Geschenk für Muriel zu kaufen.

Jimbo fragte sie, wie es Muriel gehe.

»Morgen hat sie Geburtstag, deshalb bringe ich ihr eine Karte und ein Geschenk. Sie haben sie auf die psychiatrische Station gelegt. Ich bringe es kaum über mich, sie dort zu besuchen. Sie sitzt völlig reglos und stumm da. Wer auch immer ihr das angetan hat, braucht selbst dringend psychiatrische Hilfe. Wir wissen das mit Ihrem lieben Kater, aber wir glauben, dass es nicht der erste Vorfall war und dass Orlandos Tod schließlich zum Zusammenbruch geführt hat. Was soll ich Muriel schenken, Jimbo?«

»Von mir bekommt sie eine Geburtstagstorte. Unsere Schlemmertorten sind schon fertig – sie eignen sich für Geburtstage, Hochzeiten und andere Anlässe. Moment – ich bitte Sadie, eine Torte mit ›Muriel‹ zu verzieren. Schauen Sie sich um, während ich mich darum kümmere.«

Caroline suchte eine Karte und eine Schachtel Pralinen aus. Muriel hatte so abgenommen; vielleicht verlockten die Pralinen sie zum Essen. Jimbo kam mit einer eleganten Schachtel aus dem Hinterzimmer. Er zeigte Caroline die Torte, bevor er den Deckel schloss.

»Oh, die ist ja wunderschön, Jimbo. Was für eine nette Idee!

Es wird Muriel Freude machen, die Tortenstücke zu verteilen.«

»Was meinen Sie, wird sie bald wieder bei uns sein?«

»Das wird noch eine Weile dauern, fürchte ich. Sie will niemandem sagen, was mit ihr ist, wissen Sie. Sie muss das alles erst loswerden, damit ihr Zustand sich bessert. Danke für die Torte. Das werde ich mir merken, wenn Peter Geburtstag hat. Seiner ist im November. Dann hat Ihr Restaurant schon geöffnet. Wir werden zur Feier des Tages dort essen.«

»Sagen Sie nichts davon zu Harriet, wenn Sie sie sehen. Das ist im Moment ein heikles Thema.«

Caroline lachte. »Auf bald, bye!«

»Guten Morgen, Dr. Harris. Heute wirken Sie aber unternehmungslustig.«

Caroline legte die Tragetüte auf ihren Schreibtisch und zog die Schachtel mit Muriels Geburtstagstorte heraus.

»Stimmt – ich habe eine Menge zu tun. Das klingt ja, als ob ich's sonst nicht wäre, Anne.« Sie lächelte ihrer Sekretärin zu.

»Eigentlich habe ich bloß gemeint, dass Sie heute noch mehr Schwung haben als üblich. Entschuldigung.«

»Ich sehe meine Post durch, dann mache ich einen Besuch auf der psychiatrischen Station. Eine Patientin hat Geburtstag, und das ist die Torte für sie.«

»Oh, darf ich sie sehen?«

»Ja.« Caroline machte den Deckel auf, und beide bewunderten Jimbos Torte. »Sie ist aus unserem Dorfladen. Allerdings aus einem sehr exquisiten Dorfladen.«

»Sieht zum Anbeißen aus. Ihrer Freundin geht es nicht besser?«

»Leider nein.«

»Wir sind heute unterbesetzt. Zwei Laborantinnen haben

die Grippe, die gerade umgeht, und außerdem ist Schwangerensprechstunde. Wir müssen uns also ranhalten.«

»Dann nichts wie los.« Caroline krempelte sich die Ärmel hoch und fing damit an, ihre Post zu öffnen. Ärztemuster, Medikamente, Briefe, Befunde... nicht enden wollender Papierkram. Sie liebte ihre Arbeit als Ärztin. Es gab nur eine Sache, die sie an der Ausübung des Medizinerberufs hätte hindern können, ein Baby. Dafür hätte sie alles aufgegeben. Obwohl ihr Peter ständig versicherte, es mache ihm überhaupt nichts aus, keine Kinder zu haben, wusste sie, dass es die Krönung ihres gemeinsamen Lebens gewesen wäre. Sie war eben mit der Ausbildung fertig gewesen, als sie sich kennen gelernt hatten. Sie war voller Entschlossenheit und Engagement gewesen, als sie nach über zehn Jahren endlich am Ziel war, und nichts hatte ihr ferner gelegen als das Heiraten. An ihrem ersten Tag als Allgemeinmedizinerin, ganz auf sich allein gestellt, war Peter einer ihrer Patienten gewesen. Als sie sich anschauten, wusste sie sofort, dass er etwas Besonderes war. Nach drei Monaten waren sie verlobt und drei Monate später heirateten sie. Wenn er sich berufen gefühlt hätte, als Missionar in einen entlegenen, primitiven Winkel der Welt zu gehen, wäre sie ohne einen Blick zurück mit ihm gegangen. Beim Wiedersehen nach einem langen Tag hoben sich ihre Lebensgeister, als ob sie ein verliebter Teenager wäre und keine Akademikerin von zweiunddreißig.

Nachdem sie die Post sortiert und in verschiedene Kästen verteilt hatte, wies sie Anne die Arbeit für den Vormittag an und machte sich dann mit ihrem Geschenk und der Torte für Muriel auf den Weg in die psychiatrische Station.

Die Station war in den letzten Jahren »benutzerfreundlich« gestaltet worden. Die hohen Fenster, wie sie bei den viktorianischen Architekten beliebt gewesen waren, drapierten jetzt lichte Stores, jedes Bett schirmten hübsche Vorhänge ab und ein Stationsbereich war in eine Sitzgruppe umgewandelt worden, wo die Patienten, denen es gut genug ging, in bequemen Sesseln plaudern oder fernsehen konnten.

In einem dieser Sessel saß Muriel, umgeben von Karten und Geschenken, die sie vom Klinikpersonal bekommen hatte. Sie hatte noch mehr abgenommen und das Haar hing ihr strähnig ums Gesicht. Sie rührte sich nicht, ignorierte die anderen Patienten, war versunken in eine eigene Welt wie sehr alte Menschen, die ihre Jahre mit dem Warten auf den Tod zubringen.

»Muriel – hallo. Alles Gute zum Geburtstag!« Caroline stellte die Torte auf den Tisch neben Muriels Sessel. »Die Torte ist von Jimbo. Möchten Sie einen Blick darauf werfen?«

Muriel nickte. Als der Deckel offen war, schaute sie in die Schachtel. Tränen liefen ihr über die mageren Wangen. Lautlose Rinnsale, die sich Bahn brachen. Sie versuchte nicht, sich die Tränen abzuwischen, sondern ließ ihnen freien Lauf. Es tat weh, ihr dabei zuzusehen.

Caroline machte keinen Versuch, sie am Weinen zu hindern; sie hielt ihr nur die Hand, weil sie spürte, dass die Tränen wichtig und heilsam waren. Die Stationsschwester kam vorbei und reckte hinter Muriels Rücken den Daumen nach oben. »Ein gutes Zeichen«, flüsterte sie.

Als die Tränen versiegten, wischte Caroline Muriel die Tränen ab und kämmte ihr das Haar. Es war, als hätte es Caroline mit einem kleinen Kind zu tun. Zum ersten Mal seit Tagen machte Muriel den Mund auf.

»Mein Name steht drauf. Sie ist für mich bestimmt, einfach für mich. Sie ist wirklich *einfach für mich* bestimmt. Wie lieb von Jimbo, so ein aufmerksamer Mann. Ich habe noch nie eine Geburtstagstorte bekommen. Mutter hat das für einen eitlen Luxus gehalten. Sie hat nicht gewusst, wie weh es mir getan hat, dass ich keine Torte bekommen habe. Ich esse gleich ein Stück davon. Möchten Sie auch eins?«

Caroline ließ Tee für die Patienten kommen, die um den Tisch herum saßen, und alle aßen ein Stück Torte. Sie war köstlich und Muriel aß sie mit mehr Genuss als jedes andere Essen, zu dem sie sich während der Zeit im Krankenhaus hatte überreden lassen.

Muriel rückte an Caroline heran und fragte sie, ob sie Peter bitten könne, sie zu besuchen. »Ich habe ihm etliches zu sagen, was ich sonst niemandem erzählen kann. Er war doch noch nicht hier?«

»Doch, mehrmals, aber es ging Ihnen nicht so gut, dass Sie mit ihm hätten reden können.«

»Ach, daran erinnere ich mich gar nicht.« Die Jalousien wurden heruntergelassen und Muriel kehrte dorthin zurück, wo auch immer sie vor Carolines Besuch gewesen sein mochte.

»Dr. Harris, haben Sie einen Augenblick Zeit?«

Schwester Bonaventura sprach über Blutuntersuchungen, die bei einem Patienten ihrer Meinung nach gemacht werden mussten, und dann machte sich Caroline auf den Rückweg ins Labor, mit einem Abstecher in die Abteilung für Schwangerenbetreuung, um die Blutproben von dort gleich mitzunehmen.

Im Wartezimmer war es voll. Werdende Mütter säumten die Wände. Etliche hatten Kleinkinder dabei, andere waren allein und starrten vor sich hin, gelangweilt vom Warten. Manche tauschten Schwangerschaftserfahrungen aus, während andere in Zeitschriften lasen. Caroline stand an der Trennscheibe im Schwesternzimmer, schaute hinaus in das Wartezimmer und fragte sich, ob sie Lust hätte, zur Gynäkologie überzuwechseln. Lebensnäher wäre das auf alle Fälle gewesen. Da bemerkte sie Suzy Meadows, mit Rosie auf dem Knie. Suzy musste spüren, dass jemand sie anschaute, denn sie sah auf, ehe Caroline den Blick abwenden konnte. Sie schauten sich direkt in die Augen. Caroline hob grüßend die Hand und wandte sich dann ab.

Sie wäre gern hingegangen und hätte mit Suzy gesprochen, aber einer Ärztin schrieb die berufliche Etikette vor, nichts zu sagen. Das gehörte zu den Problemen einer Medizinerin in einem stark frequentierten County-Krankenhaus. Caroline traf Nachbarn und Freunde, musste aber aus Diskretion die ärztliche Schweigepflicht wahren. Die arme Suzy. Ein Kind mehr großzuziehen, ohne die Unterstützung durch einen Ehemann. Dennoch – vielleicht wurde es ein Junge, und das wäre Suzy sicher ein Trost gewesen. Suzy war die geborene Mutter. Wie traurig, dass Patrick sein jüngstes Kind nicht sehen konnte …

Als Caroline nach Hause kam, sagte sie Peter, Muriel wolle ihn sprechen, und hätte fast erwähnt, dass Suzy in der Schwangerensprechstunde gewesen war, entschied sich aber dagegen. Bald würden alle Bescheid wissen. So etwas ließ sich nicht lange geheim halten.

Peter fuhr am nächsten Tag mit Caroline ins Krankenhaus und besuchte Muriel auf der Station. Sie saß da wie zuvor, in Gedanken versunken.

»Hallo, Muriel, ich bin's, Peter. Gott segne Sie.« Er schüttelte ihr die Hand und hielt sie dann fest. »Sie haben ja viele Glückwunschkarten zum Geburtstag bekommen.«

Sie drehte sich um, sah ihn an, und allmählich erkannte sie ihn. »Möchten Sie ein Stück von Jimbos Torte? Er hat sie mir bringen lassen, es ist die erste Geburtstagstorte, die ich je bekommen habe. Sie essen doch ein Stück, oder?«

»Ich kann's nicht erwarten. Wenn die Torte den Maßstäben entspricht, die sein Geburtstagsessen gesetzt hat, ist sie ein Genuss.«

»Oh, sie ist genauso gut.« Sie wartete, bis er gekostet hatte, und fragte dann, wie es ihm schmeckte.

»Sie ist ausgezeichnet, einfach köstlich. Alles Gute zum Geburtstag. Und vielen herzlichen Dank.«

»Ich kann nicht mehr in mein Haus zurück. Nie wieder. Nicht nach der Sache mit der Katze ... und anderen Dingen.« Eine lange Pause entstand, während Muriel ihr Taschentuch suchte. »Ich komme nicht mehr allein zurecht, wissen Sie. Ich mache lauter dummes Zeug. Ich weiß, es muss Pericles gewesen sein, der den Kuchen gefressen hat, aber ich ... Oh, wo ist Pericles? Seit ich hier bin, habe ich kein einziges Mal an ihn gedacht. Er ist doch nicht etwa die ganze Zeit im Haus eingesperrt gewesen? Du meine Güte, wie ist es bloß möglich, dass ich ihn vergessen habe? Da haben Sie's, ich verliere den Verstand, so ist es, ja, so ist es.« Die Tränen flossen wieder.

Peter beugte sich über sie und sagte deutlich: »Ihr Pericles fühlt sich pudelwohl. Sir Ronald kümmert sich um ihn und macht mit ihm und dem Spitz von Lady Bissett jeden Tag lange Spaziergänge. Die beiden Hunde sind unzertrennlich; das ist also ein Punkt, in dem Sie unbesorgt sein können. Und Pericles hat die Torte nicht gefressen; die ist doch hier.«

»Ich meine nicht die Torte, ich meine den Kuchen, den ich zu Hause gebacken habe. Ich habe ihn zum Abkühlen auf einen Rost gestellt, und als ich nach Hause zurückkam, war er verschwunden. Dann war das Bett nicht gemacht, obwohl ich doch wusste, ich habe es gemacht. Dann standen alle Nippes verkehrt herum da und an den falschen Stellen. Eins nach dem anderen – lauter dummes Zeug. Alles hat an dem Tag angefangen, an dem Pericles weggelaufen ist, weil ich die Hintertür offen gelassen hatte. Ich habe meinen Schlüssel verloren, und seitdem bin ich nicht mehr richtig im Kopf. Ja, nicht richtig im Kopf. Bei Mutter war es auch so – sie wusste nicht mehr, was sie machte. Aber ihre spitze Zunge hat sie trotzdem behalten. Ehrlich gesagt, sie wollte mich gar nicht. Dass sie mich bekam, hat ihre Figur ruiniert, und das hat sie mir nie verziehen. Sie war bösartig, so bösartig. Wenn ich hier sitze, fallen mir alle die Dinge ein, die sie getan hat.«

Muriel ließ die Jalousien herunter und Peter betete laut, Gott möge sein Angesicht über ihr leuchten lassen und ihr seinen Frieden geben. Dann ging er ratlos und gleichzeitig erleichtert darüber, dass sie endlich etwas gesagt hatte – auch wenn er es nicht verstanden hatte.

Als Caroline an jenem Abend nach Hause kam, berichteten sie sich gegenseitig von ihrem Tag. Peter erzählte ihr von Muriel.

»Sie scheint merkwürdige Sachen getan zu haben. Aber das muss erst in letzter Zeit passiert sein, denn am Abend von Jimbos Party war alles mit ihr in Ordnung, sie war geradezu in Hochform. Sie jammert dauernd über verschwundene Kuchen und falsch aufgestellte Nippes. Ich verstehe gar nichts.«

»Schau, ich habe ihre Schlüssel. Ich sehe mich in ihrem Haus um, wenn wir gegessen haben. Was darf's sein – ein spanisches Omelett oder Fisch mit Chips oder ein total widerlicher Fraß – Huhn Kiew aus dem Tiefkühler?«

»Nichts, was du auf den Tisch bringst, kann ein total widerlicher Fraß sein. Essen wir also Huhn Kiew. Ich frage mich, ob es das in Kiew gibt. Wetten, dass die dort noch nie davon gehört haben?« Peter lachte und Caroline ließ sich von seiner Stimmung anstecken, fiel ihm um den Hals und küsste ihn. Während sie kochte, plauderte sie weiter über ihren Tag, und Peter saß auf einem Küchenstuhl und genoss ihre Fröhlichkeit. Sie hatten sich von Anfang an versprochen, einander gegenüber völlig aufrichtig zu sein, aber völlige Aufrichtigkeit gegenüber dem geliebten Menschen war nicht immer das Beste. Manchmal war Verstellung nötig, um dem anderen Schmerz zu ersparen, und dann stand man mit dem Schmerz allein da. Peter konnte sich selbst absolut nicht ausstehen.

Nachdem sie abgewaschen hatten, ging Caroline zu den Glebe Cottages hinüber. Als sie den Schlüssel in die Haustür von Nummer 1 steckte, war ihr, als hätte sie ein Geräusch im Haus gehört. Sie stand lauschend in dem kleinen Wohnzimmer. Nichts als Stille, die Art von leerer Stille, die typisch ist für ein unbewohntes Haus. Caroline ging zur Haustür und machte sie auf. Als sie in den Garten schaute, glaubte sie einen Blick auf eine Gestalt zu erhaschen, die schnell über die Mauer hinweg auf dem Friedhof verschwand. Caroline rannte zur Mauer und schaute hinüber, aber dort war niemand zu sehen. Sie wartete einen Moment lang, schüttelte den Kopf und ging ins Haus zurück.

Ein Küchenschrank stand offen, und als sie die Tür schließen wollte, fiel ihr auf, dass fast nichts darin stand. Sie zog die Tür weiter auf und sah, dass das der Schrank war, in dem Muriel offenbar ihre Konservendosen aufbewahrte. Da stand nur eine einzige Dose Grapefruit, von der winzigen Sorte, wie sie Alleinstehende kaufen, außerdem ein angebrochenes Glas Minzsoße. Muriel war doch bestimmt nicht so knapp bei Kasse, dass sie nur so wenig Vorräte hatte? Caroline hatte das Gefühl, genauer nachschauen zu müssen. Im Treteimer lagen leere Dosen und eine leere Kekspackung. Caroline ging ins Wohnzimmer und machte den Schrank auf, in dem Muriel den Sherry aufbewahrte. Auf dem Flaschenboden war nur noch eine Neige und Caroline wusste noch genau, dass die Flasche an dem Abend, an dem sie Muriel das Kleid für Jimbos Party geliehen hatte und sie beide ein Glas getrunken hatten, fast voll gewesen war. Das kam ihr alles sehr merkwürdig vor. In der Küche entdeckte sie zwei Tassen im Spülbecken; sie roch daran und stellte fest, dass es der Geruch von Sherry war.

Caroline schloss das Haus ab und eilte nach Hause zu Peter. Sie erzählte ihm alles, was sie herausgefunden hatte.

»Jemand muss Zugang zu ihrem Haus haben. Vielleicht geht das schon eine ganze Weile so und dieser Jemand hat vor, sie mit diesen rätselhaften Streichen zu ängstigen.«

»Sie hat heute Morgen gesagt, dass sie ihre Schlüssel verloren hatte.«

»Dann liegt es daran! Sie hat ihre Schlüssel verloren, jemand hat sie gefunden, hat es nicht gesagt und ist aus und ein gegangen, wenn sie nicht da war.«

»Caroline, dem können wir nur ein Ende machen, wenn wir die Schlösser auswechseln lassen; dann sind die Schlüssel nutzlos.«

»Völlig richtig, aber wir müssen außerdem herausfinden, wer so böse ist, ihr Angst einjagen zu wollen – und vergiss nicht, dieser Jemand will sich auch an Jimbo-Charter-Plackett rächen und hat seinen Kater ertränkt.«

»Das klingt ja, als hätten wir es mit einem pathologischen Mörder zu tun.«

»Solche Dinge sind immer erst der Anfang. Du könntest durchaus Recht haben.«

Peter traf eine Entscheidung. »Morgen früh bitte ich als Erstes den Sergeant, mit mir in das Haus zu gehen. Gib mir die Schlüssel, dann lege ich sie auf dem Garderobenschrank bereit.«

Der Sergeant hatte für Peter keine Erklärung parat, aber auch er meinte, es sei offensichtlich, dass jemand ins Haus komme, ohne dass es Beweise für einen Einbruch gebe. Er schlug vor, mit Muriel über das Auswechseln der Schlösser zu reden, aber Peter sagte, das übernehme er. Der Besuch eines Polizisten konnte mehr Schaden anrichten als Gutes bewirken.

Es dauerte zwei Tage, bis Peter Zeit für einen Besuch im Krankenhaus hatte. Er nahm die Schlüssel mit.

»Gott segne Sie, Muriel. Da bin ich wieder.«

»Wer sind Sie? Ich kenne Sie nicht.« Muriel wandte sich ab, damit sie Peter nicht ins Gesicht sehen konnte.

»Doch, Sie kennen mich, Muriel. Ich bin Peter von St. Thomas à Becket daheim in Turnham Malpas.«

Sie wollte nicht antworten.

»Ich muss Ihnen etwas zeigen. Könnten Sie sich bitte umdrehen und einen Blick darauf werfen?«

Die Neugier war stärker und sie drehte sich ein Stückchen um.

»Ich habe Ihre Hausschlüssel in der Hand. Schauen Sie.« Er ließ sie einen Blick darauf werfen.

»Ich kann nicht nach Hause.«

»Ja, ich weiß. Wie sind Sie wieder ins Haus gekommen, als Sie Ihre Schlüssel verloren hatten?«

»Ich habe die im Garten versteckten Zweitschlüssel benützt, bis die anderen wieder aufgetaucht sind.«

»Oh, die sind also wieder aufgetaucht? Wo haben Sie sie gefunden?«

»Mr. Palmer hat sie auf dem Klavierschemel gefunden.«

»Und wo sind jetzt Ihre Zweitschlüssel?«

Sie schaute sich verstohlen auf der Station um und flüsterte dann: »Unter dem Topf mit der Hortensie im Garten hinter dem Haus.«

»Weiß sonst noch jemand, dass sie dort sind?«

»Nur Sie.«

»Aha. Wenn ich also die Schlösser an Ihrem Haus auswechseln lassen würde, könnte niemand mehr hinein, stimmt's?«

»Was sollte ich denn mit so vielen Schlüsseln anfangen? Ich wüsste doch gar nicht, welche ich nehmen soll.«

»Wir würden die alten Schlüssel wegwerfen und Sie könnten die neuen benützen.«

»Das würde mich auch nicht davon abhalten, dummes Zeug anzustellen.«

Muriel schaltete ab und Peter konnte nichts mehr tun. Er überlegte, ob er die Schlösser auswechseln lassen sollte, und entschied sich dafür.

Ein paar Tage später saß er im Arbeitszimmer und las in einem Buch mit dem Titel *Sinn der Nachfolge Christi*, als Willie Biggs dringlich an die Tür klopfte. Peter wusste immer, ob es Willie war, der klopfte, weil Willie sich nicht wie alle anderen damit begnügte, zwei- bis dreimal an die Tür zu pochen. Er hämmerte immer zehnmal dagegen, als ob seine Nachricht keinen Aufschub duldete.

»Mr. Harris, Sir, ich muss Ihnen melden, dass jemand im Friedhofsschuppen wohnt.«

»Im Friedhofsschuppen? Warum denn das?«

»Weil die Leute kein Dach über dem Kopf haben, schätz' ich.«

»Wer ist es denn?«

»Wenn ich das wüsste, hätte ich die verscheucht. Krieg' die nicht zu fassen, verstehn Sie? Ich finde dauernd Chipstüten, Dosen, 'nen Dosenöffner, 'nen Teller und 'nen Becher, Kekspackungen ... immer wieder was anderes, aber ich kriege die nicht zu fassen. Wenn ich die erwische, schlage ich die zu Brei.«

»Ich glaube nicht, dass sich das besonders gut in den Schlagzeilen machen würde, Willie. *Mesner schlägt obdachlosen Jungen zu Brei*. Natürlich könne es auch ein Mädchen sein, und das würde einen noch schlimmeren Eindruck machen.«

»Ich halte Wache. Wenn ich mich auf die Bank in Miss Hipkins Garten bei ihrem Rosenbogen setze ... und wunderschöne Rosen sind das, Gelb mit 'nem Hauch Rosa, könnte ich von da aus alles überblicken, und die würden mich nicht sehen. Was halten Sie davon, Herr Pfarrer?«

»Ich halte es für eine glänzende Idee, aber Sie könnten eine Ewigkeit dort sitzen.«

»Das macht mir nichts aus, und Miss Hipkins kann sich auch nicht drüber aufregen, wo sie's doch nicht weiß.«

»Unter einer Bedingung, Willie. Ganz gleich, wen Sie erwischen, Sie bringen ihn mir unversehrt. Unversehrt, wohlgemerkt.«

»Na gut, Sir.« Willie klopfte sich gegen die ausgeprägte, knochige Nase. »Und kein Sterbenswörtchen zu irgendwem. Das bleibt unter uns. Wetten, dass der Frau Pfarrer der Garten jetzt ein bisschen besser gefällt? Ich hab' nicht verraten, dass ich das war, wissen Sie.«

»Nein – ich auch nicht. Das ist noch ein Geheimnis zwischen uns, Willie.«

»Dann geh' ich mal. Bin gespannt, wen ich erwische.«

10. Kapitel

Es war ein Schock für Willie, als er die Person erkannte, die lässig zum Schuppen schlenderte. Während er unter Muriels Rosenbogen saß, hatte er darüber nachgedacht, wer es sein könnte. Die Kinder aus dem Herrenhaus waren berüchtigt dafür, ihre städtischen Unarten ins Dorf mitzubringen. Sie rauchten in den Büschen unten am Bach und klauten im Laden, wenn Mr. Charter-Plackett sie nicht scharf im Auge hatte ... Es war mehr als wahrscheinlich, dass es eines von diesen Kindern war, dachte Willie. Er hatte sie mehrmals dabei erwischt, wie sie sich in der Kirche herumtrieben, aber der Pfarrer – das heißt, der alte Mr. Furbank – bestand darauf, die Kirche müsse für das Gebet offen bleiben und außerdem für die Touristen, die die alten Wandgemälde und die Familiengräber der Templetons besichtigten. Willie schloss ab, was irgend ging. Es war unvernünftig, sich Scherereien einzuhandeln, dachte er. Dieser neue Pfarrer, Mr. Harris, wollte ebenfalls, dass die Kirche frei zugänglich war. Manchmal fragte sich der Mesner von St. Thomas à Becket, in welchem Jahrhundert diese Männer lebten. Was früher möglich gewesen war, ging jetzt nicht mehr. Aus dem Augenwinkel beobachtete Willie, wie Scott McDonald gemessen zwischen den Grabsteinen hindurchschritt – ein unwahrscheinlicher Zeitvertreib für einen wie ihn. Willie blieb völlig reglos sitzen und wartete ab. Scott näherte sich dem Schuppen, ging daran vorbei und stieg über die Mauer in Muriels Garten. Willie, hinter dem üppigen Laub der Kletterrose versteckt, passte den richtigen Zeitpunkt ab.

Scott nahm einen Schlüsselbund aus der Tasche und ging zu Muriels Haustür. Er steckte zuversichtlich einen Schlüssel in das Schloss und stellte dann fest, dass die Tür nicht aufging. Er versuchte es mit einem anderen Schlüssel, rüttelte am Türknauf und stand dann ratlos da, weil er nicht hinein konnte. Willie schlich sich hinter ihn.

»Hab' ich dich erwischt, Bürschchen!«

Trotz seines Alters war Willie gelenkig und Scott war durch den Schock, ertappt worden zu sein, und durch das Faulenzerleben, das er führte, gehandicapt. Willie hatte ihn am Kragen gepackt.

»Wir gehen sofort rüber zum Pfarrer. Ein Mucks von dir, und ich verpass' dir eine.«

»Willie Biggs, was soll denn das? Lassen Sie mich los. Warten Sie nur ab, bis mein Vater das erfährt.«

»Wart du nur ab. Wenn der dir keine Tracht Prügel verpasst, dann tu' ich es. Alte Damen terrorisieren – was bist du bloß für ein Früchtchen!« Willie zerrte ihn zum Pfarrhaus und rüttelte an der Tür.

»Da sind wir, Sir. Ich hab' ihn dabei erwischt, wie er mit 'nem eigenen Schlüssel in Miss Hipkins Haus gewollt hat.«

»Dann komm mal rein, junger Mann, und nimm in meinem Arbeitszimmer Platz.« Peter ging voraus. Inzwischen war Scott unbehaglich zumute. Dem Arbeitszimmer des Pfarrers stattete er mitnichten freiwillig Besuche ab. Er war ganz und gar nicht in seinem Element.

»Ich hab' doch überhaupt nichts getan, Mr. Harris«, heulte er. »Ich bin zum ersten Mal –«

»Zum ersten Mal, von wegen«, rief Willie. »Ich hab' doch

gemerkt, dass du dich genau auskennst. Du warst schon öfter da drin.«

»Moment mal, Willie, Lassen wir erst Scott etwas sagen.«

Scott sah Peter an und hielt den Mund. Peter wartete weiter darauf, dass Scott etwas sagte. Das Schweigen dauerte immer länger. Peter wartete geduldig darauf, dass Scott es brach. Schließlich, zermürbt von Peters forschendem Blick, ergriff Scott das Wort.

»Es war unsere Sharon. Ich hab' die Schlüssel gefunden, an dem Tag, wo Muriel –«

»Für dich Miss Hipkin, Scott«, unterbrach ihn Peter.

»Na schön, also Miss Hipkin. An dem Tag, wo der Hund weggerannt und sie aus der Schule rausgerast ist, um ihn einzufangen. Ich hab' die Schlüssel mit nach Hause genommen und es Sharon erzählt. Sie hat sie nach Culworth gebracht und Nachschlüssel machen lassen. Hat sie 'ne ganz schöne Stange Geld gekostet, ehrlich, aber sie hat gesagt, das würde sich lohnen, schon wegen der Fresse von der alten Schachtel, wenn sie merkt, dass jemand in ihr Haus rein kann. Das ist ihr nur recht geschehn. Die blöde alte Schnalle hat mich dauernd ausgeschimpft. Warum hat der Schlüssel nicht gepasst? Sonst hat das doch immer hingehauen.«

»Weil ich die Schlösser habe auswechseln lassen. Weißt du eigentlich, dass Miss Hipkin eine Freundin von mir ist und außerdem von vielen Leuten im Dorf? Wir haben sie alle sehr gern.«

»Die gern haben? Die ist eine alte Schreckschraube, eine miese alte Schreckschraube, und es geschieht ihr recht.«

»Was hast du in Miss Hipkins Haus gemacht?«

»Bloß ein bisschen Unsinn, damit sie erschrickt. Hab' 'nen Kuchen gemaust, das Besteck in der Schublade anders hingelegt, ihren Sherry getrunken, ihren Krimskrams umgestellt und solche Sachen.«

»Was ist mit der Katze?«

»Was für 'ne Katze?«

»Die ertränkte Katze in der Wassertonne.«

»Also, Mr. Harris, von 'ner Katze weiß ich überhaupt nix. So was mach' ich nicht. Ich mag Katzen.« Seine Miene veränderte sich plötzlich, als wäre ihm etwas aufgegangen, worüber er nicht reden wollte. Peter begriff, das Scott erraten hatte, wer der Schuldige war.

»Na gut, Scott, Willie, du und ich gehen jetzt zu dir nach Hause und reden mit deinen Eltern.«

Scott sprang auf. »Kann das nicht unter uns bleiben, Mr. Harris? Ich geh' da nicht mehr rein. Versprochen. Ich geb' Ihnen mein großes Ehrenwort, Hand aufs Herz. Ich schwör's auf Ihre Bibel. Ehrlich, das mach' ich. Ich geh' da nie wieder rein, wenn Sie mir versprechen, meiner Mum nichts zu sagen.«

»Für einen Kuhhandel ist es zu spät, Scott. Miss Hipkin ist von den Streichen, die du ihr gespielt hast, sehr krank geworden. Vielleicht wäre es ihr lieber, dich anzuzeigen. Diebstahl, Hausfriedensbruch — du kannst es dir aussuchen. Deine Mum und dein Dad müssen es erfahren. Du hast es nicht nur einmal getan, sondern mehrmals, und wir müssen die Sache in Ordnung bringen. Komm mit.«

Peter stand auf, nahm Scott bei der Hand und führte ihn aus dem Pfarrhaus zum Royal Oak. Willie folgte eifrig im Schlepptau. Das Gasthaus stand unübersehbar an der Kreuzung zwischen der Stocks Row und der Royal Oak Road. Scott ergab sich in das Unausweichliche. Er konnte nichts unternehmen; Peter war für eine Gegenwehr zu groß und zu kräftig.

Die Bar war geöffnet und voll; Scotts Mutter hatte mit dem Bedienen alle Hände voll zu tun.

»Zweimal Farmersalat für Coster, bitte sehr, jede Menge

Pickles, wie Sie – und was haben Sie mit unserem Scott vor, Herr Pfarrer? Lassen Sie ihn gefälligst los.«

Sie, nicht Mac, hatte die Schanklizenz, aus Gründen, die den Dorfbewohnern verschlossen blieben, die aber häufig Grund für Spekulationen waren. Sie war fast eins achtzig groß und hatte die Proportionen einer Amazone. Ihr jettschwarzes Haar türmte sich zu einer Bienenkorbfrisur auf ihrem Kopf. Mac hatte einmal die Bemerkung gewagt, es gefalle ihm so, und so war es geblieben. Durch die Hitze in der Bar an dem schwülen Nachmittag war die übliche Röte in Bettys Gesicht noch stärker geworden. Ihre tief ausgeschnittene Lurexbluse entblößte mehr von ihrer Figur, als wünschenswert war. Ihre dunklen Augen funkelten Peter zornig an.

»Lassen Sie ihn los, Herr Pfarrer, Sie haben kein Recht, ihn so festzuhalten.«

»Guten Tag, Mrs. McDonald.«

»Alle sagen Betty zu mir.«

»Guten Tag, Betty. Könnten wir wohl irgendwo hingehen, wo es ruhiger ist? Wir müssen über Scotts Verhalten sprechen.«

»So, hat er in ihrer Kirche was angestellt?« Sie holte aus und versetzte Scott eine schallende Ohrfeige. Er wankte gegen Peters Beine.

»Nein, in der Kirche nicht.«

»Wenn das so ist, haben Sie auch kein Recht, ihn so in den Schwitzkasten zu nehmen. Lassen Sie ihn los.«

Peter hielt Scott fest. »Betty, ich glaube wirklich, dass Sie sich das lieber unter Ausschluss der Öffentlichkeit anhören sollten.«

»Hab' keine Zeit, merken Sie denn nicht, wie es hier zugeht? Raus damit.«

»Wie Sie wollen. Wir waren seit etlicher Zeit beunruhigt, weil jemand im Friedhofsschuppen kampiert hat. Willie hat

Wache gehalten, um herauszufinden, wer das ist, und Scott dabei erwischt, wie er versucht hat, mit einem Schlüssel in Muriel Hipkins Cottage einzudringen. Er hat uns gestanden, dass es ein Nachschlüssel ist, den er schon seit einiger Zeit benützt.«

Bis auf Peter waren alle in der Bar in der Erwartung der Neuigkeiten mucksmäuschenstill. Es war, als hätte jemand auf einem Videorekorder den Pausenknopf gedrückt.

Betty McDonald verschlug es die Sprache. Sie sah erst Peter, dann Willie, dann Scott böse an. Doch ehe sie ein Wort herausbrachte, war in der Bar der Teufel los.

»Dann warst das also du, der ihr Angst eingejagt hat.«

»Hast sie beklaut, stimmt's?«

»Hätten wir uns ja denken können, dass der das ist.«

»Und was ist mit Jimbos Kater, was ist mit dem?«

»Er gehört ausgepeitscht.«

»Höchste Zeit, dass du ihn in den Griff kriegst, Betty.«

Die Ratschläge machten Betty wütend. Sie richtete sich zu ihrer vollen Größe auf, holte aus und versetzte Willie einen heftigen Boxhieb auf die Nase.

»Das geschieht Ihnen recht. Schleichen rum und spionieren den Leuten nach. Ein harmloser kleiner Junge und zwei Erwachsene, die ihn zu Tode erschrecken.«

Der arme Willie sackte auf einen Stuhl, den jemand ihm hinschob, als seine Knie nachgaben. Blut strömte ihm über das Gesicht. Jemand brachte ihm einen Brandy, ein anderer trieb Papiertaschentücher auf und versuchte, das Blut aufzufangen.

Mac kam hinter dem Tresen hervor. »Betty, das reicht! Wenn du den Pfarrer auch nur anrührst, wirst du es bereuen. Merk dir meine Wort. Ein Gottesmann, das ist die Höhe.«

Scott schlich in Deckung, die Treppe hinauf. Er hatte seine Mutter schon öfter so erlebt.

»Gottesmann? Dem bring' ich bei, was ein Gottesmann ist.

Hackt auf einem unschuldigen kleinen Jungen herum!«

»›Unschuldiger kleiner Junge‹? Red keinen Stuss, Betty«, rief jemand in der Bar.

Peter stand gelassen da und beobachtete die Szene. Er hoffte, Betty werde ihn nicht schlagen, denn es war ausgeschlossen, dass er sich gegen eine Frau ihrer Größe wehrte, jedenfalls nicht mit dem Collar um den Hals.

»Mrs. McDonald, Scott hat Muriel Hipkin schweres Leid zugefügt. Er ist der Grund dafür, dass sie auf der psychiatrischen Station im Krankenhaus liegt! Sie hatten keinen Anlass, so auf Willie einzuschlagen. Er hat nur seine Pflicht getan, hat versucht, Kircheneigentum zu beschützen. Er hat durch reinen Zufall mitbekommen, wie Scott versucht hat, in Miss Hipkins Haus einzudringen.«

»Wenn er nicht rein konnte, hat er auch nicht die richtigen Schlüssel, und drum kann er's nicht gewesen sein.«

»Er konnte heute nicht ins Haus, weil ich Muriel zuliebe die Schlösser habe auswechseln lassen. Scott hat zugegeben, dass er eingedrungen ist und Muriel bestohlen hat ...«

»Das ist ja noch blöder von ihm. Er hätte die Klappe halten sollen.«

»Eine verantwortungsbewusste Mutter sollte ihren Kindern keine derartigen Ratschläge geben.«

»Soll das heißen, ich bin keine verantwortungsbewusste Mutter?«

»Nein, ich wollte nur sagen –«

»Betty! Geh gefälligst nach hinten.« Endlich verschaffte Mac sich Gehör.

Betty fuhr herum und sah ihn an und er ruckte mit dem Kopf in Richtung des Hinterzimmers. Sie verzog sich hinter den Tresen und verließ das Schlachtfeld. Willies Nase hatte fast aufgehört zu bluten. Die Menge um ihn herum gratulierte ihm zu seinem Erfolg als Detektiv.

»Gut gemacht, Willie.«

»Geschieht ihm recht, dem kleinen Heimlichtuer.«

»Muriel wird sich freuen.«

»Getränke aufs Haus!« rief Mac über den Lärm hinweg. »Was nehmen Sie, Herr Pfarrer?«

»Einen Whisky, bitte, Mac, und für Willie auch einen. Er hat ihn sich wirklich verdient.«

Als das Getöse verebbte, bat Peter Mac um ein kurzes Gespräch.

»Hier bin ich, Herr Pfarrer, schießen Sie los.«

»Sharon hat Scott geholfen, wissen Sie. Er hat es nicht allein getan. Sie ist mit Muriels Schlüsseln zum Schlosser in Culworth gegangen und hat Nachschlüssel anfertigen lassen. Ich glaube, dass nur Scott in das Haus gegangen ist, aber sie war eindeutig seine Komplizin.«

»Mir tut das alles ungeheuer Leid, Herr Pfarrer. Wir haben in der Bar so viel zu tun und die Kinder sind viel zu viel sich selbst überlassen, das ist das Problem. Wir müssen uns mehr Mühe geben. Sie wissen ja, wie das heutzutage mit Teenagern ist, sie sind so dickköpfig. Unsere Sharon ist wie eine erwachsene Frau, und das schon seit Jahren. Heutzutage kann man einfach nicht mehr nein sagen.«

»Tun Sie Ihr Bestes. Mac. Muriel hat das Recht, Anzeige zu erstatten, wissen Sie, und ich könnte es ihr nicht verübeln. Ich muss die Polizei informieren, denn der Sergeant hat sich im Haus umgeschaut, als uns klar geworden ist, dass sich jemand Zutritt verschafft hat. Es ist also möglich, dass die Polizei mit Ihnen sprechen will, selbst wenn Muriel keine Strafanzeige stellt.«

»Ich muss mich wirklich für Bettys Benehmen entschuldigen. Sharon schlägt nach ihrer Mutter – ihr Temperament geht mit ihr durch.«

Es dauerte volle zwei Wochen, bis Muriel sich in der Lage fühlte, nach Hause zu kommen. Caroline brachte sie zum Friseur in Culworth und verhalf ihr zu einem ganz neuen Selbstwertgefühl, indem sie Muriel dazu überredete, sich auf Carolines Kosten eine Dauerwelle machen zu lassen. Peter überreichte ihr die neuen Schlüssel, die ihr den Mut zur Heimkehr gaben. Jemand schlug eine Begrüßungsparty vor, aber dann waren sich alle einig, dass Muriel sich besser fühlen würde, wenn sie ihr geregeltes Leben in aller Ruhe wieder aufnahm.

Jimbo hatte ihre Küchenschränke neu bestückt und außerdem Spezialitäten des Hauses in ihren Tiefkühler gepackt. Sir Ronald hatte Pericles im Hundesalon schamponieren und scheren lassen und ihm eine neue Leine und ein neues Halsband gekauft, leuchtend rot und glänzend. Lady Bissett hatte ein Blumengesteck für Muriels kleinen Esstisch gebunden und den Kaminsims füllten Karten mit dem Aufdruck »Willkommen daheim«. Willie hatte ihren Garten gegossen und den Rasen gemäht, so dass Muriels Welt auf das Prächtigste wiederhergestellt war, als sie nach Hause kam.

Ihr Selbstvertrauen war jedoch nur zum Teil wiederhergestellt, aber sie hatte das Gefühl, das werde mit der Zeit kommen. Ein paar Tage nach Muriels Rückkehr kam Peter mit Scott im Schlepptau zu Besuch.

»Guten Tag, Miss Hipkin. Gott segne Sie. Ich habe Scott mitgebracht. Er hat Ihnen etwas zu sagen, stimmt's, Scott?«

Muriel fing an zu zittern. Scotts Anblick brachte ihre ganzen Ängste zurück.

Scott machte sich von Peters Hand los.

»Er sagt, ich muss mich entschuldigen. Und ich mach's ja auch, bloß hab' ich die Katze nicht umgebracht, Miss Hipkin – das war ich nicht. Ich mag Katzen. Aber ich hab' die anderen Sachen gemacht, und es tut mir Leid, dass Sie sich so mies gefühlt haben.«

»Danke, Scott.« Muriel hielt die Tränen zurück und drehte sich um, hoffte, Peter werde Scott wegbringen.

»Dann auf Wiedersehen, Miss Hipkin. Sag auf Wiedersehen, bitte, Scott.«

»Auf Wiedersehen, Miss Hipkin.« Beide gingen hinaus und Peter machte die Tür leise hinter ihnen zu.

Am übernächsten Tag klopfte es wieder an der Tür.

»Na, so was, kommen Sie herein, Mr. Charter-Plackett! Ich hatte vor, in den Laden zu kommen und mich dafür zu bedanken, dass Sie so gütig waren, meine Küche mit Lebensmitteln aufzufüllen. Wie kann ich Ihnen das nur je vergelten? Und vielen Dank auch für die Geburtstagstorte. Wissen Sie, dass das die erste Geburtstagstorte war, die ich je bekommen habe?«

»Es ist mir eine Freude, dass Sie wieder zu Hause sind. Sie haben uns allen sehr gefehlt. Darf ich mich einen Augenblick setzen?«

»Selbstverständlich, wie unaufmerksam von mir. Hier, setzen Sie sich auf diesen Stuhl, das ist der bequemste.«

»Ich bin gekommen, weil ich in einer Art Zwickmühle stecke.«

»Du meine Güte, wie kann ich Ihnen da helfen?«

»Ich weiß ja nicht, ob Sie es bemerkt haben, aber ich habe das Restaurant jetzt eröffnet. Wir haben es Henderson's genannt.«

»Nach Phyllis? Was für eine reizende Idee!«

»Das stimmt, ja. Eigentlich sind es zwei Restaurants in einem. Da ist einmal Harriet's Tearoom, in dem wir leichte Kleinigkeiten anbieten und Kaffee und Tee und so. Der öffnet um zehn und schließt um fünf. Und dann ist da noch die ›Schickimickikneipe‹, wie Flick das nennt. Das ist ein richtiges Restaurant, abends von sieben bis elf geöffnet. Ich habe Kellner, Kellnerinnen, Köche und so weiter, aber mir fehlt eine zuverlässige Kassiererin für den Tearoom. Ganz gleich, wie sorgfältig wir Buch führen, es findet sich immer eine Möglichkeit, Geld zu stehlen, wenn das Personal es darauf abgesehen hat. Ich habe für vier Tage in der Woche eine vertrauenswürdige Angestellte gefunden, aber ich brauche noch jemanden für die beiden restlichen Tage. Es geht um Mittwoch und um den Freitag. Und ich habe mich gefragt, na ja, würde Ihnen das Spaß machen? Falls ich Sie gekränkt haben sollte, verzeihen Sie mir bitte. Es ist ein sehr nobler Tearoom, keine Musik vom Endlosband und dergleichen – so eine Art Tearoom im Stil der dreißiger Jahre, wissen Sie.«

»Warum heißt er Harriet's Tearoom?«

»Weil ich gehofft hatte, sie dafür zu interessieren, aber sie weigert sich. Ich habe es völlig falsch angepackt und sie hat sich in den Schmollwinkel verzogen und will nichts damit zu tun haben.«

»Ach, du liebe Zeit. Ich hätte Sie für klüger gehalten.«

»Ich mich auch.«

»Ich weiß nicht recht, ob ich mir zutraue, Ihnen aus der Klemme zu helfen. Ich müsste mir doch ganz sicher sein, wie viel Wechselgeld ich herausgebe, nicht wahr? Ich denke ernsthaft darüber nach und sage Ihnen morgen Bescheid.«

Jimbo ging nach Hause, sehr zufrieden mit dem, was er heute Morgen geleistet hatte. Muriel musste unter Leute und vielleicht bewirkte er das mit seiner List. Außerdem brauchte er wirklich eine Hilfskraft. Harriet konnte manchmal äußerst schwierig sein. Dieses Mal hatten sogar die kandierten Mandeln nicht für das übliche Wunder gesorgt. Sie brauchte Urlaub. Das war's – einen Urlaub. Er würde Sadie darauf ansetzen, eine Reise zu organisieren. Manchmal war er selbst verblüfft, was sein Kopf so alles hergab ...

Als Jimbo ging, war Muriel völlig durcheinander. Drei Jahre lang zu Hause ohne große Herausforderungen und ohne die Notwendigkeit, sich nach dem Zeitplan eines anderen Menschen zu richten, hatten ihre Anpassungsfähigkeit geschwächt. Aber sie konnte sich vorstellen, dass sie wie Matthäus in der Bibel am Zoll saß, einmal davon abgesehen, dass sie keine Steuern eintreiben würde. Es würde jedoch Spaß machen, weil alle Gäste in das Lokal kamen, um sich zu amüsieren. Vielleicht bekam sie eine Kasse, die klingelte, wenn sie die Lade aufzog. Andererseits hatte Jimbo, wie sie ihn kannte, bestimmt so ein elektrisches Ding mit jeder Menge Knöpfen, die zu drücken waren, und blitzenden Lichtern. Aber auch dann käme ihr das Geld, das sie verdienen würde, sehr gelegen. Während der Mittagspause konnte sie jederzeit nach Hause kommen und mit Pericles spazieren gehen, und dass sie erst um zehn anfing, hieß, dass sie ihr bisschen Hausarbeit erledigen und Pericles ausführen konnte, ehe sie zur Arbeit ging. Ja, warum nicht? War es ein Abstieg für eine Anwaltssekretärin? – unter ihrer Würde? Nein. Wenn Jimbo in einem Laden bedienen konnte, nachdem er eine gute Stellung in einer Bank in der City gehabt hatte, warum sollte sie dann Bedenken wegen des Dienstes hinter der Kasse haben? »Zweimal Rührkuchen und eine Kanne Tee.« »Rührei, eine Kanne Tee und ein Stück Sahnetorte.« O ja, das konnte sie bewältigen, und dort fand sie jede Menge Gesprächspartner.

Am nächsten Tag eilte Muriel auf ihrem Spaziergang mit Pericles in den Laden. Harriet begrüßte sie wie eine seit langem verschollene Freundin.

»Wie schön, Sie zu sehen, Muriel. Ich bin so froh, dass Sie wieder zu Hause sind, Sie haben uns gefehlt. Sie sehen gut aus. Ich bin begeistert von Ihrer Frisur, Sie steht Ihnen gut.« Und sie küsste sie auf beide Wangen.

»Danke, Harriet, und außerdem danke für die vielen Lebensmittel in meiner Küche. Ihre Wohltaten werden im Buch der guten Werke nicht unverzeichnet bleiben. Jimbo hat mich gestern besucht und ich habe ihm versprochen, dass er heute Antwort von mir bekommt.«

»Antwort? Worauf?«

»Na ja, er hat mich gebeten, etwas für ihn zu tun. Ist er in der Nähe?«

»Können Sie es mir sagen? Dann richte ich es ihm aus.«

Muriel druckste ein bisschen herum, sah nach Pericles, der draußen angebunden war, und sagte dann: »Jedenfalls lautet die Antwort ja.«

»Ja worauf? Was soll die ganze Geheimnistuerei?«

»Ist er denn nicht da?«

»Nein, er ist geschäftlich unterwegs.«

»Sie sind doch nicht etwa böse auf mich, Harriet? Das könnte ich nicht ertragen.«

»Natürlich bin ich nicht böse auf Sie, aber wenn Sie mir nicht bald erklären, worum es geht, glaube ich noch, dass Sie und Jimbo sich heimlich treffen.«

Muriel wurde rot. »Oh, Harriet, es ist nichts dergleichen! Sie ziehen mich bloß auf, stimmt's?«

»Ja.«

»Er hat mich darum gebeten, an zwei Tagen in der Woche in dem nach Ihnen benannten Tearoom das Geld zu kassieren. Sind Sie jetzt böse?«

Harriet brach in Gelächter aus. »Natürlich nicht. Er braucht dringend jemanden. Ich habe überhaupt nichts dagegen.«

»Wissen, Sie, Harriet, Sie sollten ihn unterstützen. Ehemänner brauchen Unterstützung. Er ist ganz durcheinander.«

»Muriel, überlassen Sie Jimbo mir. Ich weiß, was ich tue. Ich lasse mich nicht von ihm austricksen, und das hat er bei dieser Sache mit dem Tearoom versucht. Er hat geglaubt, er kriegt mich rum, wenn er ihn nach mir benennt, aber ich durchschaue seine Spielchen. Ich gebe schon nach, sobald es mir passt, keine Bange.«

Pericles jaulte gelangweilt wegen des langen Aufenthalts.

»Ich muss gehen. Ich schaue nachher noch einmal herein, wenn Jimbo zurück ist«, sagte Muriel hastig.

Am folgenden Mittwoch fing sie mit der Arbeit an. Sobald sie mit der Kasse umgehen konnte und wusste, wie sie die Belege eintippen musste, stellte Muriel fest, dass sie ihre neue Rolle genoss. Sie war in ihrem Element, wenn sie Speisekarten verteilte, Gäste an die passenden Tische führte und kurz mit ihnen plauderte. Jimbo bezahlte ihr 25 Pfund pro Tag – wahrlich ein Vermögen. Ein Tageslohn kam auf das Sparbuch, der zweite war für Lebenshaltungskosten. Wenn sie sparsam war, konnte sie sich nächstes Jahr möglicherweise einen Urlaub leisten. Vielleicht auf dem Kontinent?

11. Kapitel

Am Samstagmorgen darauf war Muriel mit dem Messingputzen in der Kirche an der Reihe. Während der Arbeit hörte sie Peter beim Orgelspielen zu. Wenn sie ihn hörte, wünschte sie sich manchmal, sie wäre die Organistin an Stelle von Mrs. Peel. Mrs. Peel spielte kompetent, aber Peter spielte nicht nur kompetent, er war auch mit dem Herzen dabei, und das machte es sehr viel schöner. Er spielte zu Ende, schaltete die Orgel aus, ging zum Altargitter, sprach ein kurzes Gebet und kam dann herüber zu Muriel.

»Gott segne Sie, Muriel. Ich weiß wirklich nicht, was die Kirche ohne die Frauen täte.«

»Guten Morgen, Peter. Wenn das so ist, warum können wir dann nicht zu Pfarrerinnen ordiniert werden? Ich bin dazu nicht intelligent genug, aber jede Menge Frauen sind es und könnten der Kirche sehr gut dienen.«

»Ich habe ja gar nicht gewusst, dass Sie ein militantes Gemeindemitglied sind.«

»Das bin ich auch nicht, aber manchmal ärgert mich das ganze Thema. Ich gehe davon aus, dass wir schließlich siegen. Frauen tun das meistens. Haben Sie Mr. Furbanks Kostüm für den Tag des Stocks schon aus dem Schrank geholt? Wenn Sie wollen, reinige und flicke ich es für Sie.«

»Tag des Stocks – was ist das?«

»Mr. Furbank hat doch bestimmt Aufzeichnungen darüber hinterlassen? Wir feiern den Tag des Stocks seit Jahrhunderten. Das ganze Dorf nimmt an einer Prozession teil und wir tragen alle Kostüme. Jemand verkleidet sich als Gevatter Tod, jemand anderes als Engel, jemand als Teufel. Nach Einbruch der Dunkelheit muss der Mesner den Stock am Vorabend mit vertrockneten oder welken Blumen schmücken. Und am nächsten Nachmittag, immer am letzten Samstag im Juni, machen wir alle zweimal einen Rundgang in der Anlage. Beim ersten Mal haben wir Stöcke dabei und im Vorübergehen schlagen wir auf den Stock ein und stoßen die welken Blumen herunter; und beim zweiten Mal tragen wir weiße Blumen, legen sie auf den Stock und verdecken ihn ganz, so gut es irgend geht. Mr. Palmer kennt einen Flötenspieler und der kommt und führt die Prozession an, wie im Mittelalter. Danach, wenn es das Wetter zulässt, setzen wir uns alle zum Tee mit Kuchen in die Anlage. Manche sagen, das ist seit 1066 bei uns Brauch, manche sagen, schon seit der Vorgeschichte – obwohl ich das für ein bisschen weit hergeholt halte –, und manche sagen, seit der Pest. Nach den Kirchenbüchern wurde Turnham Malpas 1349 übel von der Pest heimgesucht, deshalb halte ich das für wahrscheinlicher, meinen Sie nicht auch?«

»Was für eine Rolle spiele ich dabei?«

»Oh, Sie sind der Teufel.«

Sie wandte sich ab, sammelte die Putzlappen ein und machte mit den Altarvasen weiter. Peter stand entgeistert da. *»Der Teufel?«* Er folgte ihr zum Altar.

»Ja, unter dem Kostüm tragen Sie das Messgewand für Trauungen, und wenn Sie zum zweiten Mal zum Stock kommen, ziehen Sie das Teufelskostüm aus und segnen den Stock. Sie sind ganz in Weiß wie die Blumen, verstehen Sie. Es geht um Reinheit oder Reinigung oder so, glaube ich. Das ganze

Dorf liebt das Fest. Früher gab es auf der Anlage nach dem Tee Spiele und Wettkämpfe, aber seit etwa 1895 gibt es einen Rummelplatz auf dem Brachland hinter der Methodistenkirche. Nach dem Tee werden also die Tische weggeräumt und alle gehen am Abend auf den Rummelplatz. Es ist ein wunderbarer Tag.«

Muriel fiel gar nicht auf, was ihre Worte für einen Eindruck auf Peter hinterlassen hatten. Sie rieb eifrig an den Knäufen der Altarvasen herum und erinnerte sich an Prozessionen aus ihrer Kindheit und daran, wie es ihr gefallen hatte, wenn sich der Pfarrer aus einem bösen, gehörnten Teufel in eine zauberhafte, harmlose Gestalt ganz in Weiß verwandelt hatte.

»Die Reporter kommen immer her und machen Fotos, und jedes Mal steht ein Artikel darüber in der Zeitung, und jede Menge Zuschauer kommen – ich nehme an, weil sie das urige Treiben der Dorfbewohner sehen wollen. Es gibt ein altes Gemälde davon, in der Ecke hinter dem Grab, von dem Willie Biggs behauptet, dass es darin spukt – Sie wissen schon, das mit dem Ritter, der sich auf sein Hündchen stützt. Ich weiß nicht, welcher Pfarrer das auf dem Gemälde ist, aber er ist überdeutlich zu sehen.«

Peter entkam in den hinteren Teil des Kirchenschiffs und stellte sich vor das Gemälde. Der Goldrahmen war alt und hätte dringend gesäubert werden müssen, was auch für das Gemälde galt, aber ein Pfarrer aus einem nicht zu erratenden Jahrhundert war zu erkennen, wie er die Teufelsmaske und das Kostüm auf den Rasen warf und die Hände zum Segen hob. Dicht neben ihm standen ein Engel und eine Gestalt, die wohl darstellen sollte, was sich irgendjemand unter dem Gevatter Tod vorgestellt hatte. Heidnisch. Ganz entschieden heidnisch. Das hatte überhaupt nichts mit Christentum zu tun.

Peter rief Muriel zu: »Es ist doch bestimmt üblich, einen Brunnen zu schmücken, nicht den Stock.«

Muriel kam zu ihm herüber.

»Ja, schon, in den meisten Dörfern ist das so, aber der einzige Brunnen ist der in Jimmy Glovers Garten, und der stinkt. Im Lauf der Jahre hat Jimmy seinen ganzen Abfall da reingeschmissen. Was hätte es für einen Zweck, den zu segnen? Außerdem würde er Ihnen das gar nicht erlauben. Jimmy ist eine Art Einsiedler, und ein übel riechender dazu. Ach ja, im Garten von Thelma und Valda Senior ist auch noch ein Brunnen. Den habe ich ganz vergessen.«

»Ich habe schwere Bedenken, ob ich diesen Segen spenden kann.«

»Ach, du meine Güte. Mr. Furbank hat sich überhaupt nichts dabei gedacht – er hat sich so gern kostümiert. Wir haben die Prozession auch in den Kriegsjahren beibehalten. Was auch immer sich in der Welt tut, das Fest findet statt.«

Beide bemerkten nicht, dass ihr Gespräch belauscht wurde. Bevor Peter an jenem Abend seine Suppe ausgelöffelt hatte, war die Nachricht, er habe Vorbehalte, im ganzen Dorf und auf den Farmen der Umgebung in aller Munde.

Als Peter am nächsten Morgen die Kirche betrat, fiel ihm auf, dass sich die Gemeinde vergrößert, sogar beträchtlich vergrößert hatte. Einen Sekundenbruchteil lang fragte er sich, ob er einen besonderen Feiertag vergessen habe, aber er wusste, dass dem nicht so war. Als auffälligsten Unterschied registrierte er, dass nur der Chor sang. Die Gemeinde stand stumm da. Als er den ersten Choral ansagte, raschelte so gut wie kein Gesangbuch. Mrs. Peel spielte die ersten Takte und alle standen auf. Von den Altarstufen aus konnte Peter sehen, dass Caroline, Muriel, Jimbo und Harriet die Gesangbücher herausgenommen hatte, aber kein Einziger von den echten Dörflern machte es ihnen nach.

Er hielt den ganzen Gottesdienst auf seine übliche, optimistische und erhebende Art, aber gegen Ende war ihm die Anspannung anzumerken. Als Peter an der Kirchentür stand, um sich von der Gemeinde zu verabschieden, stellte er fest, dass bis auf die besagten vier Menschen niemand kam und ihm die Hand gab. Alle waren durch die Sakristeitür hinausgegangen.

Willie Biggs lieferte die Antwort.

»Die sind alle auf dem Kriegspfad, Sir. Die haben gehört, dass Sie gar nicht begeistert darüber sind, bei der Prozession am Tag des Stocks den Teufel zu spielen, und sind sehr aufgebracht. Die haben Sie in die Wüste geschickt, bis Sie es sich anders überlegen.«

»Dann bedeutet es ihnen also so viel? Warum kann denn nicht jemand anders die Rolle spielen? Jimbo würde das ausgezeichnet machen, stimmt's, Jimbo?«

»Nein, Peter, wirklich nicht. Wenn die mir so die kalte Schulter zeigen wie Ihnen heute Morgen, bin ich in einer Woche bankrott, und das kann ich mir mit einer Frau und drei Kindern schlicht und einfach nicht leisten. Die Leute wollen Sie, Peter. Ich wäre kein Ersatz, glauben Sie mir.«

»Aber es ist ein heidnisches Ritual.«

Caroline fasste ihn am Arm. »Gehen wir nach Hause und denken darüber nach, Liebling.«

»Können Sie ihn nicht dazu überreden, Caroline?«, fragte Harriet, als sie den Kirchweg entlanggingen.

»Ich bemühe mich, Peter in Gewissensfragen nie zu beeinflussen. Er ist der Pfarrer, nicht ich. Tut mir Leid, Harriet.«

Caroline ging sofort in die Küche und machte Sandwiches für das Mittagessen zurecht. Sie ließ Peter allein mit seinem Gewissen ringen. Sie wusste, dass er schließlich würde nachgeben müssen, aber zu der Schlussfolgerung musste er selbst kommen. Dieser Tag des Stocks war offensichtlich ein fester Bestandteil des Dorflebens und manchmal musste sich modernes theologisches Denken derart hartnäckigem Widerstand beugen. Sie hatte den ganzen Gottesdienst als quälend empfunden und schreckliches Mitleid mit Peter gehabt. Einmal wäre sie fast aufgestanden und hätte den Leuten gesagt, was sie von ihnen hielt, und dann hatte sie sich ins Gedächtnis gerufen, dass er der Pfarrer war und nicht sie und dass er diesen Kampf selbst ausfechten musste.

Im Lauf des Nachmittags fing sie damit an, ein Kleid zu ändern, das sie bei einer Theatervorstellung im Krankenhaus getragen hatte. Es war trist, viel zu weit und lumpig, aber genau richtig für eine mittelalterliche Bäuerin, die bei einem Dorfritual mitwirkte.

»Gütiger Himmel, du hast doch bestimmt nicht vor, dieses Kleid anzuziehen, oder? Die Farbe steht dir überhaupt nicht«, protestierte Peter, als er Caroline am Nachmittag eine Tasse Tee brachte, um seine Frau zu besänftigen.

»Doch, ich will es anziehen. Ich spiele eine mittelalterliche Bäuerin, die Angst vor der Pest hat und sich nach Kräften bemüht zu vergessen, dass sie durch die grauenhafte Seuche die Eltern, zwei Schwestern und drei Kinder verloren hat.«

»Caroline, soll das ein Scherz sein?«

»Nein. Danke für den Tee. Das Kleid ist dafür bestimmt.«

»Dann willst du also bei der Prozession mitmachen?«

»Ja.«

»Obwohl ich sie nicht billige?«

»Ich versuche doch gar nicht, dich dazu zu überreden, versuch du also auch nicht, mich davon abzubringen. Darauf haben wir uns vor unserer Ehe geeinigt.«

»Aber in dieser Angelegenheit brauche ich deine Unterstützung.«

»Wie kann ich dich unterstützen, nachdem die guten Leutchen dir so deutlich gezeigt haben, dass sie deine Einstellung missbilligen? Es muss ihnen sehr viel daran liegen, sonst wären sie heute Morgen nicht so unfreundlich und rüde gewesen. Das ist gar nicht ihre Art.«

»Aber das hat nichts mit Christentum zu tun. Ich bin mir sicher, dass es das Überbleibsel einer heidnischen Zeremonie ist. Der Teufel, also wirklich! Den gibt es gar nicht, es gibt nur das Böse in uns.«

»Wen willst du jetzt überzeugen? Dich oder mich?« Sie schlüpfte aus ihrem Kleid und probierte das Kostüm an. »Jetzt muss ich nur noch für strähnige, scheußliche Haare sorgen, dann sehe ich zum Anbeißen aus. Ich habe noch die alten Jesuslatschen, die du nicht leiden kannst – die kommen mir jetzt sehr gelegen. Es ist eine Ewigkeit her, seit ich in einer Dorfanlage Tee getrunken habe. An dem Tag wirst du dich selber bedienen müssen. Ich stelle dir was Essbares zum Tee in den Kühlschrank.«

Caroline ging in den Flur und betrachtete sich in dem hohen Spiegel. Peter trat hinter sie und legte die Arme um sie.

»Und wenn ich dich bitten würde, nicht mitzumachen?«

»Zwecklos, Peter. Ich gehöre zum Dorf und muss mitmachen. Die Leute wissen, dass die Sache steigen muss, sonst ist die Welt für sie nicht in Ordnung. Ich bin eine zu wohl genährte Bäuerin, stimmt's? Ich werde mir die Wangen schwärzen müssen, damit sie hohl wirken.«

Die Woche nach Peters Äußerung über den Tag des Stocks verlief bitter für ihn. Diejenigen, die mit ihm redeten, sahen ihn bekümmert an; sogar Muriel behandelte ihn mit eisiger Höflichkeit, als er auf einen Kaffee in Harriets Tearoom kam.

»Guten Morgen, Mr. Harris. Möchten Sie draußen im Garten sitzen oder lieber hier drinnen?«

»Drinnen, Muriel, dann können wir uns unterhalten.«

Das Lehrmädchen brachte ihm den Kaffee und Muriel setzte sich an die Kasse. Sie tat so, als wäre sie vollauf mit dem

Eintippen der Beträge beschäftigt. Ihre angeborene Höflichkeit hinderte sie daran, sich abweisend zu benehmen, aber insgeheim machte ihr Peters Einstellung großen Kummer.

Er plauderte über die Anfänge der Spielgruppe und über die eine oder andere Angelegenheit der Kirchengemeinde; schließlich hielt Muriel es nicht länger durch.

»Es hat keinen Zweck, Mr. Harris. Sie müssen sich dazu durchringen.«

»Wozu durchringen?«

»Zum Tag des Stocks. Ich wusste, dass es die Dörfler aufbringen würde, aber ich hatte keine Ahnung, dass es so eskaliert. Die Zeremonie ist den Leuten sehr wichtig, wissen Sie. Das ist ihnen in Fleisch und Blut übergegangen und sie hätten ein schlechtes Gefühl, wenn der Pfarrer nicht seinen Segen gäbe. Alle wären überzeugt davon, dass dem Dorf Schreckliches widerfährt, wenn sie der Vergangenheit nicht treu bleiben.«

»Ich höre Ihnen ja zu, Muriel, aber was ist mit meinem Gewissen?«

»Pah! Was nützt Ihnen Ihr Gewissen, wenn Sie dadurch das Vertrauen aller verlieren?«

»Mir ist mein Gewissen sehr viel wert.«

»Ja, das weiß ich, und wir möchten es auch nicht anders, aber versuchen Sie bitte, den Standpunkt der Leute zu verstehen.«

Neue Gäste kamen herein und sie musste ihr Gespräch mit ihm beenden.

Er ging hinüber zur Schule, in der Hoffnung, in Michael Palmer eine verwandte Seele zu finden.

Die Kinder saßen alle beim Mittagessen, als Peter kam. Die Aula war voller lachender, schwatzender Kinder, eine reine Freude, die Peters Lebensgeister hob. Sobald sie ihn bemerkten, verstummten sie jedoch, und Peter wusste, dass es nicht aus Respekt geschah.

»Guten Tag, Kinder. Gott segne euch alle.«

Michael Palmer schaute die Kinder streng an und forderte sie auf, etwas zu erwidern. Das brachte Peter ein bisschen Gemurmel mit schamroten Gesichtern ein, und dann ignorierten ihn die Kinder.

»Mr. Palmer, könnte ich Sie kurz sprechen?« Sie gingen in Michaels winziges Büro, wo Michael ihm den einzigen Stuhl anbot und sich auf den Schreibtischrand setzte.

»So weit ist es inzwischen gekommen, Peter. Die Kinder reden über nichts anderes mehr.«

»Ich weiß nicht, wie alle erfahren haben, dass ich das Fest ablehne.«

»Wenn Sie sich in diesem Dorf eine Erkältung holen, weiß jeder schon vor dem ersten Niesen darüber Bescheid. Es nützt nichts, etwas geheim halten zu wollen. Historisch gesehen ist das Segnen des Stocks ein Teil dieser Menschen, verstehen Sie.«

»Ja, historisch gesehen, aber vom Standpunkt der Kirche aus ist das ein Tabubereich.«

»Sie kennen die Ursprünge?«

»Sie sind heidnisch, nicht wahr?«

»Nicht ganz. Ein viktorianischer Geistlicher, der mehr Freizeit hatte als ein Pfarrer von heute, hat alte Dorfbräuche erforscht und herausgefunden, dass die Prozession am Tag des Stocks in Turnham Malpas wegen der Pest entstanden ist. Ein Landstreicher war ins Dorf gekommen, hatte Essen und Kleidung gestohlen. Die Dorfbewohner haben ihn dabei ertappt und der Gutsherr, ein Templeton, ließ ihn in den Stock legen. Als sie ihn einklemmten, merkten sie, dass er unglücklicherweise schon die ersten Symptome der Pest aufwies. Sie ließen ihn frei, aber am Tag darauf starb er. Der Teil der Zeremonie, bei dem die Dorfbewohner die welken Blumen vom Stock herunterschlagen, symbolisiert ihre Befreiung von dem

Landstreicher, der den Tod mit sich brachte. Deshalb tritt jemand als Gevatter Tod auf – ich bin mir jedoch nicht sicher, wie der Engel ins Spiel kommt. Dann versinnbildlichen die weißen Blumen den Neuanfang nach der Pest, und der Pfarrer in Weiß, der den Stock segnet, sorgt dafür, dass ein weiteres Jahr lang alles gut bleibt. Wenn Sie das tun, fühlt sich das ganze Dorf vor der Außenwelt sicher. Im Grunde ist es also ein Historienspiel zum Gedenken an die Vergangenheit.«

»Aha. Ich denke, das wirft ein etwas anderes Licht darauf. Aber die Menschen sollten nicht auf so etwas zurückgreifen, um sich sicher zu fühlen.«

»Ich weiß, ich weiß, aber so ist es nun einmal. Vermutlich steckt der Gedanke dahinter, der Teufel habe ihnen den Landstreicher geschickt, und sie befreien sich von ihm, indem sie den Teufel in den Pfarrer verwandeln.«

»Danke, Michael, dass Sie sich die Zeit für eine Erklärung genommen haben. Jetzt müssen Sie bestimmt zurück zu den Kindern. Wie entwickelt sich die Spielgruppe?«

»Bestens. Suzy Meadows macht das ausgezeichnet und wir arbeiten alle sehr gut mit. Suzy war eine hervorragende Wahl. Während Muriel krank war, hat Suzy Klavier gespielt. Wir stehen noch am Anfang, aber ich weiß, dass die Kinder davon profitieren werden.«

»Schön, das freut mich. Vielen Dank für Ihre Hilfe.«

Peter ging hinaus auf den Schulhof, lächelte den Kindern zu und warf ihnen einen Ball zu, aber sie wollten von seinen Annäherungsversuchen nichts wissen. Er ging in die Kirche, um eine Weile zu meditieren.

Als er vor dem Altar stand und mit seinem Gewissen kämpfte, hörte er hinter sich Schritte und drehte sich um. Es war Betty McDonald.

»Hab' mir halb gedacht, dass ich Sie hier finde, Herr Pfarrer. Wo Sie sich ja offensichtlich mit dem Superboss beraten, haben Sie sich das mit dem Tag des Stocks vielleicht anders überlegt?«

»Nein, das habe ich nicht. Ich halte es immer noch für falsch.«

»Dann denken Sie lieber noch mal drüber nach. Für wen zum Teufel halten Sie sich? Haben Sie einen Schimmer, wie viel Geld uns entgeht, wenn Sie es nicht machen? Am Tag des Stocks ist die Bar so rappelvoll wie selten im Jahr. Wir sind auf das Geld angewiesen. Ihnen kann das egal sein, Ihrem Geldbeutel schadet das nicht, aber meinem und Macs.«

»So wenig ich Ihnen schlechte Geschäfte wünsche, muss ich doch leider sagen, dass Ihre Gaststätte nicht zu meinem Verantwortungsbereich gehört.«

»Das wäre auch noch schöner, aber der Teufel soll mich holen, wenn ich zulasse, dass das Dorf leidet, bloß weil Sie ein Gewissen haben.« Sie kam einen Schritt näher und stach Peter mit dem Zeigefinger in die Brust.

»Sie kommen hierher mit Ihrer Vornehmtuerei und mehr Geld, als Sie ausgeben können, und Sie bilden sich ein, Sie können uns vorschreiben, was wir zu tun und zu lassen haben. Klar, wir waren nicht in Oxford, aber wir wissen, was richtig ist, und es wird höchste Zeit, dass Sie das auch lernen. Ich geb' Ihnen einen guten Rat – spielen Sie den Teufel in der Prozession, und wenn Sie dabei hinter dem Rücken die Finger kreuzen, zählt das nicht, genau wie wir das als Kinder beim Lügen gemacht haben. Jedenfalls tun Sie es, sonst verlange ich Rechenschaft von Ihnen.«

Sie segelte aus der Kirche wie ein voll aufgetakeltes Schiff. Peter ächzte und sagte: »Was soll ich jetzt tun, Herr?« Er verließ die Kirche, ging durch die Anlage und blieb vor dem Stock stehen. So uralt er war, der Stock war intakt. Peter hatte in anderen Dörfern schon Stöcke gesehen, von denen nur noch die untere Hälfte übrig war, aber der Stock von Turnham

Malpas stand noch so da wie vor Jahrhunderten. Peter versuchte ihn zu öffnen und stellte fest, dass sich der obere Balken anheben ließ, weit genug für seine Arme und Beine, und er beschloss, sich einen Moment lang in den Stock zu setzen. Als er dort saß, überkam ihn ein ganz sonderbares Gefühl. Er war gar nicht er selbst, sondern wurde fast zu einem anderen Menschen. Er schaute sich im Dorf um und bemerkte, dass die Häuser an der Anlage so waren wie seit Jahrhunderten. Der Landstreicher, gequält von den Pestsymptomen, musste das Dorf mehr oder weniger so wahrgenommen haben, wie es heute war.

Es gab vereinzelt neue Schilder. Vielleicht waren die einzigen Veränderungen Jimbos geschmackvoll gestalteter Laden und das neue Schild über seinem Restaurant und seinem Tearoom. Peter wollte nur einen Moment sitzen bleiben, aber er verfing sich in seinen Gedanken, die sich auf eine Zeitreise machten. Er konnte die Frau sehen, von der Caroline behauptete, sie habe die Eltern, zwei Schwestern und drei Kinder durch die Pest verloren. Diese Frau hätte sich bestimmt der Prozession angeschlossen, im verzweifelten Versuch, die Rückkehr der Pest zu vereiteln, damit nicht noch mehr Angehörige ihrer Familie daran starben. Auch der Pfarrer musste darum gebetet haben, dass die Pest nie wieder kam. Vor und hinter Peter breitete sich die Geschichte aus und er sah sich als Teil eines Musters, in das er sich einzufügen hatte, gezwungenermaßen. Er beschloss, seinen Segen zu geben, es war das einzig Richtige.

Peter befreite sich aus dem Stock und ging nach Hause, zufrieden damit, dass er die richtige Entscheidung getroffen hatte. »Ich darf nicht zulassen, dass Betty McDonald sich einbildet, sie hätte mich überredet – das wäre das Letzte!«

Dass Peter im Stock gesessen hatte, war nicht unbeobachtet geblieben. Pat Duckett hatte ihn gesehen, als sie unterwegs war, um die Schule abzuschließen; Muriel hatte ihn aus dem Fenster von Harriets Tearoom gesehen; und das galt auch für Suzy Meadows, als sie sich aufmachte, um Pansy und Daisy vom Kindergarten abzuholen. Ihr Herz setzte für einen Moment aus, als sie Peter sah; denn sie fand ihn immer noch ungeheuer attraktiv. Es würde nicht lange dauern, bis er Bescheid wusste. Ihr Zustand würde sich nicht mehr wochenlang verbergen lassen; so dick wie dieses Mal war sie noch nie gewesen. Vielleicht wusste Peter es schon; vielleicht hatte ihm Caroline erzählt, dass sie Suzy in der Sprechstunde gesehen hatte; aber sie hatte das Gefühl, er wisse es nicht. Er hätte sich nicht nehmen lassen, mit ihr darüber zu sprechen. Bei Gott, sie wollte dieses Kind nicht. Sie würde es zur Adoption freigeben. Menschen, die ein Kind adoptierten, gewannen es bestimmt lieb. Sie wollte es schlicht und einfach nicht. Auf keinen Fall. Auf keinen Fall.

12. Kapitel

Muriel bügelte liebevoll ihr Kostüm. Sie trug es jetzt seit vier Jahren. Es war aus einem alten braunen Mantel ihrer Mutter geschneidert. Jedes Mal, wenn Mrs. Hipkin ihn trug, hatte sie gesagt: »Dieser Mantel hält mich aus.« Es war anders gekommen. Muriels Mutter hatte sich einen neuen gekauft, aber den alten nicht weggeworfen. »Eines Tages wird er noch zu etwas nütze sein«, behauptete sie. Es waren nur noch zwei Tage bis zum Tag des Stocks und Muriel konnte es kaum erwarten. Die Schausteller waren schon eingetroffen. Willie Biggs hatte die Biergartentische geschrubbt und bis zum Festtag im Kirchenvestibül gestapelt. Traditionsgemäß brachten alle zum Tee ihr eigenes Essen mit, so dass die Bewirtung entfiel, was das Ereignis zu einem Vergnügen für jedermann machte.

Gott sei Dank hatte sich Peter entschlossen, den Segen zu spenden. Muriel war nicht abergläubisch, aber sie beschlich das Gefühl, dass grauenhafte Dinge im Dorf geschehen wären, wenn Peter sich geweigert hätte. Tod und Verheerung, das wäre die Folge gewesen. Das Kostüm, das auf einem Bügel am Türrahmen hing, wehte leicht in der Brise aus dem Garten. Das warme Wetter hielt immer noch an. Weil sie ihre Pflanzen so liebte, hatte Muriel ihre Furcht vor der Wassertonne überwunden, aber sie erschauerte jedes Mal, wenn sie die Tonne benützte. Die Wochen im Krankenhaus waren zwar nur noch eine verschwommene Erinnerung, die sie dennoch entsetzte. Sie brauchte nur Scott in der Schule zu sehen und der Schrecken packte sie wieder – das durfte einfach kein Dauerzustand werden. Im Augenblick taten sich in ihrem Leben so viele aufregende Dinge. Die liebsten Wochentage waren ihr der Mittwoch und der Freitag, wenn sie in den Tearoom ging. Ihr war gar nicht bewusst gewesen, was für ein geselliger Mensch sie war. Sie hatte sich so viele Jahre lang im Hintergrund gehalten, und das hätte sie nicht tun sollen.

Peters Kostüm hing ebenfalls am Türrahmen. Die Maske und die Hörner hatten gründlich überholt werden müssen, aber die Arbeit hatte Muriel viel Freude gemacht. Wie vernünftig von ihm, dass er sich in das Unvermeidliche fügte. Er und Caroline waren ein Glücksfall für das Dorf. Sie hatten allen so viel Licht und Freude gebracht, und das auf so greifbare Art und Weise. Wenn sie nur Kinder gehabt hätten. Peters Kinder wären sicher hübsch gewesen und Caroline hätte eine wunderbare Mutter abgegeben.

Muriel ging in den Vorgarten, um die Rosen zu gießen. Als sie aufschaute, sah sie Betty McDonald kommen.

»Guten Tag, Mrs. McDonald.«

»Warum müssen Sie mich immer Mrs. McDonald nennen? Alle außer Ihnen sagen Betty zu mir. Los, sagen Sie es – Betty.«

»Na gut, also Betty.«

»Das ist schon besser. Ich hab' den Pfarrer rumgekriegt, wissen Sie.«

»Ich denke doch, dass Pe-, dass der Pfarrer sich von selbst entschlossen hat.«

»O nein, so war's nicht. Ich hab' ihn in der Kirche zu fassen gekriegt. Da hat er gerade gebetet. Hat gesagt, er ist dagegen, aber ich hab' zu ihm gesagt: ›Kreuzen Sie doch einfach die Finger und tun Sie so, als ob's Ihnen Spaß macht.‹ Das hat gewirkt. Hab' ich gleich gewusst. Der hat bloß jemand gebraucht, der ihm sagt, was Sache ist.«

»Ich kann mir nicht vorstellen, dass er überhaupt zur Kenntnis genommen hat, was Sie gesagt haben.« Muriel sagte das höflich, aber entschieden.

»Hören Sie mal, ich sage Ihnen doch, dass ich es war, die ihn rumgekriegt hat. Ich habe ihm Bescheid gestoßen. ›Mac und ich verlieren Geld, wenn der Segen nicht gespendet wird‹, habe ich zu ihm gesagt. Ich habe ihm gesagt, dass ich ihn zur Rechenschaft ziehe, wenn er es nicht macht. Am nächsten Tag ist er dazu bereit.«

»Aha.«

»Höchste Zeit, dass Sie ein bisschen lockerer werden, Sie sind viel zu steif. Kommen Sie doch heute Abend in die Bar, dann spendier' ich Ihnen einen Drink. Denken Sie dran. Ich rechne mit Ihnen.«

Muriel war ihr Leben lang noch nie ohne Begleitung in einem Pub gewesen. Sie verwarf den Gedanken und machte weiter mit dem Blumengießen. Pericles buddelte in den Winkeln und lief ihr andauernd zwischen die Füße, um ihr zu zeigen, dass er Lust auf einen Spaziergang hatte. Schließlich gab sie nach und holte seine Leine. Sie schlenderten zum Bach hinunter und begegneten Lady Bissett, die mit ihrem Spitz unterwegs war. Die beiden Hunde begrüßten sich wie alte Kameraden; deshalb taten Muriel und Lady Bissett sich zusammen und plauderten über dies und das, während sie am Bach entlang gingen.

»Wissen Sie, Muriel, dieses Jahr bin ich der Engel.«

»Das wusste ich gar nicht. Im Allgemeinen spielt eine ... na ja, eine jüngere Frau den Engel.«

»Ja, ich weiß, aber im Ausschuss haben sie gesagt, sie entscheiden sich für mich wegen meiner vielen Verdienste bei der Blumenausstellung und so. Es ist eine Ehre. Ich habe mir beim Verleih in Culworth ein Engelskostüm ausgeliehen. Ron . . . ald holt es heute Nachmittag ab.«

»Halten Sie das für klug? Es handelt sich schließlich nur um ein schlichtes Dorffest.«

»Ich weiß, aber man muss Maßstäbe setzen, meinen Sie nicht auch? Und wo doch auch die Presse dabei ist, muss man sich einfach standesgemäß präsentieren. Ronald ist begeistert. Er ist dieses Jahr der Gevatter Tod, wissen Sie. Ehrlich gesagt, wenn Peter es sich nicht anders überlegt hätte, wäre Ronald freiwillig als Teufel aufgetreten.«

»Der Tradition nach ist der Mesner der Gevatter Tod.«

»Ja, schon, aber er hat doch überhaupt kein Benehmen, oder? Willie Biggs ist für eine solche Rolle wirklich nicht geeignet.«

»Der Mesner ist immer der Gevatter Tod – es kommt nicht darauf an, ob er geeignet ist.«

»Doch, es kommt darauf an. So etwas muss richtig gehandhabt werden. Ich habe mir überlegt, ob ich ein neues Kostüm für Peter bezahle. Noch ist es nicht zu spät. Ron . . . ald könnte morgen noch mal hinfahren und Peter ein richtig schickes Kostüm besorgen.«

»Ich habe Peters Kostüm restauriert. Der Pfarrer trägt genau das seit fast siebzig Jahren.«

»Das meine ich ja – er braucht ein neues.«

»Da bin ich anderer Meinung. Wir müssen alle dankbar sein, dass er sich entschlossen hat, es zu tun; lassen wir es dabei sein Bewenden haben.«

»Wissen Sie, ich war es, die ihn dazu überredet hat, es sich anders zu überlegen. Ich habe zu ihm gesagt, dass diese engstirnigen Dörfler bei Laune gehalten werden müssen. Sie haben nicht viel vom Leben, und wenn das Segnen des Stocks ihnen ein besseres Gefühl gibt, warum sollten wir es ihnen dann versagen?«

»Ich halte Sie für sehr überheblich, Lady Bissett. Dass diese Leute in einem Dorf wohnen, heißt noch lange nicht, dass sie Idioten sind.«

»Regen Sie sich doch nicht so auf. Ich gehe heute Nachmittag zu Peter und sage ihm, dass ich für ihn, natürlich auf meine Kosten, ein ganz neues Teufelskostüm ausleihe.«

»Sie können nicht zu ihm. Er ist den ganzen Tag bei Diözesanexerzitien.«

»Dann rufe ich heute Nachmittag in dem Laden an und lasse auf alle Fälle ein Kostüm für ihn zurücklegen und gleich morgen früh frage ich ihn; und Ron... ald kann noch mal hinfahren und es abholen.«

Muriel wurde zornig und stampfte sogar mit dem Fuß auf. »Sie werden nichts dergleichen tun! Sie sind eine Wichtigtuerin, die in alles die Nase reinstecken muss.«

»Wie können Sie es wagen, so etwas zu mir zu sagen? Ich gebe der Veranstaltung ein bisschen Stil, das ist alles.«

»Ein bisschen Stil? Wenn's nach Ihnen ginge, würden wir alle Kostüme ausleihen, und darum geht es doch überhaupt nicht. Manche Kostüme sind über hundert Jahre alt und von einer Generation auf die nächste übergegangen.«

Muriel packte Pericles im Vorbeiflitzen, nahm ihn auf den Arm, machte kehrt und ergriff die Flucht vom Schlachtfeld.

Ausgeliehene Kostüme, also wirklich! Was denn noch?

Peter lehnte Lady Bissetts Angebot ab. Er hatte das Gefühl, die Sache sei jetzt zu heikel, als dass er es gewagt hätte, allzu weit von der Tradition abzuweichen. Außerdem wollte er Muriels Gefühle nicht verletzen. Sie hatte sich so viel Mühe mit seinem Kostüm gegeben.

An dem großen Tag zog er das Kostüm über das Messgewand für Trauungen und musterte sich im Flurspiegel. Caroline trat neben ihn und beide brachen in Gelächter aus.

Sie wischte sich die Tränen aus den Augen, wandte sich ihm

zu und sagte: »Als ich dich geheiratet habe, dachte ich, du wirst Pfarrer an einer Universitätskirche oder an einer Großstadt-Kirche, und wir geben ein elegantes, würdevolles Paar ab. Und jetzt schau uns an!«

»Das habe ich auch geglaubt, aber das hier ist bodenständiger und viel amüsanter. Heute Abend fahre ich mit dir Autoscooter – es ist Jahre her, seit ich auf einem Rummelplatz war. Ich muss schon sagen, Dr. Harris, Sie sehen sehr überzeugend aus. Was hast du dir auf die bezaubernden Wangen geschmiert?«

»Bloß ein bisschen Ruß aus dem Wohnzimmerofen, vermischt mit Gesichtscreme. Eine künstlerische Leistung, stimmt's?«

»Allerdings. So – wo ist der Text, den ich sprechen muss? Oh, hier in der Tasche des Messgewands. Nachdem ich in dieser Sache nachgegeben habe, muss ich es auch richtig machen. Wenn Arthur Furbank nur ein bisschen größer gewesen wäre. Das Kostüm reicht nur knapp über das Messgewand.«

»Macht nichts, du siehst sehr eindrucksvoll aus. Komm, höchste Zeit zum Aufbruch.«

Sie gingen zum Ausgangspunkt, wo schon drei Viertel der Dorfbewohner warteten und die Reporter die Kameras bereithielten. Der altgediente Lokalredakteur beobachtete das Geschehen gelangweilt zum x-ten Mal. Lady Bissett hatte ihn mit zwei Whiskys in ihrem Salon bestens präpariert und er hatte sich revanchiert, indem er den Fotografen dazu überredete, sie vor der Tür ihres Hauses aufzunehmen. Aber ihre Flügel verfingen sich in dem Reetdach der Veranda, und Sir Ronald musste seine Frau umständlich befreien. Der Reporter nahm Abstand davon, die Kraftausdrücke mitzuschreiben, die sie ihrem Mann dabei an den Kopf warf.

Es musste einer der erfolgreichsten Tage des Stocks gewesen sein, die das Dorf je erlebt hatte. Wegen Peters ursprünglicher

Entscheidung, sich nicht daran zu beteiligen, war viel Interesse außerhalb des Dorfes geweckt worden, und die Zuschauermenge war noch nie so groß gewesen. Betty und Mac hatten einen sensationellen Tagesumsatz und die Schausteller auf dem Rummelplatz nahmen an jenem Abend mehr Geld ein, als sie seit Jahren an einem Samstag verdient hatten. Natürlich hatte auch das strahlende Wetter für Zuschauer gesorgt. Gegen halb zehn kam Pat Duckett zu dem Schluss, es sei Zeit, nach Hause zu gehen, weil die Kinder fast Pats ganzes Geld ausgegeben hatten. Dean umklammerte einen riesigen, türkisen Teddybären, den er an dem kleinen Schießstand gewonnen hatte, und Michelle mampfte einen weiteren kandierten Apfel.

»Jetzt haben wir kein Geld mehr, wir sollten also lieber nach Hause gehen.«

»Och, Mum, wir wollen doch noch Mr. Charter-Placketts Feuerwerk sehen.«

»Ich hab' nicht gewusst, dass er ein Feuerwerk veranstaltet.«

»Doch, macht er. Es ist ein Geheimnis, aber wir wissen es alle, weil Flick es uns erzählt hat. Die kann die Klappe nicht mal halten, wenn sie Geld dafür kriegt.«

Michelle ließ von dem kandierten Apfel ab und sagte: »Es ist um zehn, sagt sie. Dürfen wir bitte bleiben?«

»Na schön, aber danach müssen wir gehen. Wenn ich noch mehr Geld ausgebe, haben wir die ganze Woche nichts zu essen. Wo findet das Feuerwerk statt?«

»In der Anlage. Er hat mit den Vorbereitungen angefangen, gleich nachdem Mr. Biggs die Tische weggeräumt hatte.«

»Abgemacht. Wir bummeln noch ein bisschen herum, dann gehen wir zur Schule. Da haben wir eine gute Aussicht.«

Es war fast dunkel, als die drei ihre Plätze einnahmen. Eine kleine Schar von Eingeweihten hatte sich schon aufgestellt.

Als die ersten Feuerwerkskörper hoch gingen, kam die Menge vom Rummelplatz angerannt, um das Spektakel zu bestaunen. Oooh! Aaah! wurde gerufen, während die riesigen Raketen in den Himmel zischten. Pat Duckett schaute Jimbo beim Zünden der Feuerwerkskörper zu und dachte, wie schön es wäre, so viel Geld zu haben, dass man es sich leisten konnte, ein derart prächtiges Spektakel zu veranstalten. Geld auszugeben um des Vergnügens willen. Sie drehte den Kopf und beobachtete eine Rakete, die in den Sternenhimmel über der Schule schoss. Was für eine Sauerei muss ich da am Montagmorgen wegputzen, dachte sie. Beim Blick auf die Schule bemerkte sie, dass dort Licht brannte.

»Komisch – In der Schule brennt Licht. Ihr zwei bleibt hier und rührt euch nicht vom Fleck. Ich schau bloß nach, ob alles in Ordnung ist. Tut, was ich euch sage.«

Pat wühlte in ihrer Handtasche nach den Schulschlüsseln. Da lagen sie, ganz unten neben ihren Zigaretten. »Die Tasche muss ich auch mal sauber machen«, murmelte sie. Sie steckte den riesigen Schlüssel ins Schloss des Haupteingangs und stellte zu ihrer Überraschung fest, dass es schon offen war. Die Kleiderhaken im schmalen Flur, der zur Aula führte, waren leer und sahen ganz trostlos aus. Pat stieß die Tür zur Aula auf. Nur das Licht auf der anderen Seite brannte. Sie ging zu den Schaltern und stieß auf etwas auf dem Boden.

Sie schaute nach unten, um zu sehen, wogegen sie gestoßen war. Sie war so geschockt, dass sie nicht merkte, wie sie sich die Seele aus dem Leib schrie. Sie presste die Hand vor den Mund, rannte aus der Aula und auf den Schulhof hinaus. Die Feuerwerkskörper explodierten immer noch mit einem lauten Krachen und über den Lärm hinweg hörte niemand Pats Schreie. Sie lief zum Rand der Menge und entdeckte Willie Biggs.

Zum ersten Mal in ihrem Leben brachte sie kein Wort

heraus. Sie packte ihn am Arm und zog ihn, immer noch schreiend, zur Schule.

»Aber, aber, Pat, was ist denn los? Sachte, sachte, immer mit der Ruhe.«

Pat Duckett schob ihn durch den Schuleingang, stand dann draußen, schluchzte und rang nach Luft. Sie brachte es nicht über sich, wieder hineinzugehen.

Willie stieß die Aulatür auf und sah, was Pat Duckett solchen Schrecken eingejagt hatte. Auf dem Boden zu seinen Füßen lag Toria Clark, auf deren Kopf so heftig eingeschlagen worden war, dass sie sofort gestorben sein musste. Sie trug noch das knallrote Shirt und die engen schwarzen Hosen, die sie auf dem Rummelplatz getragen hatte. Ihr dunkles Haar war mit Blut getränkt, ihr Gesicht durch den Schlag, den sie bekommen hatte, fast unkenntlich. Neben ihrer Hand lagen die Schulschlüssel, wie Willie erkannte. Er lief hinaus, drehte Pat Ducketts Schlüssel im Schloss um, drückte ihn ihr zur Aufbewahrung in die Hand und machte sich auf die Suche nach Hilfe.

Er wusste, dass der Polizeisergeant auf dem Rummelplatz Dienst tat, und lief so schnell, wie ihn seine Beine tragen wollten. Er fand den Polizisten am Eingang im Gespräch mit ein paar Jungen aus dem Nachbardorf.

»Sergeant, Sie müssen zur Schule kommen. Dort ist … Es ist eine Tragödie. Kommen Sie schnell!«

Es war derselbe Sergeant, der gekommen war, als Suzy Meadows Mann Patrick tot aufgefunden worden war. Die Nachricht von Toria Clarks Tod verbreitete sich blitzschnell unter den Feuerwerkszuschauern. Als der Sergeant eintraf, wurde das Stimmengewirr aus Mitgefühl und Neugier lauter. Die Menge war nach dem Finale des Feuerwerks der Schule näher gerückt, um zu beobachten, was sich dort tat.

Pat Duckett wurde rechtzeitig wiederbelebt, mit einem Schluck aus Sir Ronalds Flachmann.

»So ein scheußlicher Anblick. Ich brauch' noch einen Schluck, ich bin nervlich ein Wrack. Sie hat mausetot da drin gelegen. Kann's nicht fassen, sie war doch immer so ein netter Mensch, hab' nicht viel Ärger mit ihr gehabt. Und das viele Blut. Du meine Güte, ich werd' ohnmächtig.«

Sie kippte an der Schulwand um, an die Sir Ronald sie gelehnt hatte. Der Aufprall erzeugte einen beträchtlichen Widerhall.

Der Sergeant eilte an der Menge vorbei. »Guten Abend, Herr Pfarrer. Klingt grausig. Danke, dass Sie die Schule abgeschlossen haben, Mr. Biggs. Geht nicht an, dass alle auf den Spuren herumtrampeln. Haben Sie die Schlüssel, Sir? Danke. Treten Sie bitte beiseite.«

Caroline kam dazu. »Sergeant, ich bin Dr. Harris. Kann ich helfen?«

»Könnten Sie bitte mit mir hineinkommen, Frau Doktor? Es hört sich so an, als wäre es zu spät, aber ich würde gern Ihre Meinung hören.«

»Selbstverständlich.«

Sie gingen gemeinsam hinein. Caroline veränderte Toria Clarks Haltung nicht. Sie fühlte nach dem Puls und suchte nach Anzeichen für Atmung. Aber da war nichts.

»Sie ist eindeutig tot, Sergeant. Ich glaube, so einen brutalen Schlag könnte niemand überleben. Ich würde sie gern zudecken, aber ich denke, wir sollten auf die Pathologen warten. Ich will die Spuren nicht verwischen.«

»Auf keinen Fall, Frau Doktor. Kommen Sie und schauen Sie sich das hier an.«

Der Sergeant stand im Licht auf der anderen Seite der Aula. Auf dem Tisch lag ein riesiges Plakat aus zwei Zeichenblockblättern für den Kunstunterricht. Sie waren mit Tesafilm zusammengeklebt und enthielten einen nicht ganz fertigen Text in hingekritzelten Großbuchstaben. Er lautete: *FRAGT*

MR. P. ER WEISS DASS SIE LESBISCH WAR, DESHALB IST SIE GESTORBEN.

»Das ist sehr peinlich, Dr. Harris. An so was sind die Leute in einem Dorf wie Turnham Malpas nun wirklich nicht gewöhnt. Was meinen Sie? Glauben Sie, dass sie ... na ja, das war, was auf dem Plakat steht?«

»Sie wissen ja, dass wir erst seit ein paar Monaten hier sind, Sergeant, aber ich habe Miss Clark bei mehreren Anlässen gesehen. Sie hat zweimal im Pfarrhaus Kaffee getrunken und ich habe nie auch nur einen Augenblick lang etwas in dieser Richtung angenommen. Nicht eine Sekunde. Wer auch immer das geschrieben hat, ist völlig im Irrtum. Aber warum musste sie sterben? Das verstehe ich nicht.«

»Wer auch immer sie überfallen hat, wollte jedenfalls nicht, dass sie am Leben bleibt.«

»Womit ist sie umgebracht worden, Sergeant? Es muss etwas ziemlich Dickes und Schweres gewesen sein, zum Beispiel ein Schläger für Krickett oder Schlagball.«

Sie wurden durch ein Hämmern an der Außentür unterbrochen.

»Das muss der Inspector sein, Dr. Harris. Könnten Sie hier bleiben und kurz mit ihm sprechen?«

»Ja, selbstverständlich, obwohl ich nicht viel dazu sagen kann.«

Nachdem Caroline die Fakten aufgezählt hatte, bat der Inspector sie, nach Mr. Palmer Ausschau zu halten und ihn zu bitten, in die Schule zu kommen, um zu überprüfen, ob etwas fehle, was als Mordwaffe gedient haben könnte. Caroline fand den Rektor geduldig wartend auf dem Schulhof. Sie erklärte ihm, warum die Polizei sofort mit ihm sprechen wolle.

»Mordwaffe? Sie ist also tatsächlich tot?«

»O ja, daran gibt es keinen Zweifel. Wer in aller Welt hätte

Toria ermorden wollen? Sie war so ein reizender Mensch und so beliebt. Wer auch immer es getan hat, beschuldigt sie, sie sei lesbisch gewesen. Auf einem großen Plakat steht, sie sei deshalb gestorben.«

»Lesbisch? Toria Clark? Das ist völlig ausgeschlossen.«

»Genau meine Meinung, Michael. Gehen Sie lieber hinein, die Polizei wartet auf Sie.«

Pat Duckett, inzwischen wiederbelebt, war umringt von Sensationslüsternen, die noch einmal ihre anschauliche Beschreibung der Leiche hören wollten.

»So, Mrs. Duckett, kann ich etwas für Sie tun?«

»Danke, Dr. Harris, aber ich fühle mich jetzt schon sehr viel besser. Ein schrecklicher Anblick, stimmt's? Das werde ich niemals vergessen, niemals. Wo sind meine Kinder? Wahrscheinlich wieder auf dem Rummelplatz.«

»Nein, die Polizei hat den Rummelplatz geschlossen. Hier sind Ihre Kinder, schauen Sie.« Dean und Michelle tauchten auf, umringt von Schulkindern, die sich allesamt in ihrem Glanz sonnen wollten. »Ich halte es für eine gute Idee, wenn Sie der Polizei sagen, was sich abgespielt hat, und dann die beiden Kinder nach Hause bringen.«

»Heißt das, ich muss verhört werden?«

»Sie haben doch die Leiche gefunden, oder? Schließlich waren Sie die Erste am Tatort.«

In diesem Augenblick kam der Sergeant heraus und wollte mit Mrs. Duckett sprechen. »Hier bin ich, Sergeant.«

Sehr zur Enttäuschung der Menge nahm er sie mit hinein.

Michael Palmer wurde viel länger verhört als Pat Duckett. Er beantwortete jede Frage völlig aufrichtig und konnte überhaupt nichts zur Aufklärung des Mordes beitragen. Er bestritt, dass auch nur der geringste Verdacht bestanden hätte, dass seine Kollegin lesbisch war, und er konnte sich keinen Grund vorstellen, aus dem jemand sie hätte umbringen wollen, oder dafür, dass sein Name auf dem Plakat stand. Sie fragten, ob es zwischen ihm und Toria eine Beziehung gegeben habe.

»Nur die zwischen Rektor und Lehrerin, sonst nichts. Wir waren schlicht und einfach Kollegen, das war alles. Sie können jeden im Dorf danach fragen. In unserem gesellschaftlichen Leben gab es kaum Berührungspunkte.«

Alle Dorfbewohner wurden von der Polizei befragt. Um Anhaltspunkte für ihren Tod zu finden, wurde Torias Haus vom Keller bis zum Dach gründlich durchsucht. Reporterteams vom Fernsehen kamen und gingen, Zeitungsreporter kamen ebenfalls, aber die Polizei kam der Lösung des Mordfalls nicht näher als am Tag des Verbrechens, was auch für das Motiv galt. Der Polizei war es gelungen, alle Rummelplatzbesucher von jenem Abend ausfindig zu machen und zu befragen, aber ergebnislos. Die Akte wurde nicht abgeschlossen, aber trotz aller Anstrengungen blieb der Mord unaufgeklärt.

Am Tresen des Royal Oak waren die Stammgäste vollauf mit Spekulationen beschäftigt. Pat Ducketts Geschichte wurde ständig wiederholt.

»Ich hab' Albträume davon, Vera. Jedes Mal, wenn ich in diese verflixte Aula geh', seh' ich sie dort liegen. Für die ist es ja schön und gut, wenn sie die Leiche abtransportieren, aber wer sitzt mit den Erinnerungen da? Ich. Ich muss den Boden putzen, und wenn ich die lieben Kleinen seh', wie sie mucksmäuschenstill beim Essen sitzen oder bei der Tanzerei, zu der Miss Hipkin auf dem Klavier klimpert, kann ich bloß an Miss Clark denken und das viele Blut. Ich glaub', an dem, was auf dem Plakat gestanden hat, war was dran. Warum hätte sie denn sonst jemand umbringen wollen? Es heißt, es gibt jede Menge davon.«

»Jede Menge wovon?«

»Du weißt schon, von dieser komischen Sache mit Frauen.«

»Sie war nicht lesbisch, Pat. Ich hab' sie ein paar Wochen vor ihrem Tod mit 'nem Mannsbild ausgehen sehen. War ein netter junger Mann.«

»Hast du der Polizei das gesagt?«

»Ja, hab' ich, und die hat ihn gefunden und verhört, aber der war auf Geschäftsreise, als es passiert ist, kann's also nicht gewesen sein.«

»Ich find's widerlich, dass solche Leute unsere Kinder unterrichten.«

»So solltest du aber nun wirklich nicht reden«, verwahrte sich Vera dagegen. »Sie war nett, das war sie, Miss Clark, und bevor sie ermordet worden ist, hast du nie ein Wort gegen sie gesagt, Pat, also fang jetzt nicht damit an. Sie war so lieb, als unser Rhett sich in der Schule nicht eingewöhnen konnte und in jeder Pause nach Hause gerannt ist. Lieb, das war sie. Sie hat ihn bald in den Griff gekriegt.«

»Zwei Todesfälle in dieser Aula – da ist doch was faul. Erst Mrs. Palmer und dann Miss Clark. 'türlich, ich weiß, es waren ganz verschiedene Umstände, aber wir haben nie rausgekriegt, warum Mrs. Palmer sich umgebracht hat, stimmt's, Vera? Und dazu kommt noch, dass es jedes Mal was mit Mr. Palmer zu tun gehabt hat. ›Mr. P.‹ hat auf dem Plakat gestanden.«

Jimmy mischte sich ein. »Mir fallen 'ne Menge Leute ein, die Mr. P. heißen. Was ist mit dem alten Mr. Pratt auf Boltons Farm oder mit Mr. Planchard, der den Schuhmacherladen in Culworth hat?«

»Unwahrscheinlich, dass es einer von denen gewesen sein soll. Kann mir nicht vorstellen, dass Mr. Pratt in seinem Alter was mit 'ner so jungen Frau wie Miss Clark hat!«

Jimmy wischte sich den Bierschaum von Mund, bevor er

seinen Gesprächsbeitrag leistete. »Das kann man nie wissen. Er war einundsiebzig, als sein Gerald geboren wurde, weißt du noch? Hat mit siebzig 'ne Frau von dreißig geheiratet, und brat mir einer 'nen Storch – als Nächstes hören wir, die kriegen ein Kind.«

»Das sagen die, aber war es von ihm?« erkundigte sich Vera weise.

»Jedenfalls schätz' ich, dass Mr. Palmer mehr weiß, als er zugibt.«

»Jetzt reicht es aber, das ist gar nicht nett, Pat. Das ist üble Nachrede. Er könnte dich wegen Verleumdung verklagen, und dann würdest du ganz schön in der Klemme sitzen.«

»Ein Gutes hat es ja. Durch den Mord ist der Tag des Stocks in Turnham Malpas in aller Munde. So schnell wird uns keiner vergessen.«

Aber zwei Wochen nach dem denkwürdigen Tag des Stocks gab es im Dorf einen ganz anderen Grund für Klatsch.

13. Kapitel

Mehrere Leute schöpften Verdacht, aber es war Muriel, die den ihren als Erste öffentlich äußerte. »Harriet«, sagte sie eines Tages, als sie die einzige Kundin im Laden war. »Sie kennen sich mit solchen Dingen sehr viel besser aus als ich, aber ist Ihnen schon einmal der Gedanke gekommen, dass Suzy Meadows, der arme Schatz, vielleicht wieder ein Kind erwartet?«

»Merkwürdig, dass Sie das sagen, Muriel. Ich habe auch schon daran gedacht, aber ich habe gehofft, dass ich mich irre.«

»So ein lieber, armer Schatz aber auch. Ein posthumes Kind – wie furchtbar traurig für sie.«

»Ich bin mir jedenfalls ziemlich sicher, dass wir Recht haben. Sie nimmt nicht bloß zu. Er ist Ende März gestorben, also könnte das Kind allerspätestens Ende Dezember geboren werden. Aber ihrem Aussehen nach wird es früher der Fall sein.«

»Hoffen wir, dass es ein Junge wird. Nach dem Verlust von Patrick wäre das ein Trost für sie.«

»Schon, nehme ich an, aber ein Kind mehr kostet Geld. Ich kann mir nicht vorstellen, wie sie das schaffen soll.«

»Der Herr wird Mittel und Wege finden; da bin ich mir sicher.«

Peter, beschäftigt mit seinen Pflichten in der Gemeinde und

mehr Plänen, als er in aller Ruhe verwirklichen konnte, war einer der Letzten, der die Neuigkeit über Suzy erfuhr. Außerdem hatte ihm Caroline mit ihrem Entschluss, in der Pathologie zu kündigen, Stoff zum Nachdenken gegeben.

»Aber warum, Caroline? Du hast doch immer so gern im Krankenhaus gearbeitet!«

»Ich weiß, aber ich habe das Gefühl, dass du mich zu Hause mehr brauchst. In letzter Zeit siehst du ganz ähnlich aus wie ein verwirrter kleiner Junge und hast mich mit forschenden Blicken bedacht, als ob du nicht mehr recht weißt, wer ich bin. Also habe ich beschlossen, dass wir mehr Zeit füreinander haben müssen. Ich kann jederzeit ans Krankenhaus zurück, wenn mich die Hausarbeit langweilt. Seit wir verheiratet sind, habe ich immer gearbeitet, und es ist höchste Zeit, dass ich mich mehr um dich kümmere. Das Geld spielt keine Rolle, schließlich hast du außer dem Gehalt noch private Einkünfte. Folglich will ich eine pflichtbewusste Ehefrau sein, die dir zu Füßen sitzt und deine Leistungen bewundert. Vielleicht schaffe ich es sogar, die Inneneinrichtung in diesem Haus zu vervollkommnen, man kann nie wissen.«

»Mein Liebling, ich habe dein Opfer nicht verdient.«

»Das ist kein Opfer, Peter, es ist mir eine Freude und ein Vergnügen. Ich würde alles für dich tun, wenn es dich glücklich macht, das weißt du doch.«

»Was ich eben gesagt habe, ist wahr. Ich habe deine Liebe nicht verdient. Das ist die reine Wahrheit. Eine Liebe wie deine muss man sich verdienen und ich habe sie nicht verdient. Ich war im Begriff, sie zu vergeuden.«

An dieser Stelle stand Peter auf, wandte sich abrupt ab und ging in sein Arbeitszimmer. Seine Reaktion gab Caroline Rätsel auf. Sie wusste seit einiger Zeit, dass er Sorgen hatte, bekam aber nicht heraus, was es war. Es gab eindeutig etwas, was er ihr vorenthielt. Sie hoffte, er mache nicht die Phase durch, mit der sich die meisten Geistlichen zum einen oder anderen Zeitpunkt herumschlagen mussten – die tief verstörende Krise, in der sie sich fragten, ob ihr Glaube real oder Einbildung sei, und Zweifel hegten, ob sie Kirchenmänner hätten werden sollen. Worum es auch ging, wie er sich auch entscheiden mochte, sie würde ihm beistehen. Nichts und niemand würde sie von ihm trennen. Das hieß, falls er sie noch wollte. Der Gedanke an die Alternative war unerträglich.

Michael Palmer fragte Peter, ob er ihn am folgenden Sonntag nach dem Morgengottesdienst unter vier Augen sprechen könne.

Sobald er die Sakristeitür hinter sich zugemacht hatte, ließ Michael die Bombe platzen.

»Suzy Meadows hat mir diese Woche gesagt, dass sie die Spielgruppe nicht mehr lange leiten kann.«

»Aber warum bloß? Sie leistet so gute Arbeit.«

»Aus dem guten Grund, dass sie ein Kind erwartet. Genau gesagt, nicht nur eins, sondern zwei.«

»Zwei! Gütiger Himmel!« Peter wandte sich ab und schaute aus dem Fenster.

Michael, erfüllt von seiner Neuigkeit und seinen Plänen, die Situation in den Griff zu bekommen, bemerkte nicht, welche Wirkung seine Worte gehabt hatten. Peter stand da und schaute hinaus auf den Friedhof, sah aber absolut nichts. Das, wovor ihm am meisten gegraut hatte, war eingetreten. Lieber Gott, nicht nur eins, sondern zwei. Er war geistig und körperlich geblendet. Er hörte Michael sagen: »Was halten Sie davon, Peter?« und hatte nicht die geringste Ahnung, was Michael gesagt hatte. Peter musterte weiter scheinbar den Friedhof und sagte: »Entschuldigen Sie, Michael. Ich habe nicht mitbekommen, was Sie gesagt haben.«

»Ich habe gesagt, dass der Schulausschuss die Anstellung

der Übergangslehrerin, die er uns als Ersatz für Miss Clark geschickt hat, bestätigt hat, und dass Liz Neal gesagt hat, sie würde gern die Leitung der Spielgruppe übernehmen, während Suzy die Zwillinge bekommt. Halten Sie das für zufriedenstellend? Ich habe Liz gesagt, ich müsse erst mit Ihnen reden, ehe ich ihr die Zusage geben kann, aber ich war mir sicher, dass Sie einverstanden sind.«

»Ja, selbstverständlich bin ich einverstanden. Entscheiden Sie, was das Beste ist. Wir haben Glück, dass wir Leute haben, die einspringen können.«

»Außerdem denke ich daran, meine Kündigung einzureichen. Der Tod von Toria Clark hat eine Menge Gerüchte in Umlauf gebracht und ich habe das Gefühl, es wird Zeit, mich zu verändern. Ich hatte immer einen Ortswechsel nach ein paar Jahren im Sinn, aber irgendwie kriegt einen Turnham Malpas in die Klauen und lässt einen nicht los. Ich habe jedoch entschieden, dass es jetzt an der Zeit ist. Ich gehe zum Schuljahresende im Juli. Das habe ich allerdings schon mehrmals gesagt und es mir dann anders überlegt.«

Peter drehte sich um und sah ihn an. »Ich werde Ihren Weggang bedauern, aber irgendwann müssen wir alle weiter ziehen. Ich werde ihren Weggang sogar *sehr* bedauern. Danke, dass Sie hergekommen sind und es mir gesagt haben.«

Michael ging, verwundert über das merkwürdige Verhalten des Pfarrers. Peter kehrte in die Kirche zurück und kniete sich voller Qual in die Bank, auf der Caroline immer saß. Er entdeckte ihr Gebetbuch, schlug es auf und las auf dem Vorsatzpapier die Worte: *Für meine liebste Caroline am Tag unserer Trauung. Von nun an bis in alle Ewigkeit. Peter.*

Caroline hatte das Mittagessen fertig, und als er nicht kam, machte sie sich schließlich auf die Suche nach ihm. Und da war er, kniete betend, wo sonst sie saß. Er hielt ihr Gebetbuch in der Hand. Sie setzte sich neben ihn und nahm schweigend seine Hand, wollte ihn nicht stören. Er drückte ihre Hand, bis es wehtat. Als sie versuchte, seinen Griff zu lockern, wandte er sich ihr zu, legte seinen Kopf auf ihr Knie, schlang die Arme um sie und weinte.

»Mein lieber, lieber Peter, was um alles in der Welt ist denn los? Mein Liebling, sag's mir, um Himmels willen.« Sie streichelte sein Haar, wie sie einem Kind das Haar gestreichelt hätte. »Was ist denn bloß los? Es gibt nichts, was du mir nicht sagen kannst, das weißt du doch.«

Caroline wartete geduldig, bis Peter etwas sagte. Die Worte kamen stoßweise heraus.

»Suzy Meadows bekommt ein Kind.«

»Ich weiß.«

Eine lange Pause entstand, bevor Peter wieder etwas sagte. »Wie lange weißt du es schon? Hat sie es dir gesagt?«

»Nein. Ich habe sie vor ein paar Wochen in der Schwangerensprechstunde gesehen.«

»Also weißt du im Grunde gar nichts?«

»Ich hätte gedacht, ein Kind zur Welt zu bringen, nachdem der Ehemann gestorben ist, reicht fürs Erste. Was gibt es denn da sonst noch zu wissen?«

»Caroline, weißt du noch, dass du neulich gesagt hast, ich komme dir merkwürdig vor und brauche mehr Zuwendung? Ich brauche keine Zuwendung, ich brauche einen Strick um den Hals.«

»Einen Strick um den Hals? O Gott, Peter, was hast du denn getan, dir das zu verdienen? Du bist doch bestimmt nicht unser Phantomkiller.«

»Nach meiner Einschätzung ist es noch schlimmer. Ich bin dir gegenüber ganz und gar unloyal und treulos gewesen und ich glaube, das heißt, ich weiß es, dass dabei das herausgekommen ist, was ich dir eben gesagt habe. Was du schon gewusst hast – ohne die ganze Wahrheit zu kennen.«

»Worüber reden wir denn, Peter? Über den Mord an Toria oder über Suzys Kind?«

»Suzys Kinder. Sie bekommt Zwillinge.«

»Zwillinge? Ach, du gütiger Himmel, die arme Frau. Das ist allerdings ein Problem. Ich muss sie besuchen. Wie soll sie bloß zurechtkommen? Warum hat dich das so aus der Fassung gebracht?«

»Du hast es immer noch nicht verstanden. Die Zwillinge sind von mir.«

Das einzige Geräusch in der Kirche war das stete Tropfen des Wasserhahns in der Chorsakristei. Die Blumen auf dem Altar sahen noch genauso aus wie vor wenigen Augenblicken, das grandiose Messingkreuz schimmerte immer noch über dem Altar. Das uralte Holz der Kanzel und des Chorgestühls glänzte immer noch mild in der Sommersonne, die durch die Buntglasfenster hereinfiel. Caroline saß immer noch mit Peters Kopf auf dem Knie da, die Uhr tickte weiter. Carolines Herz schlug weiter. Innerlich war sie gestorben. Schließlich machte Peter den Mund auf.

»Es ist nur einmal passiert, ein paar Tage nach Patricks Tod. Sie brauchte Trost und sie hat mich angefleht, hat mich angefleht, sie zu trösten, und so hat es angefangen. Das ist weder eine Entschuldigung noch ein Grund. Ich hätte einfach gehen können, aber sie hat mich angezogen, seit ich sie zum ersten Mal gesehen habe. Es war nicht Liebe, sondern Begehren, nehme ich an. Nach dem einen Mal habe ich mich von ihr fern gehalten, weil ich mich so geschämt habe. Ich habe gedacht, wenn ich die Last dessen, was ich getan habe, ganz allein trage, kann ich für die Sünde büßen. Ich wollte dir nicht wehtun, verstehst du. Obwohl wir einander versprochen hatten, in Gefühlsdingen immer aufrichtig zu sein. Jetzt habe ich den denkbar schlimmsten Schaden angerichtet. Ich habe mit einer anderen Frau als der, die ich liebe, ein Kind gezeugt.«

Willie Biggs räusperte sich laut, als er hereinkam, um das Licht auszuschalten. Peter stand auf und versuchte verzweifelt, normal zu wirken.

»Entschuldigen Sie die Störung, Sir. Hab' vergessen, den Strom auszuschalten. War schon beim Nachtisch, als es mir eingefallen ist.«

»Das geht schon in Ordnung. Willie. Danke, dass Sie daran gedacht haben. Wir müssen Strom sparen.«

»Genau, Sir. Bis kurz vor sechs, Mr. Harris.«

»Ja, selbstverständlich, Willie.«

Caroline stand auf, als Willie gegangen war. Sie wandte sich Peter zu und sagte mit leiser Stimme: »Warum sollen diese Kinder von dir sein? Warum nicht von Patrick?«

»Sie hat mir gesagt, dass sie – na ja ... dass sie seit fast einem Jahr keine ehelichen Beziehungen mehr hatten.«

»Aha. Es nützt nichts, so zu tun, als wäre ich nicht verletzt, denn ich bin es. Ich gehe jetzt ins Pfarrhaus zurück. Ich muss herausfinden, wo ich stehe.«

Am nächsten Morgen sagte Caroline zu Peter, sie nehme sich ein paar Tage frei und fahre zu ihren Eltern in Northumberland, damit sie Zeit zum Nachdenken habe. Sie rief im Krankenhaus an, sorgte für eine Vertretung, packte dann einen Koffer und fuhr ab.

Vom Schlafzimmerfenster aus beobachtete Suzy Meadows, wie sie abfuhr. Carolines weißes, verhärmtes Gesicht sagte ihr, was sie wissen musste. Als die letzten Kinder in der Spielgruppe nach Hause gegangen waren, nahm Suzy Rosie bei der Hand und ging los, mit der festen Absicht, auf dem Heimweg zum Mittagessen im Pfarrhaus vorzusprechen. »Red nicht um den heißen Brei herum«, sagte ihre Mutter immer, und hier ging es wahrlich um heißen Brei.

Suzy sah durch das Pfarrhausfenster, dass Peter am Schreibtisch saß. Sie klopfte laut an die Tür.

Sie musterte ihn gründlich, als er die Tür aufmachte, und es war ein Schock für sie, dass er um mindestens zehn Jahre gealtert wirkte. Sein normalerweise frischer Teint hatte einen merkwürdigen Grauton angenommen und seine Augen hatten das ganze Feuer verloren.

»Ich muss mit meinem Seelsorger sprechen.«

»Bitte, kommen Sie herein.« Früher hätte der Klang seiner Stimme ihr Herz höher schlagen lassen, aber jetzt nicht mehr. Es war Ewigkeiten her, dass irgendetwas diese Wirkung auf sie gehabt hatte.

Peter trat zurück und machte ihr Platz. »Kommen Sie ins Arbeitszimmer.«

»Ich muss mit Ihnen reden.« Suzy tätschelte Rosie den Kopf. »Können wir sie anderswo beschäftigen?« Peter stand einen Moment lang ratlos da, dann schlug er Rosie vor, in die Küche zu gehen und mit Mrs. Harris' Katzen zu spielen. »Magst du Katzen, Rosie?«

»Ja, Mr. Harris.« Rosie strahlte ihn an, legte vertrauensvoll ihre Hand in seine und ließ sich von ihm zeigen, wo die Katzen waren. Als er ins Arbeitszimmer zurückkam, saß Suzy auf einem Stuhl, sprechbereit.

Suzy räusperte sich. »Heute Morgen, als ich gesehen habe, dass Caroline abgefahren ist, ganz durcheinander, ist mir klar geworden, dass sie weiß, was passiert ist.«

»In aller Aufrichtigkeit, ich habe nicht ...« Suzy hob die Hand, um ihn am Weitersprechen zu hindern.

»Es ist nicht nötig, überhaupt etwas zu sagen. Lass einfach mich reden. Ich habe nicht die Absicht, jemanden wissen zu lassen, dass diese Zwillinge in meinem Leib von einem anderen Mann als Patrick sind. Alle werden glauben, dass sie von Patrick sind, und ich werde alle in diesem Glauben lassen. Es ist ausgeschlossen, dass ich dein Leben oder das Carolines zerstöre, indem ich die Wahrheit sage. Mit brutaler Offenheit gesagt, Peter, ich will diese Kinder auf keinen Fall und werde sie zur Adoption freigeben. Ich habe sogar schon mit dem Jugendamt darüber gesprochen. Alles ist arrangiert. Gleich nach der Geburt werden die Kinder den neuen Eltern übergeben. Die Adoption wird rechtsgültig, sobald die Kinder etwa ein Jahr alt sind. Ich habe mir die Eltern selbst ausgesucht.«

»Das hast du getan?«

»Ja. Dabei geht es schlicht und einfach um gesunden Menschenverstand. Ich kann unmöglich fünf Kinder ernähren. Ich muss sobald wie möglich wieder arbeiten, und das ist machbar, weil Rosie bald eingeschult wird. Wenn ich die Zwillinge behielte, wäre nicht daran zu denken. Wie auch immer, im Moment kann ich in meinem Herzen nicht genug Liebe entdecken. Da ist nichts übrig für zwei weitere Kinder, ganz gleich, ob es Jungen oder Mädchen werden.«

»Ich werde mir nie verzeihen können, was geschehen ist.«

»Warum solltest du dich schuldig fühlen? Ich habe dich gebraucht, und für einen Moment hast du mich auch gebraucht. Aber deine Lebensgefährtin ist Caroline, nicht ich. Ich käme überhaupt nicht in Frage. Ich weiß, es klingt kalt und abgeklärt, aber im Augenblick werde ich nur so mit allem fertig. Die Zwillinge wären gegen Weihnachten fällig, aber ich gehe davon aus, dass die Geburt künstlich eingeleitet werden muss. Das passt bestens zu Patricks Todesdatum.«

»Danke, dass du Caroline und mir gegenüber so rücksichtsvoll bist. Ich habe es nicht verdient.«

»Von jetzt an werde ich weder zu dir noch zu sonst jemandem ein weiteres Wort darüber sagen. Ich habe gesagt, was zu sagen war, und das war's. Caroline ist doch nicht für immer gegangen, oder?«

Schmerz durchzuckte Peters Gesicht. »Ich glaube nicht. Sie ist nach Hause gefahren, nach Northumberland, um sich über ihre Gefühle klar zu werden. Spaziergänge an der Küste haben ihr immer gut getan. Wenn sie nicht zurückkommt, bin ich am Ende. Ohne Caroline kann ich nicht weiterleben.«

Suzy stand auf, als Rosie ins Arbeitszimmer kam. »Etwas Gutes muss dabei herauskommen, und so wird es auch sein. Zwei Kindern wird das Leben geschenkt – und was könnten sie für einen besseren Vater haben als dich?«

14. Kapitel

Vier Tage nach Carolines Abreise nach Northumberland musste Peter zu einer Ökumenetagung in Culworth. Er wusste, dass er den ganzen Tag lang weg sein würde, deshalb fütterte er Carolines Katzen, vergewisserte sich, dass die Katzenklappe nicht verriegelt war, tätschelte den Katzen die Köpfe, weil das einem Kuss für seinen Schatz am nächsten kam, und fuhr schweren Herzens ab. Ökumenische Gottesdienste waren nicht seine dringendste Sorge. Er hatte versucht, Caroline anzurufen, obwohl er nicht wusste, was er sagen sollte, falls sie sich meldete. Niemand hatte abgenommen. Ihm war nicht bewusst gewesen, dass er als Einzelwesen funktionsuntüchtig war. Wenn er nicht bald von ihr hörte, würde er nach Northumberland fahren, und zum Kuckuck mit der Gemeinde.

Er fuhr zum Pfarrhaus zurück und kam gegen sechs nach Hause. Der Brief, auf den er gehofft hatte, lag nicht auf dem Fußabstreifer. Die Katzen kamen angerannt, um ihn zu begrüßen.

»Ihr wollt mich doch nur um den Finger wickeln.«

Als er sein Jackett aufhängte, nahm er Carolines Mantel, an dem noch ihr spezieller Duft hing, wahr. Die Katzen miauten, um auf sich aufmerksam zu machen, und er ging in die Küche, um ihr Futter zu holen. Der Tisch war für zwei gedeckt. Er roch einen Auflauf im Backofen.

Die Katzen gaben keine Ruhe, und weil er kaum zu glauben wagte, dass Caroline wieder da war, fütterte er die heißhungrigen Tiere, während er überlegte, was er tun solle. Als er ihnen die Näpfe hinstellte, stand er einen Moment lang horchend da und ging dann die Treppe hinauf. Die Schlafzimmertür stand offen und er sah, dass Caroline ihren Koffer auspackte. Sie drehte ihm den Rücken zu und er merkte, dass sie ihn nicht kommen gehört hatte.

»Caroline.«

»Peter.«

»Du bist wieder da.«

»Bin ich.«

Caroline drehte sich zu ihm um. »Liebe Grüße von Mutter. Ich habe einen Auflauf in den Backofen gestellt. In etwa zwanzig Minuten ist er fertig.«

»Ich hab's gerochen, als ich hereingekommen bin. Ich habe die Katzen gefüttert.«

»Ich auch. Die verfressenen Viecher.«

»Soll ich eine Flasche Wein aufmachen?«

»Das wäre schön. Ich bin gleich unten.«

»Ich habe dein Auto gar nicht gesehen.«

»Nein, das habe ich in Culworth in der Werkstatt gelassen. Mit der Elektronik stimmt was nicht.«

»Ich war in Culworth. Wenn ich das gewusst hätte, dann hätte ich dich abholen können.«

»Ich habe den Bus genommen.«

»Aha.«

An einem Werktag reichte ihnen eine Flasche Wein normalerweise für zwei Mahlzeiten, aber heute Abend tranken sie die ganze Flasche aus. Sie unterhielten sich über Neuigkeiten aus der Gemeinde, über das Wetter, über Northumberland, mieden mit Bedacht das Problem, das beide umtrieb. Caroline brachte das Thema als Erste zur Sprache.

»Peter, ich musste weg, damit ich die Dinge in der richtigen Perspektive sehe. Ich konnte den Wald vor lauter Bäumen nicht sehen. Ich habe bis gestern gebraucht, um zu begreifen, was ich empfinde. Ich habe hoch oben auf den Klippen gestanden, beobachtet, wie die Flut gegen die Felsen brandete, und über die Unendlichkeit des Meeres nachgedacht, dass es unerschütterlich fortbesteht, ganz gleich, mit was für Banalitäten sich der Mensch beschäftigt. Ich habe da gesessen und über dich nachgedacht, darüber nachgedacht, dass du das Beständige in meinem Leben bist. Ich habe versucht, mir vorzustellen, wie mein Leben aussähe, wenn ich dir jetzt den Rücken kehrte. Als ich dort saß, habe ich mich von dem Pfarrhaus verabschiedet, vom Dorf, von Muriel, Jimbo, Harriet und Willie und den vielen anderen. Ich habe mir eine kleine Wohnung genommen und mir eine Stelle an einem Krankenhaus besorgt. Ich sah mich jeden Abend in eine leere Wohnung nach Hause kommen, beim Versuch, neue Freunde zu finden, beim Besuch von Abendkursen. Es hat nichts genützt. Ich habe daran gedacht, wie du in ein leeres Haus kommst. Niemand, mit dem du deine Probleme besprechen kannst, niemand, der dich liebt und dafür sorgt, dass du richtig isst, niemand, dem wirklich etwas daran liegt, ob du am Leben bist oder tot. Und ich konnte keinen Sinn darin sehen, dass wir beide allein sind.«

Peter lächelte. »Soll das etwa heißen, du bist nur zurückgekommen, damit die Dörfler nicht während der Predigt die Nase rümpfen, weil sich der Pfarrer die Socken nicht gewaschen hat?«

»Ja, so könnte man es ausdrücken.« Caroline schaute zu ihm auf und lächelte. »Das heißt, wenn du mich willst.«

»Wenn ich mir ein Leben lang selbst die Socken waschen müsste, könnte ich damit nicht wieder gut machen, was ich dir angetan habe. Ich komme mir so schäbig vor. Wäre es möglich, dass du dich auf mein Knie setzt?«

Sie redeten bis in die Nacht. Die Katzen gaben die Hoffnung auf ihren Abendspaziergang mit Caroline durch den Garten auf und gingen schmollend schlafen. Im Kamin wurde kein Holz nachgelegt, die Pfarrhaustür blieb unabgeschlossen und das Licht im Schlafzimmer brannte die ganze Nacht.

15. Kapitel

Am folgenden Sonntag predigte Peter über die Vergebung. Muriel hörte mit starkem Interesse zu. Genau das hätte sie Scott McDonald gegenüber tun müssen – ihm vergeben, obwohl er ihr so viel Leid zugefügt hatte. Sie schaute sich in der Kirche nach anderen um, die Peters starke, von Herzen kommende Worte mit besonderer Aufmerksamkeit hätten hören müssen. Der alte Jimmy Glover beehrte die Kirche ausnahmsweise mit seiner Anwesenheit und er musste bestimmt um Vergebung bitten wegen der Kraftausdrücke, die er benützte, wenn die Kinder Stöckchen in seinen Garten warfen, damit die Kastanien vom Baum fielen. Und Vera, die im Haus neben dem von Pat Duckett wohnte – die musste unbedingt um Vergebung bitten, weil sie sich an Freitagabenden, wenn sie zu viel getrunken hatte, vor dem Royal Oak so schändlich aufführte. Betty McDonald hatte sie hinauswerfen müssen – buchstäblich hinauswerfen, nicht bloß zum Gehen auffordern. Wenn man es recht bedachte, sinnierte Muriel, gab es bei allen etwas, wofür sie um Vergebung hätten bitten müssen ...

Nach dem Gottesdienst unterhielt sie sich mit Lady Bissett, die den Kopf voll hatte mit der dörflichen Blumen- und Gemüseausstellung im nächsten Monat.

»Wenn Sie auch weiterhin dauernd gewinnen, Muriel, werden wir Sie ausschließen müssen, damit auch mal jemand anderes eine Chance hat.«

»Ich beteilige mich dieses Jahr nicht.«

»Überhaupt nicht?«

»Nein. Ich habe keine Zeit, mich meinem Garten wie üblich zu widmen. Ich habe so viel zu tun, verstehen Sie.«

»Natürlich – ich hatte ja ganz vergessen, dass Sie arbeiten. Ich habe mich entschlossen, in diesem Jahr mehr Floristengruppen zu bilden und auch mehr Kindergruppen einzurichten. Wenn die Kinder teilnehmen, müssen sie ihre Eltern mitbringen. Meinen Sie, dass Jimbo bereit ist, für die Erfrischungen zu sorgen?«

»Er liefert schon Fleisch für das Essen am Erntedankfest gratis. Wir können ihn nicht dauernd um etwas bitten.«

»Ach was, Muriel! Er verdient sich an diesem Dorf dumm und dusslig mit dem Laden, dem Restaurant und dem Tearoom. Er kann sich das ohne weiteres leisten.«

»Kann sich ohne weiteres was leisten?«

Lady Bissett hatte nicht gemerkt, dass Harriet direkt hinter ihr stand.

»Ah, Harriet. Ich habe eben zu Muriel gesagt, dass Sie und Jimbo vielleicht so freundlich sind, einen Beitrag zu den Erfrischungen bei der Ausstellung zu leisten.«

»Für mich hat sich das angehört, als hätten Sie gesagt, wir könnten es uns ohne weiteres leisten, die ganze Bewirtung gratis zu übernehmen. Wir sind nicht die Wohlfahrt, wissen Sie. In Wahrheit sind wir Geschäftsleute.«

»Oh, so habe ich es nicht gemeint.«

»Wie haben Sie es dann gemeint?« gab Harriet zurück. Muriel war sehr unbehaglich zumute. Sie verabscheute Streit, und das hier sah nach einem Riesenkrach aus. Aber ein lauter, fröhlicher Ruf bewahrte Lady Bissett davor, Harriets streitlustige Frage beantworten zu müssen.

»Moo? Sie ist es – es ist wirklich Moo! Was in Gottes Namen hast *du* hier verloren?«

Muriel drehte sich um, weil sie sehen wollte, wer sie duzte und mit einem Namen anredete, bei dem sie seit ihrer Mädchenzeit nicht mehr gerufen worden war. Der Sprecher mit der kultivierten Stimme musste ohne Schuhe etwa eins achtzig messen. Er hatte dichtes, schneeweißes Haar, dicke, buschige Augenbrauen, einen gebräunten Teint, eine Adlernase und große, humorvolle hellbraune Augen. Muriel lief knallrot an, als ihr aufging, wer er war.

»Na, so was! Das ist ... das ist ... Ralphie! Ich kann's nicht fassen.« Ehe sie noch etwas sagen konnte, hatte er sie schon in die Arme geschlossen und herzhaft auf beide Wangen geküsst.

»Was machst du denn hier, Moo? Du bist doch vor vielen Jahren aus dem Dorf weggezogen.«

Muriel versuchte, das Gleichgewicht wieder zu finden, aber es gelang ihr nicht; sie war ganz außer Atem. Sie schluckte schwer und erwiderte: »Schon, aber nach meiner Pensionierung bin ich hierher zurückgekommen und habe mir ein kleines Haus gekauft. Was machst du hier?«

»Wollte mich in dem alten Kaff nach einem Domizil umschauen. Ich bin auch pensioniert, weißt du – hab' mir gedacht, zurück zu den Wurzeln. Oh, das ist ja nicht zu fassen! Du hast dich überhaupt nicht verändert. Das ist wunderbar. Willst du mich nicht deinen Freunden vorstellen?«

In einem Zustand totaler Verwirrung und kaum in der Lage, einen vom anderen zu unterscheiden, weil ihr Blick plötzlich verschwommen war, stellte Muriel ihn vor.

»Das ist Sir Ralph Templeton. Ralphie, das ist Harriet Charter-Plackett, gemeinsam mit ihrem Mann, James, der da drüben mit dem Pfarrer spricht, die Besitzerin des Dorfladens. Das sind Liz und Neville Neal aus dem Glebe House. Das ist

Lady Bissett, deren Mann Sir Ronald du vielleicht kennst, weil er ein führender Gewerkschafter ist. Er war oft im Fernsehen . . .«

»Dieses Vergnügen ist mir entgangen, weil ich im Ausland war.« Er schüttelte allen die Hand. »Hoch erfreut, guten Tag allerseits. Was für eine Freude, Moos Freunde kennen zu lernen! Ich kann mir vorstellen, dass es im Dorf jede Menge neue Leute gibt und nur noch wenige von den alten Familien.«

Muriel fand die Stimme wieder. »Jedenfalls ist Jimmy Glover noch da und Valda und Thelma Senior und die Zwillinge wohnen auch noch hier. Du erinnerst dich doch an sie?«

»Nicht an die Zwillinge!«

»Sonst fällt mir im Moment niemand ein.«

»Komm mit, Moo, ich führe dich zum Essen aus. Wir haben uns so viel zu erzählen – es sind über vierzig Jahre vergangen. Sie entschuldigen uns doch?«, sagte er zu den Umstehenden. »Ich bin mir sicher, dass wir uns bald wieder sehen.«

»Ich glaube nicht, dass ich mitkomme.« Muriel packte die Panik. »Nein, es geht wirklich nicht.«

»Hast du etwas anderes vor?«

»Nein. Das heißt, ja . . . Im Sommer arbeite ich an Sonntagnachmittagen gern im Garten, und . . .«

Ralphie unterbrach sie. »Die Gartenarbeit kann doch warten, oder?«

»Ja, schon, aber nein, ich kann nicht mit dir zum Essen gehen. Es gehört sich nicht.«

»Gehört sich nicht? Ich entführe dich nicht, Muriel, ich bitte dich schlicht und einfach, mit mir zum Essen auszugehen. Wenn du möchtest, bringe ich dich danach sofort zurück.«

Harriet gab ihr einen Stups. »Gehen Sie doch mit, Muriel. Sie können nicht nein sagen, Sie haben sich doch so viel zu erzählen.«

»Na ja, vielleicht.«

Ehe sie wusste, wie ihr geschah, wurde Muriel zu Sir Ralphs Mercedes geführt, den er in der Church Road geparkt hatte.

»Moo, ich bitte vielmals um Entschuldigung – ich war zu spontan. Hast du einen Ehemann, den wir mitnehmen sollten?«

Muriel, die schon bei dem Gedanken errötet war, dass das ganze Dorf mitbekam, wie sie von dieser dynamischen Persönlichkeit mit Beschlag belegt wurde, errötete noch stärker.

»Nein, aber ich habe einen Hund, und ich kann nirgends hin, bis er seinen Spaziergang gemacht hat.«

»Wo wohnst du?«

»In den Glebe Cottages gleich bei der Kirche.«

»Dann geh und hol den Hund. Ich lege eine Decke auf den Rücksitz und wir gehen mit ihm spazieren. Ich kenne ein nettes Lokal in Culworth, wo wir hinterher zu Mittag essen können.«

Die Gemeinde lungerte länger als sonst in der Nähe des Friedhofstors herum. Die Leute ließen sich die Gelegenheit nicht entgehen, sich anzuschauen, wie Muriel Hipkin derart nobel wegchauffiert wurde. Pericles stieg ins Auto, als wäre er sein Leben lang in einem Mercedes gefahren, und als Muriel den Zuschauern am Tor zum Abschied zuwinkte, kam sie sich wie ein Mitglied der Königsfamilie vor.

Lady Bissett war fassungslos über die jähe Veränderung in Muriels gesellschaftlicher Stellung.

»Wer zum Henker ist Ralphie?« fragte sie viel zu laut, ohne an ihren Titel zu denken.

Harriet lachte. »Ich weiß es wirklich nicht, aber darauf kommt es doch auch nicht an.«

Caroline lieferte die Antwort. »Er hat sich eben Peter vorgestellt. Er ist einer von den Templetons, denen früher das

Herrenhaus gehört hat. Offenbar hat sich Sir Ralph aus dem diplomatischen Dienst zurückgezogen und will wieder im Dorf wohnen, sobald er ein Haus findet, das ihm gefällt. Er ist sehr nett, nicht wahr?«

Harriet pflichtete ihr bei. »Er ist nicht nur nett, er ist hinreißend. Ich wäre nicht im Traum auf die Idee gekommen, sie Moo zu nennen.« Lady Bissett war sich nicht sicher, ob sie es billigen konnte, dass jemand, auf den sie herabblickte, plötzlich eine Verbindung zur Aristokratie hatte. Das stellte Rons Verdienstadel auf Lebenszeit deutlich in den Schatten.

Die Nachricht von Ralph Templetons Rückkehr verbreitete sich wie ein Lauffeuer in der Umgebung und es wurde viel darüber spekuliert, ob sich möglicherweise etwas ändern würde, wenn wieder ein Gutsherr im Dorf wohnte. Würde er das Herrenhaus zurückkaufen? Und war es nicht eine Art Abstieg, wenn er nach seinen Auslandsaufenthalten und nach seiner Jugend auf einem Landgut in einem gewöhnlichen Haus wohnte?

Als Muriel sich in jener Nacht in ihr Bett gekuschelt hatte, nahm sie sich die Zeit, über Ralph Tristan Bernard Templeton nachzudenken. Ralphie war der einzige Mensch, der Moo zu ihr sagte. Ihre Mutter war immer wütend geworden, wenn er sie so nannte. »Du heißt Muriel, und das ist ein sehr hübscher Name. Sag's ihm, los – untersag ihm, dich Moo zu nennen!«, nörgelte sie. Aber Muriel untersagte es ihm nie. Es war ein ganz besonderes Bindeglied zwischen ihnen. Obwohl sie noch Kinder waren, hatten sie eine enge Beziehung zueinander. Sie waren noch Teenager, als seine Mutter das Haus verkaufte und er für immer wegging. Sie erinnerte sich daran, wie sie am letzten Guy Fawkes' Day, der im Herrenhaus gefeiert worden war, Händchen gehalten hatten. Weil sein Vater nicht mehr lebte, hatte Ralphie den Scheiterhaufen anzünden müssen; die

Älteren hatten, wie Muriel sich erinnerte, Mühe gehabt, die Tränen zu unterdrücken, als sie an Ralphies Vater dachte, gestorben im burmesischen Dschungel, ohne dass seine Leiche überführt und bei seinen Ahnen bestattet worden wäre. Als Ralphie sich verabschiedete, hatten er und Muriel sich geküsst – es war nur ein jugendliches Küsschen auf den Mund gewesen, aber Muriel hatte es jahrelang in Erinnerung behalten. Sie hatte damals das Dorf auch verlassen und in dem Durcheinander war sie gar nicht auf die Idee gekommen, ihn nach seiner Adresse zu fragen. Es wirkte alles so endgültig, dieses Kappen der Wurzeln. So etwas – sie hatte seit Jahren nicht an ihn gedacht, und dann tauchte er auf, aus heiterem Himmel!

Sie hatten wunderbar zu Mittag gegessen, in dem vornehmen Restaurant mit Blick auf den Cul. Nach dem Essen bat er den Geschäftsführer um Brot und sie waren hinausgegangen, um die Schwäne zu füttern, genau wie früher als Kinder, als sie die Schwäne auf dem See am Herrenhaus mit Brot fütterten, das Ralphie aus der Küche gemaust hatte.

Sie fragte sich, ob die Kollegen, die in ihm eine Säule des Außenministeriums gesehen hatten, viele Jahre lang, auch nur ahnten, was für ein Schlingel er gewesen war, als Muriel ihn kannte. Einmal hatte er den Farmtraktor in Gang gebracht und war bis zum Tor des Herrenhauses gefahren, mit Muriel darauf, die sich an seinen Schultern festklammerte. Oder das eine Mal, als er alle Lichter eingeschaltet und alle Verdunkelungsvorhänge aufgezogen hatte, aus Protest gegen Hitler. Der Butler war außer sich gewesen. Bis zu seinem achten Lebensjahr hatte Ralphie die Dorfschule besucht. Muriel wusste noch, dass er eine schnelle Auffassungsgabe hatte, aber eine wahre Heimsuchung für die arme Miss Evans gewesen war. Er heckte einen Streich nach dem anderen aus und alle Kinder taten es ihm nach.

»Ich muss aufstehen und noch eine Tasse Ovomaltine trinken«, murmelte Muriel. »Ich kann sonst nicht schlafen. Ich bin viel zu aufgeregt.«

Als ihr im Bett wieder warm wurde und sie sich entspannte, dachte Muriel an das dicke, kratzige Tweedjackett, das er trug, und wie es an ihren Armen gescheuert hatte, als er ihr einen Abschiedskuss gab. Er roch ganz leicht parfümiert, als wäre er besonders reinlich, und das gefiel ihr an einem Mann. Es war ein löblicher Charakterzug, gewissenhaft auf Reinlichkeit zu achten.

Am nächsten Morgen ging sie in den Laden. Ihre Kusine hatte Geburtstag und sie brauchte eine Karte.

Jimbo bediente. Er zog den Strohhut vor ihr und sagte: »Ah, guten Morgen ... äh ... Moo. Sie sind also nach Hause zurückgekommen?«

»Guten Morgen, Jimbo. Selbstverständlich bin ich das.«

»Was für eine Abfahrt! Mehr Zuschauer hätten Sie dabei schwerlich haben können. Haben Sie sich gut amüsiert?«

»Ja, danke der Nachfrage.«

»Werden wir ihn häufiger zu sehen bekommen?«

»Er möchte ein Haus kaufen, aber natürlich stehen im Moment im Dorf keine Häuser zum Verkauf, deshalb weiß ich nicht, was er tun wird.«

Harriet kam herein. »Hallo ... Moo. Was für eine Sensation! Das ganze Dorf brennt darauf, zu erfahren, wie es gewesen ist.«

»Wir haben im George in Culworth wunderbar gegessen, und dann sind wir ein bisschen durch die Gegend gefahren, weil Ralphie sehen wollte, was sich alles verändert hat – oder auch nicht. Dann haben wir am Havers Lake Tee getrunken und dann hat er mich nach Hause gebracht.«

»Es freut mich so, dass Sie sich gut amüsiert haben. Er macht einen sehr netten Eindruck.«

»Er ist sehr nett, genau wie als Junge, er ist bloß viel ruhiger geworden.«

Jimbo, der oben auf einer Trittleiter stand und Regale bestückte, rief nach unten: »Er könnte doch jederzeit etwas mieten, bis ein Haus zum Verkauf steht. Die Leute aus London, denen das Cottage hinter dem Pub gehört, verreisen bald für ein halbes Jahr nach Südafrika. Vielleicht hätten sie gern einen so netten Mieter.«

»Das wäre eine gute Idee, Muriel, meinen Sie nicht auch? Welches Cottage ist das denn, Jimbo?«

»Nummer drei.«

Harriet schlug vor, Ralph anzurufen und ihm das mit dem Cottage zu sagen.

»Es wäre aufdringlich von mir, ihn anzurufen«, widersprach Muriel. »So gut kenne ich ihn nun auch wieder nicht. Nein, ich rufe ihn nicht an.«

»Falls Sie sich doch entschließen sollten, ihn anzurufen, benutzen Sie unser Telefon. Gehen Sie nicht in die Zelle – da stinkt es immer so.«

»Falls ich Ihr Telefon benutze, lege ich Ihnen das Geld hin.« Muriel brach hastig auf, damit sie keiner überreden konnte.

»Wer spielt denn jetzt die Wohlfahrt?« fragte Jimbo von der Leiter herunter

»Es geht um einen guten Zweck. Genau gesagt, um einen sehr guten Zweck. Ich hätte fast Lust, wieder eine Dinnerparty zu geben. Was für einen Vorwand könnte ich erfinden?«

»Zu spät, Caroline plant schon eine Einladung. Sie muss nur noch das Datum festsetzen. Sie bespricht das Menü mit mir, weil sie im Moment keine Zeit zum Selbstkochen hat.«

»Wen lädt sie denn ein?«

»Meine Wenigkeit, ›Moo‹ und ›Ralphie‹, Liz und Neville und dich, wenn du brav bist.«

»Was soll denn das heißen?«

»Komm her, dann zeig' ich's dir.«

Er beugte sich von der Leiter, packte Harriet an den Haaren, zog ihr Gesicht hoch und setzte zu einem langen Kuss an, der viel länger gedauert hätte, wäre Muriel nicht hereingekommen.

»Oh, ich bitte um Entschuldigung, es tut mir furchtbar Leid. Ich habe die Karte auf dem Tresen liegen gelassen.« Sie eilte peinlich berührt hinaus.

»Ich will dir mal was sagen, so ein herzhafter Kuss ist genau das, was Muriel braucht. Das wäre eine gewaltige Erweiterung ihres Horizonts.«

»Jimbo, nicht alle Menschen sind so sexbesessen wie du.«

»N-ei-ei-ei-ei-ein?«

»Wäre es nicht hübsch, wenn die beiden heiraten würden?«

»Du wirst ja eine typische Dörflerin, musst überall mitmischen.«

»Ich zieh' dir gleich die Trittleiter weg.«

»Trau dich ja nicht! Wie geht es voran mit dem Menü für diesen einundzwanzigsten Geburtstag?«

»Nicht besonders gut. Der Mutter gefällt alles, was ich aufgelistet habe, aber der Sohn will es nicht ganz so traditionell. Ich warte ab, wer sich durchsetzt. Es sind ja noch vierzehn Tage bis dahin.«

Die Tür schwang wieder auf und Linda stürzte herein. »Entschuldigen Sie, dass ich ein bisschen zu spät komme, kilometerlange Baustellen. Mussten Sie viel für mich erledigen?«

»Nein, die bestellten Geburtstagskarten sind gekommen, und da liegt ein dicker Umschlag mit Dienstanweisungen von der Post. Wahrscheinlich brauchen Sie den ganzen Vormittag, um rauszukriegen, was die meinen. Geht um irgendwelche

Änderungen bei der Abfertigung, angeblich zum Vereinfachen, aber mir kommt es viel komplizierter vor.«

»Besten Dank auch, Jimbo. Genau das, was mir an einem Montagmorgen noch gefehlt hat.«

Lindas erste Kundin war Sharon McDonald.

»Zehn Briefmarken bitte, und zwar dalli. Ich hab's eilig.«

»Haben Sie das Geld passend? Ich habe die Kasse noch nicht aufgeschlossen.«

»Nein. Ich hab' bloß das hier.« Sie gab Linda eine Fünfpfundnote.

»Na gut, Moment mal.« Linda nahm die Schlüssel aus Jimbos Tasche, schloss die Kasse auf und trennte die Briefmarken ab.

»Hier, bitte schön!, Sharon. Zehn Briefmarken und zwei Pfund sechzig Wechselgeld.«

»Da fehlt noch was.«

»Wie bitte? Sie haben mir eine Fünfpfundnote gegeben, die Marken kosten zwei Pfund vierzig und ich habe Ihnen zwei Pfund sechzig herausgegeben.«

»Ich habe Ihnen einen Zehnpfundschein gegeben – das wissen Sie ganz genau. Geben Sie's schon zu, Linda, Sie stecken das Wechselgeld selber ein, stimmt's? Von Ihnen kann man ja das Geldverdienen lernen. Jimbo, Ihre Linda zockt Sie ab.«

Jimbo durchquerte seinen Laden mit gesträubtem Schnurrbart. »Solche Anschuldigungen sind aber gar nicht nett, Sharon. Wie auch immer, ich weiß genau, wie viel Geld wir in der Kasse haben. Ich brauche also bloß die Scheine zu zählen, dann kann ich Ihnen sagen, was Sie Linda gegeben haben.«

Linda versuchte, Jimbo etwas zu signalisieren, was er jedoch in seiner Verärgerung nicht deuten konnte.

Er ließ die Kasse aufspringen und begriff, dass er die Einnahmen am Samstagabend nicht herausgenommen hatte, so dass er nichts beweisen konnte. Er tat so, als zählte er das

Geld, und sagte: »Sieht danach aus, als hätte der Kunde immer Recht. Hier, bitte, Sharon, noch mal fünf Pfund.«

»Sie sind dabei erwischt worden, dass Sie in die Kasse gelangt haben, stimmt's, Linda?«

»Es war wirklich ein Irrtum. Tut mir sehr leid.«

»Sollte es auch. Probieren Sie das bei mir nicht noch einmal. Vielleicht klappt das bei den alten Schachteln, die ihre Rente abholen, aber ich fall' nicht darauf rein.« Sharon stolzierte aus dem Laden. Ihre hohen Hacken klackten auf den roten Fliesen.

Linda war sehr aufgebracht.

»Mr. Charter-Plackett, ich weiß ganz genau, dass sie mir einen Fünfpfundschein gegeben hat.«

»Keine Bange, Linda. Ich weiß es auch, aber ich konnte es nicht beweisen. Es war meine Schuld – ich habe am Samstag, als Sie gegangen sind, vergessen die Kasse zu leeren. Es wird nicht wieder vorkommen, das versichere ich Ihnen. Regen Sie sich nicht so auf, Sharon ist es nicht wert.«

»Sie ist so unverschämt. Eines Tages kriegt sie einen Denkzettel.«

16. Kapitel

Der Polizeisergeant hatte den Mordfall Toria Clark nie ganz zu den Akten gelegt. Wie er zu seiner Frau sagte, habe er im Gefühl, dass der Täter ein Einheimischer sei; deshalb war er nicht überrascht, als er sah, was Jimmy Glover eines Tages aufs Revier brachte. Der Sergeant hatte die Fernsehnachrichten angeschaut und durch die offene Tür den Reviertresen im Auge behalten. Das gehörte zu den Vorteilen, dass das Revier und die Dienstwohnung im selben Gebäude waren.

»Na, Jimmy, was haben wir denn da?«

»Einen Schlagballschläger, Sir. Hab' ihn hinter der Methodistenkirche gefunden, in dem hohen Gras, das nie gemäht wird. Bin vorsichtig damit umgegangen, weil da nämlich Blut drauf ist. Hab's gemacht wie die in der Glotze.«

»Und was hatten Sie hinter der Kirche verloren? Sie haben doch nicht etwa das Pfadfindergeld geklaut?«

»Ich bestehle die Kirchen nicht. So tief kann ich gar nicht sinken, also wirklich. Ich bin einfach so spazieren gegangen und hab' die Sonne genossen. Dann hab' ich mich auf die niedrige Mauer gesetzt, die vom alten Heizwerk übrig ist. Und da war das Ding, hinten in der Ecke. Ich dachte, Ihre Leute hätten alles gründlich abgesucht?«

»Das haben wir auch. Ich mache eine Aktennotiz und gebe den Schläger an die Spurensicherung weiter. Danke, dass Sie so aufmerksam waren und den Schläger bemerkt haben, Jimmy.«

»Ich hab' diese Toria Clark gemocht. Hatte immer ein freundliches Wort für mich, was ich nicht von allen Leuten sagen kann. Wenn sie damit umgebracht worden ist, hilft es Ihnen vielleicht, den Täter zu finden.«

»Was haben Sie da in der Jacke versteckt, Jimmy?«

»Zerbrechen Sie sich darüber bloß nicht den Kopf. Ich muss los.«

»Ich will hoffen, dass Sie nicht gewildert haben, Freundchen.«

»Hab' ich nicht.« Jimmy war entrüstet, konnte dem Sergeant aber nicht in die Augen schauen. Der Sergeant lachte. Schließlich war er seit zwanzig Jahren der Dorfbobby; folglich wusste er über Jimmy Glovers nächtliche Aktivitäten Bescheid.

Es stellte sich tatsächlich heraus, dass der Schlagballschläger die Mordwaffe gewesen war, aber es waren keine Fingerabdrücke darauf. Mr. Palmer hatte in der Mordnacht die Schlagballschläger überprüft, aber vergessen, dass Toria ihren eigenen mitgebracht hatte, bis die Schulbehörde einen weiteren lieferte. Deshalb waren im Inventar zwei Schläger verzeichnet, obwohl drei vorrätig waren.

Dieser Fund lieferte den Stammgästen im Royal Oak weiteren Gesprächsstoff.

»Sagen Sie mal, Betty, haben Sie gehört, dass Jimmy die Mordwaffe gefunden hat?«

»Ja, hab' ich. Wenn die faulen Säcke bloß den Mörder finden würden. Wir zahlen denen ihre Gehälter, da wird es höchste Zeit, dass die nicht nur auf dem Hintern rumsitzen, sondern ihr Geld verdienen, statt mir letzte Woche 'nen Strafzettel anzuhängen, weil ich zu schnell gefahren bin.«

»Sachte, Betty, die haben sich Mühe gegeben, das kann man

nicht anders sagen. Die haben in der ganzen Umgebung alles verhört, was reden kann. Durch den Tag des Stocks war es noch schwieriger – da waren doch so viele Fremde hier. An einem normalen Tag wären es bloß ein Zehntel davon gewesen. Kommt mir komisch vor, dass der Täter gewusst hat, wo der Schlagballschläger steckt. Bringt mich auf den Gedanken, dass es ein Einheimischer war.«

»Einheimisch? Ach, du lieber Himmel, Willie, bringen Sie nicht uns alle in Verdacht.«

»Das sagt einem doch der gesunde Menschenverstand. Wie soll jemand, der nie in die Dorfschule gegangen ist, schon wissen, wo man einen Schlagballschläger findet? Noch dazu in der Hitze des Gefechts.«

»Stellt euch bloß vor, im Dorf gibt es jemand, der möglicherweise jeden Abend in die Bar hier kommt und das auf dem Gewissen hat. Der könnte wieder zuschlagen.«

»Richtig, Betty, machen Sie sich lieber keine Feinde. Man kann nie wissen, Sie könnten die Nächste sein.«

Jimmy Glover lachte über diese Vorstellung. »Der hätte Pech, wenn er Betty abmurksen wollte. Um die alle zu machen, braucht's mehr als 'nen Schlagballschläger.«

»Hören Sie mal, Jimmy, wenn Sie sich nicht manierlich benehmen, schmeiß ich Sie raus.«

In der Bar brach allgemeines Gelächter aus. »Passen Sie auf, Jimmy. Gleich drückt Betty Sie an ihren Busen und dann sind Sie hinüber.«

»Wär' aber doch ein schöner Tod, was?« rief jemand außer Bettys Reichweite.

Die Tür ging auf und der neue Gast zog die Aufmerksamkeit aller auf sich.

Jimmy rief: »Na, wenn das nicht Ralphie ist! Ich hab' gehört, dass Sie in der Gegend sind. Wie geht's Ihnen, Ralphie, erinnern Sie sich an mich?«

Ralph streckte zur Begrüßung die Hand aus. »Na, so was!, das ist ja Jim Glover! Wie geht's Ihnen, Jimmy? Sie würde ich überall wieder erkennen.«

»Mir geht's bestens, und Ihnen?«

»Gesund und munter. Was trinken Sie?«

»Best Bitter. Vielen Dank.«

»Best Bitter und einen doppelten Whisky bitte, Herr Wirt.«

Mac führte die Bestellung aus und hieß Ralph in der Bar willkommen. »Ich hab' gehört, Sie denken daran, ins Dorf zu ziehen, Sir?«

»Allerdings. Ich hoffe, Jimmy kann mich eine Weile bei sich einquartieren.«

Jimmys Kopf ruckte hoch. »He, was haben Sie da gesagt?«

»War bloß ein Scherz, Jimmy. Kommen Sie, setzen wir uns dort drüben und reden über alte Zeiten.« Sie setzten sich an den Ecktisch, den Ralph ausgesucht hatte, und schwatzten eine Stunde lang. Die restlichen Gäste staunten darüber, dass der stinkende Jimmy so viel Gunst von einer Persönlichkeit wie dem Sohn des letzten Gutsherrn genoss.

Schließlich stand Ralph auf. »Ich geh' jetzt zu Muriel und frag' sie, ob sie Lust hat, auf einen Drink herzukommen, Jimmy. Ich würde Sie dazubitten, wenn Sie ein bisschen – sagen wir mal adretter wären? Ich bin bald wieder da.«

Muriel kam nach dem Klopfen an die Tür, in einem alten Pullover und einem alten Rock, die sie für die Gartenarbeit angezogen hatte.

»Ach, du meine Güte, ich war nicht auf Besuch gefasst.«

»Ich möchte dich auf einen Drink ins Royal Oak einladen. Wie wär's, Moo?«

»Ich bin noch nie in der Bar gewesen. Ich glaube wirklich nicht, dass ich dahin gehen könnte, und ich bin sowieso nicht passend angezogen. Das ist mein alter Rock für die Gartenarbeit.«

»Na schön, dann lauf nach oben und zieh dich um. Ich warte hier.«

»Wirklich? Vielleicht ein andermal.«

»Verpass nicht die Gelegenheit, dich ein bisschen zu amüsieren. Bitte, komm mit.«

»Na gut. Ich beeile mich, so gut ich kann.«

Ralph wartete, setzte sich in den bequemsten Sessel im Zimmer, während Muriel oben herumkramte und überlegte, was sie anziehen sollte. Sollte sie einen Hauch von dem Lippenstift auftragen, den ihr Caroline für Jimmys Dinnerparty geschenkt hatte, oder gefiele sie Ralph ohne Lippenstift besser? Was für Schuhe sollte sie tragen – ihre Abendschuhe aus den sechziger Jahren oder ihre Laufschuhe von Clark's? So viele Entscheidungen, obwohl sie doch eigentlich nur vorgehabt hatte, sich im Fernsehen einen hübschen Film anzuschauen.

Ralph stand auf, als sie die kleine Wendeltreppe herunterkam.

»So, jetzt komm, das wird eine Riesenüberraschung in der Bar geben.«

Er plauderte mit ihr, während sie durch das Dorf schlenderten, war sich dabei voll bewusst, dass ihr mulmig zumute war. Und tatsächlich, die Runde verstummte, als sie zur Tür hereinkamen. Miss Hipkin im Pub, das war unerhört. Jimmy war verschwunden.

Muriel überließ Ralph die Wahl des Sitzplatzes und ihres Getränks.

»Abend, Muriel.« »Abend, Miss Hipkin.« Sie nickte allen zu, hoffte, nicht so rot geworden zu sein, wie es sich anfühlte. Warum hatte sie nie den Mut, ungewohnten Situationen ins Auge zu sehen?

Ralph stellte ihren Snowball auf den kleinen Untersetzer

und setzte sich neben sie. »Du hast nichts zu befürchten, weißt du. Du bist mit mir zusammen und ich war in Bars überall auf der Welt, deshalb kenne ich mich aus.«

»Bist du wirklich überall auf der Welt gewesen, Ralphie?«

»Da fehlt nicht viel. Wer im Außenministerium anfängt, wird an die schlimmsten Orte geschickt, und wenn man sich erstmal bewährt und ein bisschen Glück hat, zum Beispiel zur richtigen Zeit am richtigen Ort ist, kommt man an die besseren Orte. Ich glaube, am liebsten war mir Rom.«

»Du bist in Rom gewesen? Oh, da möchte ich liebend gern hin! Ich stelle es mir immer überirdisch schön vor.«

»Das ist sehr treffend ausgedrückt. ›Überirdisch schön‹ – ja, das gefällt mir.«

Sharon kam in die Bar, von ihrer Mutter dazu genötigt, die Tische abzuräumen. Sie machte träge die Runde, nahm leere Gläser weg und wischte halbherzig Verschüttetes weg.

»Sharon, beweg dich! Ich brauch' die Gläser pronto.«

Sie quetschte sich zwischen den Tischen hindurch und blieb neben dem von Ralph und Muriel stehen. »Ausgetrunken, ja?«

Ralph schaute zu ihr auf. »Weder Miss Hipkin noch ich haben ausgetrunken, wie Sie selbst sehen können.«

»Schon gut, schon gut, machen Sie sich nicht gleich ins Hemd, ich will mich ja nur nützlich machen. Was für eine Überraschung, Sie hier zu sehen, Muriel. Muss wohl der erste Barbesuch in Ihrem Leben sein, schätz' ich.«

Ralph ließ sich seine Verärgerung anmerken, indem er sie anfuhr: »Für Sie Miss Hipkin, wenn ich bitten darf, junge Dame.«

»Also, Miss Hipkin, *Sir* Ralph. Die braucht mehr als 'nen Snowball, damit sie in Stimmung kommt, wissen Sie. Ein steifer Whisky wär' besser geeignet.«

»Das reicht.« Ralph stand auf, um seine Autorität geltend zu machen. »Haben Sie die Güte, uns in Ruhe zu lassen.«

»Okay, okay. War doch bloß ein guter Rat, Ralphie.« Sie wandte sich ab, wackelte dabei frech mit dem Hinterteil.

Muriel wünschte sich, der Boden würde sich auftun und sie verschlingen.

Ralph kommandierte: »Trink aus, wir gehen.«

Er nahm ihren Arm, und als sie zur Tür kamen, drehte er sich zu Mac um, der hinter der Theke stand, und sagte so laut, dass alle es hörten: »Herr Wirt, die junge Frau, die die Gläser abräumt, braucht Nachhilfe im Benehmen. Kümmern Sie sich darum, sonst beehre ich Ihre Bar nie wieder. Gute Nacht.«

»Ralphie, wie kannst du es nur wagen, so mit ihm zu reden!«

»Sie war extrem ungehörig.«

»Sie ist die Tochter der Wirtsleute.«

»Mir ist gleich, wessen Tochter sie ist, Moo. Sie war unverschämt zu dir und zu mir. Das gehört sich nicht, so etwas bin ich nicht gewöhnt. Ich bringe dich zurück zu deinem Cottage.«

Als sie zu ihrer Haustür kamen, schlug Muriel ihm tollkühn vor, auf eine Tasse Kaffee hereinzukommen. Es wäre ihr eigentlich lieber gewesen, wenn er nein gesagt hätte, aber er sagte ja, deshalb blieb ihr keine andere Wahl, als die Tür aufzuschließen und ihn ins Haus zu bitten.

Pericles knurrte und bellte, aber Ralph tätschelte ihn so lange, bis Pericles sich beruhigte. Er war nicht an männliche Gesellschaft gewöhnt und hatte das Gefühl, Muriel beschützen zu müssen.

Sie saßen beim Kaffee und redeten fast bis Mitternacht. Ralph hatte so eine lockere Art und zu ihrer Überraschung stellte Muriel fest, dass sie durchaus ein interessanter Mensch war.

Als er ging, sagte Ralph: »Ich miete für ein halbes Jahr, möglicherweise ein ganzes, das Cottage von Derek und Bunny, solange sie in Südafrika sind. Sie reisen am Dienstag ab und am Donnerstag ziehe ich ein. Vielleicht wärst du so freundlich, einmal bei mir zu Abend zu essen, wenn ich eingerichtet bin?«

»Gern, vielen Dank.«

»Gut. Moo, nimm dich vor dieser Sharon in Acht. Mit der stimmt etwas nicht.«

»Sharon McDonald? Sie ist sehr unhöflich und unverblümt, aber im Grunde ganz in Ordnung.«

»Du bist zu arglos. Beherzige bitte, was ich gesagt habe.« Ralph nahm ihre beiden Hände und küsste sehr vorsichtig ihre Lippen.

»Gute Nacht, meine Liebe. Du bist eine der wenigen echten Damen, die es auf dieser Welt noch gibt, weißt du das?«

Muriel machte die Tür zu und lehnte sich mit dem Rücken dagegen. Sie war so aufgeregt wie ein Teenager nach dem ersten Kuss. Sie war als Mädchen bei den Festen der Kindergottesdienstgruppe in Postman's Knock geküsst worden, aber noch nie von einem erwachsenen Mann. Jetzt empfand sie wenigstens annähernd, wie sich der Kuss von Harriet und Jimbo, dessen Augenzeugin sie geworden war, angefühlt haben musste. Jedenfalls ein bisschen, denn Ralphs Küsse hatte nicht sehr lange gedauert.

Sie goss einen Extraschuss Öl ins Bad, bevor sie hineinstieg – sie hatte Weihrauch gewählt, damit sie besser schlafen konnte. Das Licht am Nachthimmel erhellte das Badezimmer und sie stellte sich vor, wie es wäre, mit Ralph Rom zu besuchen. Katharine Hepburn hatte diesen sagenhaften Urlaub gemacht, in – war es nicht Venedig gewesen? –, und in dem Film *Traum meines Lebens* diesen italienischen Hochstapler kennen gelernt. Katharine Hepburn hatte ein wundervolles

Erwachen erlebt. Muriel konnte sich sehen, wie sie am Trevibrunnen stand, mit einem Chiffonschal um den Hals, dessen Zipfel in der Sommerbrise wehten, und wie Ralph ihr Münzen zum Hineinwerfen gab und sie sich wünschte, wie es sich gehörte, dass dieser Augenblick niemals enden möge ... aber er würde enden, und sie würden ins Hotel zurück müssen. Muriel setzte sich jäh auf und schrubbte sich heftig mit dem Luffaschwamm. Ab ins Bett, morgen musste sie arbeiten.

Am Mittwoch vor dem Donnerstag, an dem Ralph in das Cottage Nummer drei zog, saß Muriel auf ihrem »Zöllnersitz«, wie sie ihn scherzhaft im Geiste nannte. Sie hatte nicht sehr viel zu tun, aber andererseits war in Culworth Markttag. Sie überlegte, ob sie Jimbo um ein paar neue Speisekarten bitten sollte, weil diejenigen, die im Moment im Gebrauch waren, abgegriffen aussahen und sie gern für jedermann hübsche, saubere Speisekarten bereithielt. Da ging die Tür auf und Sharon kam herein. Arbeitete sie denn nie?, dachte Muriel bei sich.

Die junge Frau trug wie üblich hohe Hacken und einen hautengen kurzen Rock. Sie stolzierte an einen Tisch. Ihr gebleichtes Haar hatte einen Orangestich und sie hatte passenden Lippenstift und passendes Rouge aufgetragen. Sie hatte sich den Walkman in die Ohren gestöpselt.

»Hallo, *Miss Hipkin*. Einen Kaffee und ein Stück Schokoladentorte, wenn's recht ist.«

Muriel hoffte, dass Sharon nicht unverschämt werden würde; falls doch, würde sie das Lehrmädchen wegschicken, um Jimbo zu holen. Aber Sharon saß ruhig da, las in ihrer Zeitschrift und lauschte der Musik. Muriel beschäftigte sich damit, Belege zu prüfen und die Speisekarten auszusortieren, die sie wegwerfen wollte. Sie dachte daran, sich auf die Suche nach Jimbo zu machen, damit er für neue sorgte, beschloss aber, Sharon nicht allein zurückzulassen – man konnte nie wissen. Ihr fiel auf, dass der angenehme Geruch nach brennendem Holz in der Luft hing.

Muriel hatte eben drei Gäste an einen Tisch geführt und sie mit einer Speisekarte versorgt, als Sharon rief: »Oh, schauen Sie, Miss Hipkin! Da ist Rauch.«

Muriel schaute argwöhnisch aus dem Fenster; sie war darauf gefasst, dass Sharon sich über sie lustig machte. Aber in der Luft trieb tatsächlich Rauch. Wahrscheinlich verbrannte jemand Gartenabfälle, obwohl dafür nicht die richtige Jahreszeit war.

Sharon sprang auf. »Ich schau nach, wo das ist, damit Sie die Feuerwehr rufen können.«

Sie legte den Walkman auf den Tisch und stürzte in Richtung des Royal Oak. Muriel sah, dass sie in der Stocks Row stehen blieb und einen Blick hinter das Pub warf.

Sie kam zurückgerannt. »Rufen Sie die Feuerwehr! Es ist eins von den Cottages, die Leuten aus London gehören. Es brennt lichterloh. Beeilen Sie sich!«

»Du meine Güte, was sag' ich bloß?« Muriel ließ vor Aufregung den Hörer fallen.

»Geben Sie ihn mir.« Sharon wählte den Notruf und verlangte die Feuerwehr. Sie gab die Adresse an und erklärte, was passiert war. ›Im Krisenfall die Ruhe selbst‹, ging Muriel durch den Kopf. Sie war so froh darüber, dass Sharon hier gewesen war. Sie hätte nur zusammenhangloses Zeug gestammelt, wenn sie hätte anrufen müssen.

Sharon stürzte wieder hinaus und machte die Runde, warnte alle. Es schien eine Ewigkeit zu dauern, bis die Feuerwehr kam. Jemand hielt einen Gartenschlauch hoch und versuchte, das Reet zu durchnässen, damit das Dach nicht abbrannte. Mac und Betty kamen heraus und wollten helfen, weil das Cottage nah an der Rückseite des Pub stand und ihr Reetdach auch leicht hätte Feuer fangen können. Jimbo eilte hinüber, um Hand anzulegen. Muriel tat weiter im Tearoom Dienst, dankbar für einen Vorwand, dem Geschehen fern bleiben zu können. Das Wasser aus dem Feuerwehrhydranten löschte das Feuer schnell. Erst da ging Muriel auf, dass es sich um das Cottage handelte, das Ralphie am nächsten Tag beziehen wollte. Dann kam die Polizei, um zu ermitteln, und im Tearoom gab es alle Hände voll zu tun mit Tee, Rührkuchen und Suppe für die Presse, die Feuerwehrmänner und die Polizei. Natürlich alles auf Kosten des Hauses, weil Jimbo auf seine unnachahmliche Art sofort begriff, dass es sich um kostenlose Reklame handelte.

Natürlich war Sharon die Heldin der Stunde. Muriel lobte sie in den höchsten Tönen, sagte, wie ruhig und besonnen sie gewesen sei und wie gut sie der Feuerwehr erklärt habe, wo das Cottage stehe.

Der Brand bedeutete, dass Ralph eine Zeitlang kein Dach über dem Kopf hatte. Caroline schlug vor, nicht wieder ins Hotel zu ziehen, sondern bis zur Reparatur des Cottage bei ihnen zu wohnen. Er ergriff die Gelegenheit sofort.

»Wie überaus gütig von Ihnen, mich einzuladen. Ich nehme mit Freuden an. Ich werde versuchen, ein mustergültiger Gast zu sein und Ihnen keine Umstände zu machen.«

»Wir werden es genießen, Sie bei uns zu haben, stimmt's, Peter?«

»Und ob. Bringen Sie Ihre Sachen wie geplant morgen früh her und dann ziehen Sie hier ein statt ins Cottage. Wir haben jede Menge Platz, stimmt's, Caroline?«

»Für ein ganzes Möbellager. Ich habe ohnehin vor, Sie am Samstag zum Abendessen einzuladen, weil wir ein paar Freunde bewirten, dann sind Sie sozusagen schon an Ort und Stelle.«

»Überaus nett von Ihnen. Ich weiß es zu schätzen.«

»Ich hoffe, Sie mögen Katzen. Ich habe drei Siamesen.«

»Das ist schön. Ich mag Tiere. Hatte nie die Gelegenheit, welche zu halten, weil ich so viel umgezogen bin, aber sobald ich sesshaft werde, schaffe ich mir mindestens drei Katzen und einen Hund an.«

»Vielleicht einen Pudel?« Carolines Lächeln war ein bisschen boshaft und Ralph nahm es zur Kenntnis.

»Das kann man nie wissen.« Er lächelte milde, machte kehrt und beendete damit das Gespräch.

Peter war außer sich. »Caroline, das war doch wohl der Gipfel der Frechheit!«

»Ich hab' doch bloß ein bisschen Spaß gemacht. Ich habe beschlossen, Suzy zu unserer Dinnerparty einzuladen.«

»Suzy?« Eine Pause entstand.

»Ich weiß, du hast damit Probleme, aber bestimmt nicht halb so viele wie ich. Wenn ich sie übergehe, gibt es möglicherweise Getuschel. Wenn ich sie einlade, macht mir das den Abend nicht leichter, aber es geht nicht anders. Ich lade auch Michael Palmer ein, dann hat sie einen Tischherrn. Meinst du, dass die beiden vielleicht ...«

»Caroline, du und Harriet Charter-Plackett solltet gemeinsam ein Eheanbahnungsinstitut aufmachen.«

»Ist bloß freundliche Anteilnahme. Weiß die Polizei, wie das Feuer ausgebrochen ist?«

»Sie gehen davon aus, dass es an einer defekten Stromleitung lag, aber sie konnten das noch nicht überprüfen. Ich nehme an, in diesen alten Häusern werden die Leitungen im Lauf der Jahre stückweise erneuert, obwohl die meisten eine Generalüberholung brauchen könnten.«

Erst als sie an jenem Abend im Bett lag, fiel Muriel ein, dass Sharon den Kaffee und die Schokoladentorte nicht bezahlt hatte. Unter den gegebenen Umständen konnte Muriel sie wirklich nicht daran erinnern. Sie musste es als eine Art Lehrgeld abschreiben.

17. Kapitel

»Guten Abend, Michael. Kommen Sie bitte herein. Kennen Sie schon Sir Ralph Templeton?« Peter begrüßte die Gäste, während Caroline in der Küche mit dem von Jimbo gelieferten Essen Wunder vollbrachte.

»Ich hatte noch nicht das Vergnügen. Guten Abend.«

Michael Palmer schüttelte Ralph die Hand und folgte dann den beiden Männern ins Wohnzimmer. Jimbo und Harriet waren schon da, mit Drinks in den Händen. »Hallo, Michael. Wie geht es Ihnen? Froh darüber, dass die Schulferien angefangen haben?«

»Im Grunde nicht, nein, Jimbo. Ich liebe die Schule. Es gibt auf der Welt keine Arbeit, die ich lieber täte. Ich weiß, dass die Leute meinen, ein Schulmeister mache sich einen faulen Lenz, aber es ist die interessanteste und lohnendste Aufgabe, die sich jemand nur wünschen kann.«

»Ich weiß nicht, wie Sie der Rasselbande Herr werden.«

»Ihre Rasselbande, wie Sie Ihre Kinder nennen, ist hochintelligent, gut erzogen und eine große Herausforderung. Sie hält mich auf Trab.«

»Schön zu wissen.« Jimbo drehte sich um und lachte Harriet an, die ihr Glas in Michaels Richtung hob und einen ironischen Knicks vor ihm machte. »Das ist ein Lob, von dem Harriet etwa vierzehn Tage lang zehren wird.«

»Jimbo, das reicht.«

Caroline erschien, bemüht darum, nicht aufgeregt zu wirken. Sie liebte Dinnerpartys, quälte sich aber stets mit der Sorge, ob sie auch ein Erfolg wurden.

Es klingelte an der Haustür und Caroline ging hin. Auf der Schwelle stand Suzy. Sie trug ein Kleid in zartem Lavendelblau, mit einem etwas dunkleren Schal über den Schultern. Sie hatte sich das lange, blonde Haar zurückgekämmt und mit einem Kamm festgesteckt.

Sie lächelte Caroline nervös an. »Danke für die Einladung.« Suzy sprach leise, damit es sonst niemand hörte.

»Danke für Ihr Kommen. Sie sehen bezaubernd aus.«

Caroline nahm Suzy beim Arm und zog sie ins Wohnzimmer. »Alle mal herhören, Suzy ist da. Natürlich kennen Sie alle, bis auf Sir Ralph. Ralph, das ist Suzy Meadows, unsere Nachbarin zwei Häuser weiter.«

»Guten Abend.«

Peter trat vor und fragte so unbefangen wie möglich, was Suzy trinken wolle.

»Orangensaft, danke. Keinen Alkohol.«

Als er ihr das Glas reichte, fing er ihren Blick auf und lächelte verhalten. Suzy schaute zu ihm auf und bedachte ihn mit dem Madonnenlächeln, das ihn so in Bann geschlagen hatte. »Danke, Peter.«

Um Konversation mit einer Unbekannten zu machen, erkundigte Ralph sich arglos, ob Suzys Mann später komme oder ob er im Ausland oder sonst wohin verreist sei.

Ein kurzes Schweigen entstand, dann antwortete Suzy mit fester Stimme: »Nein, mein Mann ist tot. Er hat meinen Kummer noch vergrößert, indem er mich schwanger mit diesem Kind hinterlassen hat – mit diesen Kindern, sollte ich wohl besser sagen.«

»Entschuldigen Sie vielmals. Ich hatte keine Ahnung.«

»Bitte, beunruhigen Sie sich deswegen nicht. Mir macht es nichts aus. Er ist tot, aus und vorbei, und ich muss an die Zukunft denken. Er hätte nicht gewollt, dass jemand um seinen Tod trauert, oder, Peter?«

»Ich habe ihn nicht gekannt, Suzy.«

»Nein, natürlich nicht. Er hat sich nie am Dorfleben beteiligt. Das einzig Gute in seinem Leben war die dr-, *fünf* Kinder, die ich von ihm habe. Ein Atomwissenschaftler übt nicht gerade einen lobenswerten Beruf aus, nicht wahr? Ich habe gehört, dass Sie sich im Dorf niederlassen wollen, Sir Ralph?«

»Ja. Im Augenblick wohne ich bei Caroline und Peter, weil ich in das Cottage Nummer drei hinter dem Pub ziehen wollte, aber dort hat es gebrannt, wie Sie sicher wissen.«

»O ja, natürlich. Es sieht nicht besonders schlimm aus.«

»Nein, zum Glück nicht. Sharon McDonald hat den Brand bemerkt, bevor er sich ausbreiten konnte.«

In diesem Augenblick traf Muriel ein. Sie kam zu spät, war außer Atem und sehr angespannt. Sie trug ein eng anliegendes schwarzes Kleid, langärmelig mit Perlenbesatz am Ausschnitt.

»Oh, guten Abend, Muriel. Sie sehen ja hinreißend aus!« Peter zog sie in den Kreis und bot ihr einen Drink an.

»Einen Sherry, bitte. Süßen, falls das möglich ist.«

Ralph brachte ihn ihr. Als er ihr das Glas in die Hand drückte, lächelte er und sagte: »Du siehst bezaubernd aus.«

Harriet und Caroline zwinkerten einander zu.

Als sie sich zum Essen setzte, platzierte Caroline Michael zwischen sich und Suzy. Obwohl ihr Suzys wegen elend zumute war, gab sie sich die allergrößte Mühe, eine aufmerksame Gastgeberin zu sein.

Jimbo brachte eine Idee zur Sprache, die Sir Ralph in Erwägung ziehen sollte.

»Mir ist da eben etwas eingefallen. Toria Clarks Haus sollte bald unter den Hammer kommen, Ralph. Sie könnten es günstig kaufen, wenn es Ihnen gefällt.«

»Wo ist es?«

»Gleich nebenan.«

»Wieso sind wir bloß nicht darauf gekommen? Natürlich – was für eine gute Idee!«, rief Caroline.

»Und wo wird Toria Clark leben?«

Jimbo räusperte sich. »Nirgends. Sie ist vor ein paar Wochen tot aufgefunden worden, genau gesagt, am Abend des Tags des Stocks. Ihr Haus müsste demnächst zum Verkauf stehen.«

Harriet aß den Rest ihrer Suppe, legte den Löffel weg und beschrieb Sir Ralph das Objekt.

»Das klingt ideal«, erwiderte er. »Ein bisschen groß, aber andererseits kann ich enge, kleine Zimmer nicht leiden. Könnte ich da einen Kamin einbauen lassen?«

»Toria hatte einen Holzofen, also nehme ich an, dass der Einbau eines Kamins möglich wäre. Waren Sie je im Haus, Muriel?«

»Nein, nie.«

»Es ist sehr hübsch.«

»Hör auf, die Immobilienmaklerin zu spielen, Harriet, und überlass es Ralph, sich selbst ein Urteil zu bilden.«

»Jimbo, du überfährst mich schon wieder.«

Jimbo entschuldigte sich und alle lachten.

Muriel hatte die allergrößte Mühe, sich zu amüsieren. Dass sie Ralphs Tischdame war, machte sie sehr befangen. Dieses Kleid, das sie gekauft hatte, saß so eng, dass es fast spannte, und es zeichnete jeden Millimeter ihrer Figur nach. Sie wagte es kaum, sich zum Essen vorzubeugen, weil sie befürchtete, der Ausschnitt könnte verrutschen und ihren Busen enthüllen. Sie ertappte Ralph dabei, wie er sie anlächelte, und wurde knallrot. Um ihre Verlegenheit zu vertuschen, trank sie einen großen Schluck Wein und hatte gleich darauf einen benebelten Kopf. Ralph stellte ihr eine Frage und sie antwortete ihm ziemlich unpräzise.

Sie ging als eine der Ersten, entschuldigte sich mit der Begründung, Pericles müsse hinaus. Ralph erbot sich, sie zu ihrer Haustür zu begleiten.

»O nein, danke, komm nicht mit hinaus. Das schaffe ich schon. Bitte, nein danke.«

»Natürlich komme ich mit. Ohne Straßenbeleuchtung ist es sehr dunkel. Ich kann unmöglich zulassen, dass du um diese Tageszeit allein herumläufst.«

Er stand auf, nahm sie beim Ellenbogen und führte sie zu Caroline. Muriel gab ihrer Gastgeberin ein Küsschen und bedankte sich etwas nuschelnd für einen reizenden Abend.

»Gern geschehen, Muriel. Es freut mich, dass Sie kommen konnten. Bis gleich, Ralph.«

Als das Paar gegangen war, schauten sich die anderen an und spekulierten darüber, was zwischen den beiden sei.

Ralph hatte Muriels Arm fest im Griff, als sie den Weg entlanggingen.

»Moo, du hast sehr nette Freunde.«

»Sie sind nett, nicht wahr, Ralph? Ich habe großes Glück.«

»Hast du schon mal daran gedacht, dass es auch für sie ein Glück ist, dich zur Freundin zu haben?«

»Sie geben mir viel mehr als ich ihnen.« Sie steckte den Schlüssel ins Schloss und bot Ralph aus Höflichkeit einen Tee an, bevor er zurückging. Sie war überzeugt, er werde ablehnen, weil es so spät war, aber er nahm an. Er folgte ihr in die Küche, half ihr, den Teekessel zu füllen und die Tassen herauszunehmen. Muriel empfand ihn als Eindringling. Ihre ganz eigene Sphäre wurde überrannt. Sie hatte eine sichere Welt geschaffen, in der alles an seinem Platz war, und jetzt war diese maskuline Person hier, fasste die Sachen an, die ihr gehörten. Es war ein Affront. Ihre angeborene Gutartigkeit hielt sie davon ab, unhöflich zu reagieren und ihn zu bitten, dass er ging, aber alles war sehr verstörend. Sie würde morgen alle Küchensachen abwaschen müssen, damit sie wieder ihr allein gehörten.

»Moo, setz dich hierher. Hier ist deine Tasse.« Sie plauderten eine Weile über Torias Haus und darüber, ob es Ralph gefallen werde, und dann stellte er ihr aus heiterem Himmel eine Frage.

»Hast du dich heute Abend gut amüsiert?«

»Ja, vielen Dank.«

»Mir kamst du verkrampft vor.«

»Nein, das war ich nicht.«

»Liegt es an mir? Bin ich zu aufdringlich?«

»Nein, überhaupt nicht.«

»Was ist es denn?«

»Ich habe seit meiner Mädchenzeit keine richtigen Freunde mehr gehabt. Ich hatte gute Bekannte, aber keine Freunde, und das ist ein Unterschied, stimmt's? Mutter hat mich nie ermuntert, mir Freunde zu suchen, ich nehme an, weil sie Angst hatte, die würden mich ihr wegnehmen und ich würde mich nicht mehr um sie kümmern. Deine Rückkehr hat mich ganz verwirrt.«

»Auf angenehme Weise, hoffe ich? Ich weiß, dass wir in unserem Alter nicht mehr mit leidenschaftlichen Beziehungen rechnen können, wie junge Leute das tun, aber es gibt keinen Grund, nicht miteinander glücklich zu sein, oder doch?«

»Nein, ich bin gern mit dir zusammen.«

»Gut, denn so einfach wirst du mich nicht los.«

Ralph stand auf und zog Muriel hoch. »Ich sage jetzt gute Nacht, damit du zu Bett gehen kannst. Du musst müde sein. Ich muss schon sagen, du warst heute Abend die eleganteste

Dame. Gute Nacht, Moo.« Ralph legte die Hände auf ihre Schultern und küsste sie sehr sanft auf die Lippen. Sie stand mit hängenden Armen da und reagierte nicht.

»Moo, vertreib die Menschen nicht, lass Nähe zu.«

Er tätschelte Pericles und ging.

Als er fort war, setzte sich Muriel wieder und weinte.

Caroline weinte auch. Peter hielt sie in den Armen und versuchte, ihren Kummer zu lindern.

»Mein liebster Schatz, alles ist völlig reibungslos verlaufen. Ich war so stolz auf dich. Der Tisch war zauberhaft gedeckt, das Essen war großartig, alle haben sich amüsiert und du hast alles so gut gemacht.«

Caroline trocknete sich die Augen und versuchte, ihre Stimme zu beherrschen. »Darum geht es doch gar nicht. O Peter, ich wünsche mir so sehr, ich könnte ein Kind bekommen. Warum bekommt eine Frau gleich fünf und ich bekomme gar keins? Ich bin so neidisch auf Suzy. Das ist nicht gerecht. Nicht gerecht.«

»Falls dir das ein Trost sein kann – ich liebe dich mehr denn je und wünschte mir, ich könnte dir den Schmerz nehmen, aber das kann ich nicht.« Sie brach aufs Neue in Tränen aus.

»Caroline, Caroline, bitte, Liebling, versuch aufzuhören. Wie wäre es mit einer Adoption? Das wäre doch eine Lösung, oder? Wir sind noch nicht zu alt und bessere Voraussetzungen als unsere sind doch wohl nicht denkbar. Jetzt, wo du aufhören willst zu arbeiten, wäre es doch möglich.«

Caroline trocknete sich die Augen, legte den Kopf auf Peters Schulter und dachte über diese ganz neue Idee nach, auf die Peter sie gebracht hatte.

»Was für eine gute Idee. Was für eine hervorragende Idee. Ich werde darüber nachdenken.« Sie wandte Peter das

Gesicht zu, sah ihm direkt in die Augen und fragte: »Liebst du sie nicht wenigstens ein ganz kleines bisschen, weil sie deine Kinder im Leib trägt?«

»So abscheulich sich das auch anhört, nein, ich liebe sie nicht. Du bist die Einzige für mich. Vergiss das nie.«

»Danke. Ralph lässt sich aber lange Zeit mit dem Zurückkommen.«

»Hör auf mit der Kuppelei und leg dich schlafen. Fühlst du dich jetzt besser?«

»Danke, ja.«

»Gute Nacht, mein Schatz.«

»Gute Nacht, Peter. Manchmal kommst du auf ganz gute Ideen.«

Peter legte den Arm um ihre Taille und zog sie an sich. »Dann bin ich also manchmal zu etwas nütze. Auf was für eine gute Idee bin ich gekommen?«

»Zerbrich dir darüber nicht den Kopf. Ich sage dir Bescheid, wenn ich so weit bin.«

18. Kapitel

Caroline, die nie etwas auf die lange Bank schob, fragte Suzy, als sie ihr das nächste Mal über den Weg lief, ob sie auf einen Schwatz bei ihr vorbeikommen dürfe, wenn die Kinder im Bett seien.

»Sie wollen mit mir sprechen?«

»Ja, falls das möglich ist.«

»Ja, es ist möglich, aber warum?«

»Ich kann jetzt nicht darüber reden, es geht um etwas, was ich mit Ihnen besprechen muss.«

»Betrifft es Peter?«

»In gewisser Weise.«

»Die Kinder sind meistens spätestens um acht im Bett, danach können Sie jederzeit vorbeikommen.«

»Wenn ich darf, komme ich heute Abend.«

»Gut.«

Gegen zwanzig nach acht klopfte Caroline an die Tür. Suzy bot ihr ein Glas Wein an und sie setzten sich vor das Kaminfeuer. Suzy wartete ab, was Caroline ihr zu sagen hatte.

»Ich war äußerst aufgebracht, als ich das mit – mit Ihrer Schwangerschaft herausgefunden habe. Als ich Sie in der Sprechstunde gesehen hatte, war ich selbstverständlich davon ausgegangen, dass es sich um Patricks Kind handelt. Peter wusste nichts von Ihrem Besuch dort, weil ich zu Hause nicht über Patienten spreche – jedenfalls nicht namentlich. Er hat es erst erfahren, als Michael ihm eröffnete, dass Sie die Spielgruppe bald nicht mehr leiten könnten. Das war am Tag, bevor ich zu meinen Eltern nach Northumberland gefahren bin.«

»Ich habe mitbekommen, wie Sie abgefahren sind. Ich habe Ihrem Gesicht angesehen, dass Sie es wussten. Es ist nur einmal passiert und war ausschließlich meine Schuld. Ich war an jenem Tag so niederschmetternd einsam. Ich habe Trost gebraucht, und ehe wir wussten, wie uns geschah ... na ja, Sie wissen schon, was ich meine.«

Caroline trank noch einen Schluck Wein und gab sich große Mühe, nicht an das zu denken, was Suzy ungesagt gelassen hatte. Sie hatte Wichtigeres im Kopf.

»Ich habe im Krankenhaus gekündigt.«

»Oh, das habe ich gar nicht gewusst. Warum denn das? Ich habe gedacht, Sie arbeiten gern.«

»Das tue ich auch – das heißt, ich habe es gern getan. Ich habe gekündigt, weil Peter und ich nie viel Zeit füreinander hatten. Ich habe immer Überstunden gemacht, seit unserer Heirat, und deshalb habe ich beschlossen, eine Zeitlang zu Hause zu bleiben und vielleicht wieder im Krankenhaus zu arbeiten, wenn ich den Haushalt satt habe.«

»Aha. Wollten Sie darüber mit mir sprechen?«

»Nein – oder gewissermaßen doch. Wie werden Sie mit den Zwillingen zurechtkommen?«

»Sie meinen finanziell?«

»Ja, auch – und außerdem, wie wollen Sie sich um die Zwillinge kümmern? Ich meine, zwei Babys und drei kleine Mädchen sind für eine Frau allein eine Menge Arbeit.«

»Haben Sie die Absicht, Kinderfrau bei mir zu werden, Caroline?« Suzy lächelte, als sie da sagte.

»Nein. Hören Sie, es fällt mir schwer, die richtigen Worte zu finden.«

»Sagen Sie es einfach, dann wissen wir es.«

»Peter weiß nichts von dem, was ich Ihnen vorschlagen will – es ist ganz allein meine Idee.«

»Gut.«

»Ich wollte sagen, wenn Sie irgendwann feststellen, dass Ihnen die Zwillinge zu viel werden, würde ich sie mit Freuden … na ja, ich würde sie mit Freuden nehmen.« Caroline schluckte nervös.

»Sie mir für den Nachmittag abnehmen, meinen Sie?«

»Nein, das habe ich nicht gemeint. Ich habe gemeint – für immer. Sie behalten. Das heißt, falls Sie sich von Ihnen trennen könnten, falls das überhaupt möglich wäre.« Ihre Stimme bebte.

»Caroline, hat Peter Ihnen nicht erzählt, was ich zu ihm gesagt habe?«

»Nein. Ich wusste nicht, dass Sie mit ihm über die Kinder gesprochen haben.«

»Am Tag Ihrer Abreise habe ich zu Peter gesagt, dass niemand – und *niemand* meine ich buchstäblich – je erfahren wird, dass die Zwillinge nicht von Patrick sind. Ich habe zu ihm gesagt, dass ich vorhabe, beide zur Adoption freizugeben, und dass ich mir die Eltern schon ausgesucht habe.«

»Aha. Dann gibt es nichts mehr dazu zu sagen. Entschuldigen Sie, falls ich Ihnen wehgetan haben sollte. Ich gehe jetzt.« Caroline stand mit benebeltem Blick auf.

Suzy nahm Carolines Hand und sagte ihr, sie solle sich wieder setzen.

»Das hat sich angehört, als ob ich Schwierigkeiten machen würde, ich weiß, aber ich wollte es von Ihnen hören, ganz und gar von Ihnen ohne jede Nachhilfe, dass Sie, Caroline Harris, Peters Kinder haben wollen. Ich musste mir sicher sein, verstehen Sie.«

»Aber es ist zwecklos! Das haben Sie doch eben gesagt.

Bitte, lassen Sie mich gehen.« Der Schmerz und die Enttäuschung zerrissen sie.

»Es ist nicht zwecklos, das ist der springende Punkt«, insistierte Suzy. »Sie haben zu mir gesagt, ohne Nachhilfe von Peter und ohne dass ich Ihnen die Worte in den Mund gelegt hätte, dass Sie die Zwillinge adoptieren möchten. Genau das wollte ich hören! Sie und Peter sind die Eltern, die ich ausgesucht habe. Ich habe ihm das indirekt zu verstehen gegeben, aber er war wegen Ihrer Abreise so durcheinander, dass er mich nicht verstanden hat.«

Caroline setzte sich langsam wieder, nicht fähig, das in sich aufzunehmen, was Suzy eben gesagt hatte. »Sie meinen, Sie wollen, dass Peter und ich die Zwillinge bekommen? Wollen Sie das wirklich? Ganz aufrichtig?«

»Ja. Im Moment habe ich keinerlei Liebe übrig, schon gar nicht für zwei Babys, die jahrelang liebevolle Sorge brauchen werden. Ich muss wieder arbeiten, Caroline. Bei dem Unterhalt für drei Kinder schwindet das von Patrick hinterlassene Geld schnell. Ich bin innerlich völlig abgestorben. Ich will überhaupt nichts von Verpflichtungen wem auch immer gegenüber hören. Ich will nur wieder arbeiten und mich um meine drei Mädchen kümmern. Sobald die Zwillinge auf der Welt sind, ziehe ich weg von hier, Sie brauchen also nicht zu befürchten, dass ich Ihnen in die Quere komme und mich über den Kinderwagen beuge. Es werden ausschließlich Ihre Kinder sein.«

»Ich werde in Ihrer Schuld stehen, so lange ich lebe.«

»Ich werde Ihnen nicht sagen, wohin ich ziehe. Ich will keine Fotos – überhaupt nichts, und das ist mein Ernst.«

»Suzy, wie wollen Sie das den Mädchen beibringen?«

»Daisy und Pansy bekommen sowieso schon mit, dass sich etwa verändert hat. Ich habe ihnen erklärt, dass ich zwar zwei Kinder erwarte, dass wir sie aber nicht behalten können, weil ich sie nicht ernähren kann. Was könnte also besser sein, als sie jemandem zu geben, der überhaupt keine Kinder hat? Sie haben beide geweint und gesagt, ob wir nicht eins behalten und das zweite der Frau ohne Kinder geben könnten, aber ich habe gesagt, es wäre grausam, Zwillinge zu trennen. Gott segne ihr gutes Herz, sie scheinen es zu verstehen. Rosie hat offenbar noch nicht einmal gemerkt, dass sie nicht mehr so wie früher auf meinem Knie sitzen kann, deshalb warte ich damit, bis sie von sich aus etwas dazu sagt. Die Mädchen werden es nicht vergessen, aber nach einer Weile wird es ihnen wenigstens nicht mehr wehtun.«

Caroline stand auf, legte die Arme um Suzy und gab ihr einen Kuss. »Ich danke Ihnen, danke Ihnen sehr, so sehr.«

»Ich möchte, dass Sie dabei sind, wenn die Zwillinge kommen. Dass Sie dabei sind und bei der Geburt helfen.«

»Es gibt keine Worte, mit denen ich ausdrücken könnte, wie dankbar ich bin.«

»Was ist mit Peter?«

»Ich sage es ihm, wenn ich den richtigen Zeitpunkt für gekommen halte.«

»Wir sollten niemanden wissen lassen, was wir vorhaben, Caroline. In diesem Dorf wird so viel geklatscht, dass alle möglichen Geschichten die Runde machen werden.«

»Ja, das stimmt, es soll unser Geheimnis bleiben. Gute Nacht. Obwohl Sie behaupten, keine Liebe mehr übrig zu haben, glaube ich, dass da doch noch Liebe sein muss.« Sie machte die Tür zu und gab sich große Mühe, normal zum Pfarrhaus zu gehen, aber das war schwierig, sehr schwierig. Sie wäre am liebsten gehüpft.

Peter war mit einem Paar, das kirchlich getraut werden wollte, im Arbeitszimmer. Sie brachte Kaffee hinein und ging dann, um ein Bad zu nehmen. Sie lag im Wasser und überlegte, welcher Raum als Kinderzimmer geeignet wäre, und dass sie einen Zwillingskinderwagen würde kaufen müssen, Windeln und Bettchen und ... und dann fiel ihr ein kalter Tropfen aus dem Waserhahn auf den Zeh und ließ sie bis ins Mark gefrieren. Was war, wenn die Zwillinge zu früh geboren wurden und nicht überlebten? Was war, wenn Suzy beschloss, doch beide zu behalten? Was war, wenn Peter sie nicht wollte?

Sie hörte ihn die Treppe heraufkommen. Er trat ins Badezimmer und setzte sich auf den Wannenrand.

»Schon wieder ein Paar, das den großen Schritt wagt. Sie wirken, als ob sie sehr glücklich würden. Manchmal kommen Paare, denen ich sagen möchte: ›Hört mal, das wird nicht gut gehen‹, aber das ist sehr schwierig, wenn sie davon überzeugt sind, das Richtige zu tun. Wo bist du gewesen?«

»Ich habe mit Suzy gesprochen.«

»Worüber?«

»Darüber, dass du nicht verstanden hast, was sie zu dir gesagt hat.«

»Ich verstehe nicht, was du meinst.«

Caroline setzte sich auf und rieb Seife in ihren Waschlappen. Sie antwortete nicht sofort. Sie hielt ein Bein hoch, seifte es von den Zehen bis zum Oberschenkel ein und wiederholte das dann mit dem zweiten Bein. Dann schaute sie zu Peter auf und sagte: »Du weißt schon, die Zwillinge. Suzy will sie nicht.«

»Ich weiß. Sie hat es mir gesagt.«

»Sie will sie zur Adoption freigeben und sie ... Ich habe sie gefragt, ob ich die Zwillinge haben könnte, und sie hat gesagt, das habe sie nur hören wollen, und ja – ich – *wir* dürften sie haben. Jetzt habe ich Angst, die Kinder könnten sterben oder dass sie es sich anders überlegt, wenn sie die beiden sieht. Und ich habe Angst davor, dass du die Kinder nicht willst.«

»Ich will sie auch nicht.«

Caroline fuhr hoch, erschrocken über Peters heftige Erwiderung. »Du willst sie nicht? Das kann nicht dein Ernst sein!«

»Es ist mein Ernst. Mein voller Ernst.«

»Peter, es gibt nichts auf der Welt, was ich so sehr brauche. Bitte, tu mir das nicht an. *Bitte.* Ich habe dich, seit wir uns kennen, nie angebettelt, aber jetzt flehe ich dich an.«

»Ich kann den Beweis meiner Untreue nicht tagtäglich ertragen. Hast du verstanden? Ich kann das nicht! Es würde mich zerstören, wenn ich zuschauen müsste, wie du meine Kinder liebevoll hegst und pflegst, meine Kinder, nicht deine. Ich könnte es nicht ertragen.«

Caroline stand so schnell auf, dass das Wasser über den Wannenrand auf Peters Füße schwappte. Sie nahm das auf dem Waschbecken bereitgelegte Handtuch, wickelte sich hinein und stieg aus dem Wasser. Als sie Peter gegenüberstand und in sein Gesicht schaute, sah sie, dass er zutiefst verzweifelt war.

»Caroline, dir ist nicht klar, was du von dir selbst verlangst.«

»Ich kann mich also um Kinder kümmern, die weder von mir noch von dir sind – die Kinder von Fremden –, aber ich darf nicht für deine sorgen. Hast du keine Ahnung, wie schlecht ich mich fühle, weil ich keine Kinder von dir bekommen kann? Hast du auch nur die geringste Ahnung, was es heißt, unfruchtbar zu sein? Was wäre, wenn es anders herum wäre und du keine Kinder zeugen könntest? Würdest du dich als ganzer Mensch fühlen? Denn ich fühle mich nicht als ganzer Mensch! Suzy *will*, dass wir die Kinder bekommen. Sie sieht darin genau das Richtige. Sie hat den Leuten vom Jugendamt alles über uns erzählt und sich für uns als Eltern entschieden. Brich ihr nicht das Herz, indem du sie zwingst, die Kinder Leuten zu geben, die sie nicht kennt.«

»Caroline, lass bitte Suzy aus dem Spiel. Diese Entscheidung liegt bei dir und mir. Wir müssen die Dinge zwischen uns klären. Trockne dich ab, und wir reden später darüber, wenn wir uns beide beruhigt haben.«

Peter drehte sich um und ging hinaus. Er setzte sich in seinem Arbeitszimmer mit dem Kopf in den Händen an den Schreibtisch. Er hatte seit dem Tag mit Suzy so gelitten, dass er nicht glaubte, Gott könne noch mehr von ihm verlangen. Es war zu viel, die Kinder im Hause zu haben und Caroline dabei zuzuschauen, wie sie sie liebte. Ganz gleich, wie sehr er sich eigene Kinder wünschte, er durfte dieser Adoption nicht bloß deswegen zustimmen. Er konnte nur zustimmen, wenn er das Gefühl hatte, dass Caroline ihm seine Untreue tatsächlich verzieh. Mit diesem Wissen könnte er der Adoption zustimmen. Aber er hatte nicht das Recht, eine so großherzige Vergebung von ihr zu verlangen.

Sie war in der Küche und kochte Kaffee für sie beide, als er sich auf die Suche nach ihr machte.

»Ich bedaure zutiefst, dass ich eben so gebrüllt habe. Das war unverzeihlich.«

»Ich kann es verstehen. Ich war zu voreilig. Das muss für dich völlig überraschend gekommen sein.«

»Ich könnte die Kinder adoptieren, wenn mir mein Verstand und mein Herz sagten, dass du mir meine Untreue verziehen hast. Das ist die einzige Möglichkeit, aber ich habe nicht das Recht, so etwas zu verlangen. Und damit ist das Thema erledigt.«

»Wenn ich dir sage, dass ich dir bereits verziehen hatte, als ich aus Northumberland zurückgekommen bin, glaubst du mir das dann – glaubst du es mir *wirklich*? Versteh doch, ich wäre nicht zurückgekommen, wenn ich dir nicht verziehen hätte.«

»Caroline, ich habe dich nicht verdient.«

»Wir müssen einen Schlussstrich unter das Vergangene ziehen, Peter. Du kannst nicht den Rest unseres gemeinsamen Lebens damit verbringen, mir dankbar zu sein – das würde mich zu einem unausstehlichen Menschen machen. Bitte, tu mir das nicht an.«

»Gut. Es wäre in jeder Hinsicht eine Wiedergutmachung, wenn wir die Kinder nähmen, stimmt's?«

»Ja, natürlich – und ich danke dir.«

»Nein, ich muss dir danken, für dein wahrhaft großzügiges Denken.«

19. Kapitel

Muriel stand nackt vor ihrem Schlafzimmerspiegel und musterte sich kritisch. Ihre Haut wirkte zu groß für sie; sie sackte am Hintern durch, war eindeutig schlaff an der Rückseite ihrer Oberarme, und ihre Brüste, von jeher klein, wirkten kleiner denn je. Wie konnte sie sich auch nur einen Moment lang einbilden, dass Ralph, der kultivierte, weit gereiste Ralph, auch nur das geringste Interesse an ihr hatte? Sie war vierundsechzig, Himmel hilf. Vierundsechzig! War es zu spät für das Glück? Ralph hatte wahrlich ins Schwarze getroffen, als er zu ihr gesagt hatte, sie müsse Nähe zulassen. Das war natürlich ihr Hauptproblem, dass sie sich ständig gegen Menschen wehrte. Er hatte sich ihr nähern wollen und sie hatte nicht gewusst, wie sie es ihm gestatten sollte. Sie versprach sich, so zu tun, als wären sie im Fernsehen, falls er sie wieder küsste – und sie würde die Arme um ihn legen und ihn festhalten. Sie hatte beobachtet, wie Jimbo Harriet und wie Peter Caroline küsste, und ihr war aufgefallen, dass sie sich aneinander schmiegten wie ein Handschuh an die Haut; sie hatte nur völlig reglos dagestanden. Ob sie es wagen sollte, ihn zum Abendessen einzuladen? Vielleicht küsste er sie dann wieder, und sie konnte sich mehr Mühe geben. Sie war nach seinem Einzug im Cottage Nummer drei gewesen, aber seine Freunde aus Culworth waren ebenfalls da gewesen, und so hatte sich keine Gelegenheit zu einer Einladung ergeben.

Sie ging mit einem kurzen Brief zu seinem Haus und warf ihn in den Briefschlitz. *Lieber Ralphie*, hatte sie geschrieben. *Hättest du Lust, am Donnerstag der nächsten Woche zum Essen zu kommen? Vielleicht um sieben, damit wir um halb acht essen können? Beste Grüße, Moo.* Sie fasste sich knapp, weil es sonst nichts zu sagen gab.

Sie bekam als Antwort eine Zusage. *Liebe Moo, ich komme mit Freuden zum Essen. Bis Donnerstag, kurz nach sieben. Besten Dank, Ralph.*

Es hatte keinen Sinn, etwas Unvertrautes zu kochen. Sie zerbrach sich den Kopf über das Menü, versuchte, etwas zu planen, was sie nicht in der Küche festhielt und trotzdem köstlich schmeckte – schließlich war er ausgefallene Mahlzeiten rund um den Erdball gewöhnt. Das Menü, zu dem sie sich dann entschloss, bestand aus Baxter's Tomatensuppe mit Orangen, danach Huhn mit Brokkoli in Weißweinsauce, dazu neue Kartoffeln, Babykarotten und Erbsen aus dem Tiefkühler; und zum Schluss ihre Spezialität – selbst gemachte Schokoladenmousse. Sie bekam Bedenken wegen der Mousse; vielleicht war ein säuerlicher Nachtisch besser für den Gaumen. Ja – sie würde Zitronencreme nehmen.

Muriel fragte Jimbo nach dem passenden Wein.

Das kostete sie vier Pfund, aber der Wein sei das Geld wert, erklärte Jimbo ihr. Sie kaufte die meisten Zutaten für das Essen bei ihm und es fiel ihm furchtbar schwer, sie nicht zu fragen, wen sie bewirte. Als sie ins Bett kam, beschwerte sich Harriet: »Warum hast du sie bloß nicht danach gefragt?«

»Weil sie ganz durcheinander war und ihr völlig unbenommen ist, einzuladen, wen sie möchte. Das geht uns nichts an, wir verkaufen nur die Zutaten.«

»Wetten, dass es Ralph ist? Wetten, dass?«

»Sehr wahrscheinlich, aber verlier kein Wort darüber. Für Menschen im Alter der beiden ist das Verliebtsein eine heikle

Sache. Menschen in unserem Alter halten es für selbstverständlich.«

»Ob er sie wohl schon geküsst hat?«

»Harriet, du bist unmöglich. Dreh dich um und lass dir von mir ein bisschen Verliebtheit zeigen.«

»Das kommt überhaupt nicht in Frage. Ich bin eine alte, verheiratete Frau, und ich habe beschlossen, in Zukunft ein keusches Leben zu führen. Das wird jetzt Mode, weißt du. Lässt einem Zeit, über die Welt und ihren Sinn nachzudenken, statt sich die grauen Zellen mit dieser ganzen emotionalen Achterbahnfahrerei zu verstopfen.«

»So nennst du das also, emotionale Achterbahnfahrerei?«

»Jimbo, hör bitte damit auf. Oh, das tut gut. *Mmmmmmm.* Ich liebe dich.«

»Du hast mir das mit dem Restaurant verziehen?«

»Das weißt du doch, und zwar schon seit einiger Zeit, aber spiel mir nicht noch einmal einen solchen Streich. Vielleicht bin ich beim nächsten Mal nicht so leicht umzustimmen. Ich frage mich, wie Muriel sich heute Abend fühlt. Für sie ist das ein großer Schritt, jemanden zu sich nach Hause einzuladen. Ist dir das klar?«

»Harriet, könntest du dich bitte eine Weile auf mich konzentrieren?«

Muriel lag wach und konnte nicht schlafen. Auch sie dachte über das Abendessen nach. Sie hatte den Zeitplan für die Zubereitung an ihr kleines Pinnbrett geheftet und sie überlegte, worüber sie hinterher reden könnten. Sie hätte ihn niemals einladen sollen. Warum *hatte* sie ihn eingeladen? Ja, warum eigentlich? Wollte sie sich wirklich auf etwas mit ihm einlassen? Was bedeutete »einlassen«? In diesen australischen Serien nannten sie es »etwas am Laufen haben«. Bedeutete »etwas am Laufen haben«, dass man heiraten würde?

Muriel steckte hastig den Kopf unter die Bettdecke, als könne sie sich dadurch vor den Konsequenzen der Frage verstecken, die sie sich selbst gestellt hatte, aber es war zwecklos, dem Thema auszuweichen. Falls Ralph Tristan Bernard Templeton sie fragte, ob sie ihn heiraten wolle, würde sie es dann tun? Ihre Einsamkeit aufgeben, ihre Ungestörtheit – ihren persönlichen Freiraum? Und im Austausch gegen was? Gesellschaft, mehr Geld, einen besseren Lebensstandard? Und – sollte sie wagen, es auszusprechen – SEX? Gab es Sex in ihrem Alter? Ralphie kam ihr sehr viril vor, aber vielleicht konnten sie um der Zweisamkeit willen heiraten – ja, so würde es sein: Zweisamkeit. Er konnte sie ins Ausland mitnehmen, sie in dem schönen Mercedes herumfahren, sie würde einen Ehering am Finger tragen, und damit hätte es sich. Besser ohne SEX. Falls er ihr einen Antrag machte, würde sie sagen: kein SEX. Ein bisschen spät, damit jetzt noch anzufangen.

Dieser Entschluss hatte nur einen Haken. Als sie zu Ende gegessen hatten, Muriel den Tisch abgeräumt hatte, auf dem nur noch Ralphs Brandy und der Kaffee standen, wünschte sie sich tatsächlich, dass er sie küssen würde. Sie schob es auf den Wein.

»Moo, soll ich für dich Feuer machen? Ich glaube, du frierst.«

»Ja, wenn du möchtest. Jetzt, wo die Abende länger werden, ist ein Feuer angenehm. Es ist alles vorbereitet – wir müssen nur noch die Streichhölzer finden.«

Ralph zog das Sofa näher an das Feuer heran, als er es in Gang gebracht hatte, und die beiden setzten sich darauf und beobachteten die züngelnden Flammen im Kamin.

»Ein offenes Feuer hat mir gefehlt, als ich im Ausland war. Wenn ich Toria Clarks Haus bekomme, behalte ich den Holzofen. Der wärmt das ganze Haus und es knistert so schön und riecht angenehm nach Holz.«

»Du freust dich auf ein eigenes Zuhause, stimmt's, Ralphie?«

»Ja. Es wird das erste Zuhause, das ich je gehabt habe.«

»Das wird schön für dich. Möchtest du noch Kaffee?«

»Ja, bitte.«

Sie saßen schweigend da und beobachteten das Feuer. Ralph stellte die Tasse ab, ließ die Brandyneige in dem Sherryglas kreisen, dem einzigen Gefäß für Brandy, das Muriel besaß, und nahm dann ihre Hand.

»Ich würde dich sehr gern küssen, Moo.«

»Oh, ich verstehe.«

Er legte den Arm um ihre Schultern und zog sie näher zu sich. Sie schloss die Augen und wartete ab. Ralph brach in Gelächter aus. Muriel riss die Augen auf. »Moo, du bist nicht in einer Folterkammer! Küssen soll Spaß machen.«

»Spaß?«

»Ja, Spaß. Komm her.«

Wenn Muriel gründlich nachdachte, dann meistens im Bett. Als sie die Ereignisse des Abends Revue passieren ließ, kam sie zu dem Ergebnis, dass Ralph Recht habe – es machte Spaß. Sie waren von kleinen Küsschen dazu übergegangen, während des Küssens ihre Zungen gegenseitig zu berühren. Sie erinnerte sich daran, wie sich dabei Gefühle geregt hatten, von deren Existenz sie gar nichts wusste, Gefühle, die ihren ganzen Körper umfassten und außerordentlich verwirrend waren. Ralphie schien genau zu wissen, was er tat. Aber den meisten Stoff zum Nachdenken hatte ihr sein Vorschlag geliefert, gemeinsam nach Rom zu reisen.

»Eins möchte ich vorausschicken, ehe wir es vertiefen, Moo. Ich habe keinerlei Hintergedanken. Getrennte Zimmer, keinerlei Verpflichtungen. Wir werden als Freunde reisen, die Zweisamkeit brauchen.«

»O ja, so ist es richtig. Ich verstehe. Zweisamkeit. So würde ich es mir wünschen.«

»Ich will dich nicht kränken, aber ich habe ziemlich viel Geld. Durch mein Junggesellenleben und das geerbte Vermögen habe ich mein Leben lang gespart und ich weiß, dass es für dich schwierig sein könnte, deshalb möchte ich, wenn ich darf, die Flüge und das Hotel aus eigener Tasche bezahlen. Daran knüpfe ich keine Bedingungen. Es macht keine Freude, allein zu reisen und sich mit keinem austauschen zu können, und es wäre mir ein Vergnügen, dir Rom zu zeigen.«

»Ich denke über deinen Vorschlag nach und sage dir morgen Bescheid.«

Als er ging, hatte Ralph sie geküsst und gesagt: »Habe keine Angst vor dem, was das Leben dir anbietet, Moo. Es ist zu kurz für verpasste Gelegenheiten. Sag, dass du mitkommst.«

Sie müsste Jim um Urlaub bitten und Mr. Palmer sagen, dass sie in dieser Woche nicht für ihn Klavier spielen konnte. Ach, du meine Güte, und was war mit Pericles? Er würde ins Tierheim müssen, das war mit ihm. Eine Woche lang würde er die zweite Geige spielen müssen. Nach seiner Rückkehr würde sie ihm sein Lieblingsfutter mit Huhn geben. Nein, es war besser, wenn sie nicht verreiste, es wäre Pericles gegenüber nicht fair. Er war noch nie im Tierheim gewesen. Sie würde es Ralph sagen. Es ging sowieso nicht an, mit einem Mann nach Rom zu reisen. Es gehörte sich schlicht und einfach nicht. Auch wenn sie liebend gern das Kolosseum gesehen hätte, den Trevibrunnen, die Sixtinische Kapelle, liebend gern über den Petersplatz gegangen wäre. Es sollte nicht sein. Pericles war ihr zuverlässiger Freund und sie konnte ihn nicht im Stich lassen.

Ralph war sehr enttäuscht. »Ich will ja nicht aufdringlich sein, Moo, aber sagst du meinetwegen nein?«

»Oh, überhaupt nicht. Du hast gesagt, als Freunde und wegen der Zweisamkeit, und so würde ich es mir wünschen. Aber es geht um Pericles, verstehst du. Er war noch nie im Tierheim und ist zu alt, jetzt noch damit anzufangen. Es wäre grausam. Es tut mir sehr Leid. Ich wäre liebend gern mitgekommen. Jetzt muss ich gehen. Höchste Zeit für den Tearoom. Trotzdem vielen Dank für die Einladung.« Sie steuerte schweren Herzens den Tearoom an. Es ging nun einmal nicht; alte Freunde durften nicht über Bord geworfen werden, weil man neue gefunden hatte. Man musste loyal sein.

Gegen elf kam Jimbo herein. »Will die Truppen bisschen aufmuntern. Wie läuft es denn heute so, Muriel?«

»Danke, sehr gut, heute ist viel los.«

»Das klingt, als hätten Sie nicht die rechte Freude daran.«

»O doch, doch.«

»Was stimmt denn dann nicht mit Ihnen?«

»Wenn ich Ihnen etwas streng Vertrauliches erzähle, kann ich mich dann darauf verlassen, dass Sie es keiner Menschenseele weitersagen?«

»Selbstverständlich, Hand aufs Herz.«

»Ralphie – Sie wissen schon, Sir Ralph – hat mich eingeladen, mit ihm nach Rom zu fliegen. Wir würden als Freunde reisen, geselligkeitshalber, verstehen Sie, und ich habe nein gesagt und wünsche mir, ich hätte nicht nein sagen müssen.«

»Und warum mussten Sie nein sagen?«

»Wegen Pericles. Ich müsste ihn ins Tierheim stecken, und das wäre grausam.«

»Ah, richtig. Wenn ich das Problem für Sie lösen könnte, würden Sie dann mitfahren?«

Muriel dachte einen Moment lang nach. »Ich weiß nicht recht.«

»Warum nicht? Warum gönnen Sie sich nicht ein bisschen Vergnügen? Er ist ein reizender Mann.«

»Ja, dann würde ich mitfahren.«

»Gut.« Er stürzte aus dem Lokal und ließ sie im Ungewissen über seine Absichten. Jimbo konnte Pericles keinesfalls nehmen, weil die Kinder als Ersatz für den in der Wassertonne ertränkten Kater zwei junge Kätzchen hatten. Na also – sie hatte daran gedacht, ohne zusammenzuzucken. Sie machte eindeutig Fortschritte.

Nach einer halben Stunde kam Jimbo zurück. »Gut, das ist erledigt. Ich habe Sir Ronald erzählt, dass Sie die Gelegenheit zu einer Auslandsreise haben, und ihn gefragt, ob es möglich wäre, dass er Pericles nimmt wie damals, als sie im Krankenhaus waren, und er war hell begeistert. Sagt, Lady Bissetts Spitz war glücklich über den Spielkameraden. Das ist also geklärt. Ich übernehme die Kasse, solange Sie weg sind, um die Reise zu besprechen.«

Ralph und Muriel verbrachten fünf Tage in Rom. In ihrem ganzen Leben hatte sie keinen solchen Urlaub gehabt. Sie war nie im Ausland gewesen. Mutter hatte immer nach Eastbourne oder Torquay gewollt, während sich Muriel nach fernen Ländern verzehrte. Ralph behandelte sie wie eine Königin und sie ergänzte seine Weltläufigkeit durch echte, kindliche Freude an allem, was sie sahen. Sie aßen in Straßencafés, folgten den Spuren der christlichen Märtyrer, am Trevibrunnen wäre Muriel fast die Handtasche gestohlen worden, sie standen auf dem Petersplatz, sahen den Papst ans Fenster treten und hielten Händchen, als sie durch die Basilika schlenderten. Er kaufte ihr alles, was ihr ins Auge stach. Sie kam sich vor wie ein Kind, das in einem Märchenland verwöhnt wird. Am letzten Abend aßen sie in einem schicken Restaurant und gingen dann am Tiber spazieren.

»Was für ein himmelweiter Unterschied zum Turnham Beck, Ralphie.«

»Allerdings. Eines Tages werden wir nach Indien reisen und den Ganges sehen. *Das* ist ein grandioser Anblick.«

»Ich weiß nicht, ob ich es ertragen könnte, die Armut in Indien zu sehen. Das würde mich schrecklich verstören. Die vielen Kinder, denen die Fliegen über das Gesicht krabbeln.«

»Du wärst eine wunderbare Mutter geworden, Moo, wenn du die Gelegenheit dazu gehabt hättest.«

»Es ist zu spät, etwas Unerfüllbarem nachzutrauern.«

»Zu spät für Kinder, aber nicht für Glück und Freundschaft.«

»Das hast du mir gegeben und mich schrecklich verwöhnt. Ich werde diesen Urlaub nie vergessen, und wenn ich hundert Jahre alt werde.«

»Wir könnten mehr solche Reisen machen – Paris, Venedig, New York, Hongkong ...«

»Oh, lass das, Ralphie, ich kann doch nicht an all diese Orte reisen. Ich bin ganz zufrieden damit, dass ich hier war. Danke, danke, danke.«

Muriel rückte näher an Ralph heran und drückte ihre Lippen auf seine. Es war das erste Mal, dass sie die Initiative ergriff, und sie hatte dabei das Gefühl, durchaus auf den Geschmack kommen zu können.

20. Kapitel

An der Theke des Royal Oak ging die Nachricht von Muriels Rückkehr aus Rom von Mund zu Mund.

»Haben Sie schon mit ihr gesprochen, Betty?« wollte Jimmy Glover wissen.

»Das wär' ja noch schöner, nach dem, was er beim letzten Mal, wo er hier war, über unsere Sharon gesagt hat. So was von unverschämt.«

»Er könnte ein guter Kunde bei Ihnen werden, wenn Sharon sich entschuldigen würde.«

»Das kann er halten wie ein Dachdecker.«

»Ihre Sharon ist jedenfalls frech. Und die Klamotten, in denen sie rumläuft, lassen 'ne Menge zu wünschen übrig.«

»Das muss ich mir ausgerechnet von Ihnen sagen lassen?«

»Ich bin dabei, was für mein Äußeres zu tun, haben Sie das noch nicht gemerkt?«

Willie, der an einem Tisch in der Nähe der Theke saß, rief: »Doch, ich hab's gemerkt. Ich brauch' keine Wäscheklammer in der Nase mehr, wenn ich hier reinkomm'.«

Jimmy ging hinüber und setzte sich zu Willie. Er trank einen Schluck von seinem Best Bitter und beugte sich verschwörerisch über den Tisch. »Was meinst du, wird er jetzt, wo sie wieder da sind, eine anständige Frau aus ihr machen?«

»Ich sag' dir Bescheid, wenn sie das Aufgebot bestellen.«

»Meine Fresse, wetten, dass Muriel aus allen Wolken gefallen ist. Jahrelang 'ne brave, prüde alte Jungfer, und jetzt das. Ich schätz' mal, sie muss drei- oder vierundsechzig sein.«

»Muss sie wohl sein – andererseits könnt's ja auch rein platonisch sein. ›Nur gute Freunde‹, wie die Filmstars immer sagen.«

»Das glaubst du doch wohl selber nicht! Unser Ralph sieht mir ganz danach aus, als ob er kein Kostverächter wär'.«

»Und woher willst du das wissen? Hast du etwa so eine Riesenerfahrung?«

»Jedenfalls war ich verheiratet, Willie, was man von dir nicht sagen kann.«

»Schon wahr, aber trotzdem könnt' ich mehr Erfahrung haben als du. Es heißt, manche Ehemänner kriegen nie raus, wie das ist. Denen ihre Frauen lassen sich gerade noch die Flitterwochen gefallen und *finito* – die kommen gar nicht erst in die Gänge. Erinnerst du dich noch an den alten Fred Armitage? Der hat mir mal erzählt, dass seine Frau nie –«

Bettys Geschrei im Hintergrund machte dem vertraulichen Meinungsaustausch ein Ende. »Du gehst *nicht* zu so einer LSD-Party! Mir ist egal, wo die steigt, du gehst da *nicht* hin! Erstens brauche ich dich heute Abend in der Bar, wir sind unterbesetzt, und zweitens bleibst du mir nicht die ganze Nacht weg.«

»Ziemlich happig, dass du mich endlich mal zur Kenntnis nimmst. Seit wann kümmerst du dich denn um mich und Scott? Mein Leben lang hab' ich nur zu hören gekriegt: ›die Bar, die Bar.‹ Ich bin schon weg, kapiert?«

»Bist du nicht. Ich sag's deinem Dad.«

»Und was soll das schon nützen? Der ist doch seit Jahren unter deinem Pantoffel. Der weiß gar nicht mehr, dass er selber 'nen Kopf zum Denken hat.«

»Das reicht, Sharon. Tu, was ich dir sage.«

»Für wen zum Teufel hältst du dich? Willst du mich herumkommandieren? Ich bin neunzehn und kann machen, was ich will.«

»Nicht unter meinem Dach!«

»Unter deinem Dach, aha. Wenn das so ist, such' ich mir 'ne andere Bleibe.«

»Schön, mach das – und sieh zu, dass du Land gewinnst!«

»Sieh selber zu, dass du Land gewinnst.« Der Lärm umgeworfener Möbel und das eindeutige Klatschen von Fleisch gegen Fleisch hallten in der Bar wider.

»Mac, sollten Sie nicht mal nachschauen, was da los ist?« rief eine Frau.

Aber Mac spülte stoisch weiter Gläser. »Die machen das unter sich ab«, brummte er.

Jetzt waren die unverkennbaren Geräusche einer Prügelei zu hören.

»Mac, gehen Sie nach hinten und unternehmen Sie was!«

Die Tür zwischen Schankraum und Wohnung krachte auf, und Sharon und Betty im Clinch platzten herein. Gläser und Flaschen auf der Theke und im Regal dahinter flogen zu Boden. Willie und Jimmy sprangen auf und halfen Mac dabei, Mutter und Tochter zu trennen. Schließlich schafften sie es mit Mühe. Betty atmete schwer. Das kunstvoll aufgetürmte Haar hing ihr ins Gesicht und die Goldketten um ihren Hals hatten sich verknäult. Sharon lachte hämisch.

»Was für ein Anblick – eine alte Schachtel, die auf jung macht! So kommst du mir nicht davon. Das zahl' ich dir heim, wart's nur ab. Ich überlass' sie dir, Dad.«

Sharon rannte zurück in die Wohnung. Die Gäste waren schockiert. Das Stimmengewirr in der Bar dauerte eine Weile an. Betty verschwand, um sich das Haar wieder hoch zu stecken, und Mac räumte die Scherben weg. Er gab sich philosophisch. »Solche Kräche hatten sie schon öfter. Das legt sich wieder.«

Michael Palmer, vertieft in *Aida* auf einer neuen CD, die er am Wochenende gekauft hatte, fuhr hoch, als er das Hämmern an der Haustür hörte.

»Verflixt noch mal, wer kann das um diese Zeit bloß sein.«

Ihm wurde flau im Magen, als er sah, dass Sharon McDonald mit einem Koffer vor der Tür stand. Auf einer Gesichtshälfte machte sich ein großer Bluterguss bemerkbar und sie hatte Tränen in den Augen.

»Oh, Mr. Palmer, könnten Sie mir bitte helfen? Mum hat mich rausgeschmissen und ich weiß nicht, wohin.« Die Tränen liefen ihr über das Gesicht und sie schniefte hilflos.

»Wo haben Sie sich bloß so einen großen Bluterguss geholt?«

»Das war Mum, und ich habe Angst davor, nach Hause zu gehen. Ich hab' meinen Koffer gepackt und bin aus dem Fenster gestiegen. Ich hab' immer versucht, alles zu tun, was sie will, aber sie ist nie zufrieden. Könnte ich bei Ihnen übernachten, bis ich mir überlegt habe, was ich tun soll? Bitte, lassen Sie mich rein. Hier wird sie mich ganz bestimmt nicht suchen.« Die Tränen rannen ihr über die blutunterlaufene Wange und sie suchte erfolglos nach einem Taschentuch.

»Kommen Sie rein, ich hole Ihnen ein Papiertaschentuch.« Michaels spontane Abwehrhaltung, mit diesem Mädchen nichts zu tun haben zu wollen, wich seinem Lehrerinstinkt, sich um Kinder in Not zu kümmern und sie zu beschützen. »Wir trinken eine Tasse Tee und reden darüber. Wenn ich Sie nach Hause begleite, könnten wir die Sache mit Ihrer Mum und Ihrem Dad vielleicht in Ordnung bringen. Es ist nicht recht, dass Sie nirgends hin können.«

Er fand eine Packung Papiertaschentücher und ging in die Küche, um Wasser aufzusetzen. Sharon folgte ihm. »Ich fürchte mich vor dem Alleinsein. Darf ich hier sitzen, während Sie Tee kochen? Ach, Mr. Palmer, Mum schlägt mich, seit ich auf der Welt bin. Jetzt bin ich alt genug zum Abhauen, aber dann ist Scott ihr ganz allein ausgeliefert. Bei ihr ist es nicht zum Aushalten, wissen Sie. Ich hab' dran gedacht, zum Jugendamt zu gehen, aber wer würde mir schon glauben?«

»Natürlich würden die vom Jugendamt Ihnen glauben, Sharon. Jetzt haben Sie einen Beweis.«

»Ja, das stimmt, und die können mich nicht zwingen, nach Hause zurückzugehen, weil ich neunzehn bin. Aber wer soll dann Scott beschützen? Ich mache mir solche Sorgen um ihn.«

»Das spricht für Sie. Setzen wir uns an den Kamin und überlegen, wie wir das regeln können.«

»Sie sind so nett zu mir, Mr. Palmer. Ich habe Sie schon immer gemocht, als ich noch in die Schule gegangen bin. Ich weiß, dass Sie eine Menge Ärger mit mir hatten, aber bei dem ganzen Streit zu Hause war's schwer, mich anständig zu benehmen.« Die Tränen strömten wieder.

»Aber, aber, Sharon. Trinken Sie Ihren Tee, dann fühlen Sie sich besser. Ich habe leider nur Roggenmehlkekse da.«

»Ich liebe Roggenmehlkekse, Mr. Palmer. Die haben so was Anheimelndes und ich habe doch nie ein richtiges Zuhause gehabt.«

Michael dachte über das Dilemma nach, in dem er sich befand. Er hatte keine Ahnung gehabt, dass die junge Frau eine so schwierige Kindheit hinter sich hatte. Das hatte sie in all den Jahren für sich behalten. Kein Wunder, dass sie so schwer erziehbar gewesen war! Er hatte sie wirklich falsch eingeschätzt... Sharon setzte ein tapferes Lächeln auf. Sie strich sich über den Bluterguss und verzog das Gesicht.

»Ich hole Eis, Sharon. Vielleicht lindert das wenigstens die Schwellung.« Sie plauderten eine Weile, und als es immer später wurde, begriff Michael, dass ihm nichts anderes übrig blieb, als Sharon über Nacht hier zu behalten. Er hatte keine Lust, sich mit Betty McDonald anzulegen, bevor es Tag wurde. Außerdem würde sowieso niemand von Sharons Übernachtung bei ihm erfahren.

»Hören Sie, Sharon, heute Nacht können Sie im Gästezimmer schlafen. Es ist im Erdgeschoss, neben dem Bad. Gehen Sie also erst mal ins Bad und ich beziehe das Bett frisch. Im Badezimmerschrank liegen saubere Handtücher.«

Er ging ihr aus dem Weg, während sie sich bettfertig machte; sie sollte nicht denken, er habe Absichten auf sie – die er auch nicht hatte, Gott bewahre. Er rief: »Gute Nacht, Sharon« durch die geschlossene Tür, als er ins Schlafzimmer hinaufging. Er hatte das Doppelbett, das er und Stella benützt hatten, nicht entfernt, und als er sich hineinlegte, kam er sich plötzlich ganz einsam vor. Es hatte Vorteile, Witwer zu sein, aber manchmal wäre es schön gewesen, das Bett mit einer Frau zu teilen, sei es auch nur der Wärme oder des Gesprächs halber. Trotz der Ereignisse des Abends schlief er fast sofort ein, in der festen Überzeugung, er werde am Morgen mit Sharon zu den McDonalds gehen und ihnen die Meinung sagen.

Während der Nacht drehte er sich um und wachte erschrocken auf. Dicht neben ihm lag eine weibliche Gestalt. Überzeugt davon, dass er träume, streckte er die Hand aus, um sich zu vergewissern, dass er allein war, aber er stieß auf eine andere Hand, die seine zu einer warmen, vollen Brust führte. Er sprang aus dem Bett. Ein leises Kichern und Sharons Stimme.

»Oh, krieg dich ein, Michael, ich bin an so etwas gewöhnt. Ein ansehnlicher Witwer wie du braucht doch bestimmt ein paar Streicheleinheiten. Mach schon, komm zurück ins Bett. Ich werd' dich verwöhnen. Sei doch nicht so schüchtern.«

»Sharon, raus hier – und zwar sofort! Gehen Sie nach unten und legen Sie sich wieder ins Bett.«

»Da unten ist es kalt und einsam, und ich brauch' jemand, der mir das Händchen hält. Komm schon, niemand wird es erfahren. Das bleibt unser Geheimnis. Wetten, dass ich dir Sachen beibringen kann, von denen du noch nicht mal geträumt hast? Seien wir doch ehrlich, mit deiner Stella hat's nicht viel Spaß gemacht, pack also die Gelegenheit beim Schopf.«

»Tun Sie, was ich sage. Scheren Sie sich sofort raus aus meinem Bett!«

»Es ist Zeitverschwendung, mir den Schulmeister vorzuspielen. Du willst mich, also lass dich ausnahmsweise mal gehen und amüsier dich. Ich geh' nicht mit meinen Liebhabern hausieren und ich bin scharf auf dich. Komm schon.«

»Auf keinen Fall. Raus hier.«

»Wenn das so ist, dann frier du dir doch den Hintern ab. Ich hab's nämlich gemütlich hier. Wenn du was zum Kuscheln brauchst, kannst du jederzeit reinkommen.«

Besiegt und unfähig, sie aus dem Bett zu bekommen, ohne Gewalt anzuwenden – was ihr die erhoffte Gelegenheit gegeben hätte –, ging Michael nach unten. Er fand eine Daunendecke und wickelte sie auf dem Sofa um sich. Was für ein Vollidiot war er gewesen. Er hätte sie gar nicht erst ins Haus lassen dürfen. Sie hatte ihn total hereingelegt. Bei ihrem schauspielerischen Talent hätte sie einen Vorsprechtermin bei der Royal Shakespeare Company bekommen. Ein paar Stunden später wachte er auf, weil er aufs Klo musste, und er sah, dass die Tür zum Gästezimmer offen stand und Sharons Koffer verschwunden war. O Gott, war sie in sein Schlafzimmer umgezogen – doch hoffentlich nicht? Aber dem war nicht so, sie war fort. Dem Himmel sei Dank. Wenigstens würde niemand erfahren, was für ein Trottel er gewesen war. Und er hatte Recht behalten – sie *war* tückisch.

Diese ganze Prahlerei über sexuelle Erfahrung, in ihrem Alter! Andererseits war sie spätabends in Culworth gewesen und hatte Stella dort gesehen; damit hatte sie ihm schon gedroht. In seinem Hinterkopf fügten sich Puzzleteile zusammen. Es gab fehlende Stücke und er konnte sich irren, ja, selbstverständlich, er *musste* sich irren, es sei denn, Toria Clark hatte jemanden überrascht beim Schreiben des Pla... So war es gewesen! Sharon hatte das Plakat geschrieben, es in der Schule hinterlassen wollen, und war von Toria Clark dabei gestört worden. Aber Sharon hätte doch niemanden umgebracht, oder? Wie hätte sie das gekonnt? Sie war ein Mädchen aus dem Dorf, war hier zur Schule gegangen, hier aufgewachsen... Nein. Nein! Aber alles passte zusammen. Sharon war die Einzige, die gewusst hatte, dass Stella lesbisch war. Sharon hatte Stella mit ihren Drohungen, sie bloßzustellen, in den Selbstmord getrieben. Das Plakat bezog sich auf Stella, nicht auf Toria Clark. Das war der Fehler, den sie alle gemacht hatten. Sie hatten alle geglaubt, mit dem Plakat sei Toria gemeint. Er würde der Polizei sagen müssen, was er vermutete, und alle würden ihn für einen Volltrottel halten. Er würde nicht mehr mit erhobenem Haupt herumlaufen können; er würde kündigen müssen. Würde er der Polizei sagen müssen, dass Sharon hier übernachtet hatte? Er konnte sagen, er habe gründlich über die Sache nachgedacht und beschlossen, der Polizei zu sagen, was er wisse.

Betty und Mac gingen am folgenden Tag zur Polizei.

»Unsere Sharon ist verschwunden.«

»Wie alt ist sie jetzt, Betty?«

»Neunzehn.«

»Dann kann sie machen, was sie will, wissen Sie. Mit neunzehn ist es kein Verbrechen, nachts mal nicht nach Hause zu kommen...«

»Hören Sie, Sergeant, es hat schon mal Meinungsverschiedenheiten zwischen mir und Sharon gegeben, aber sie hat kein Geld mitgenommen – wir haben ihr Portemonnaie in ihrem Zimmer gefunden. Sie hat das bloß getan, um mir einen Schrecken einzujagen. Sie hat nicht vorgehabt, weit weg zu fahren, Sie müssen was unternehmen, Sergeant, und bauen Sie keinen Mist.«

»Ich stelle ein paar Nachforschungen im Dorf an. Mal sehen, was sich dabei ergibt. Aber wenn sie weg wollte, kann ich sie nicht zurückholen.«

»Sie hat immer so ein behütetes Leben geführt. Ich hab' ihr nicht erlaubt, die ganze Nacht lang auf Partys rumzuhängen oder so. Wir haben immer so gut auf sie aufgepasst, stimmt's, Mac?«

»Ja. Jedenfalls im Großen und Ganzen.«

Der Sergeant befragte alle im Dorf. Der Krach in der Bar kam heraus und außerdem ein weiterer Faktor, bei dem der Stift des Sergeants, der sich Notizen machte, kurz verharrte.

»Sie haben gesehen, dass sie hineingegangen ist?«

»O ja, Sergeant. Er hat die Tür aufgemacht und hinter ihr wieder zu. Das hab' ich mit eigenen Augen gesehen.«

»Das ist sehr schwerwiegend, wissen Sie. Mr. Palmer ist in diesem Dorf eine Respektsperson, Sie sollten also sehr vorsichtig sein. Sind Sie sich völlig sicher, dass es Sharon McDonald war?«

Pat Duckett nickte. »Bei dem unverschämten Hinterteil und den drallen Titten? Irrtum ausgeschlossen. Und mit dem Haus ist es genauso. Es ist das Einzige auf dem Schulhof. Ich war ganz zufällig dort, bloß weil ich auf 'nen Drink ausgehen wollte und mein Portemonnaie in der Schulküche vergessen hatte. Ich hab' gedacht: ›Der alte Lustmolch‹, ja, das hab' ich gedacht.«

»Das reicht, Pat. Da ist noch überhaupt nichts bewiesen. Behalten Sie es für sich; vielleicht werden Sie als Zeugin gebraucht, und wenn mir zu Ohren kommt, dass Sie die Geschichte herumerzählt haben, erinnere ich mich vielleicht an den Ladendiebstahl, den Ihr Dean in Culworth begangen hat. Denken Sie dran.«

Muriel ging am Tag darauf zur üblichen Zeit in die Schule. Die Atmosphäre war angespannt. Suzy kam aus dem Spielgruppenzimmer und sagte zu ihr, Mr. Palmer sei der Polizei bei ihren Ermittlungen behilflich; deshalb werde Mrs. Hardaker, die neue Lehrerin, die Kinder in die Singstunde bringen, und Suzy und Liz Neal würden an ihrer Stelle die Kinder auf dem Schulhof im Auge behalten.

»Er hilft der Polizei bei ihren Ermittlungen? Was in aller Welt meinen Sie damit?«

»Ich bin mir nicht ganz sicher, aber der arme Mann ist seit gestern ganz verändert, und jetzt ist er auf dem Polizeirevier in Culworth. Außerdem ist Sharon McDonald verschwunden.«

»Du meine Güte, was wird in diesem Dorf als Nächstes passieren? Als ich klein war, ist nie etwas passiert, mal abgesehen davon, dass Jimmy Glovers Vater beim Wildern erwischt worden ist und jemand mal einen Heuschober in Brand gesteckt hat, weil er einem Mädchen imponieren wollte. Wer hätte sich so was träumen lassen?«

Sie erzählte Ralph, was vorgefallen war, als er sie abholte, um mit ihr Sachen für sein Haus in Culworth einzukaufen, und fragte ihn, was er davon halte.

»Ich komme über das, was sich jetzt im Dorf abspielt, aus dem Staunen nicht heraus. Meinst du, dass das schon immer so war und wir bloß zu klein waren, als dass wir es erfahren hätten?«

»Das weiß ich nicht, aber ich kann mir nur vorstellen, dass alles mit dem Tod seiner Frau zusammenhängt, mit dem

Mord an Toria Clark und Sharons Verschwinden. Wo essen wir zu Mittag?«

»Ich glaube, unsere Ausflüge fangen an, dir Spaß zu machen.«

»Das stimmt. Ich lerne eine ganz neue Seite meines Wesens kennen.«

»Ich bin mir über das Lokal noch nicht schlüssig. Wo möchtest du essen?«

»Das ist mir gleich. Irgendwo, wo es ruhig ist, wo wir keine Bekannten treffen und reden können.«

»Abgemacht.«

Ralph entschied sich für das Restaurant am Fluss Cul, in dem sie zum ersten Mal miteinander zu Mittag gegessen hatten. Sie waren beim Kaffee mit Schnaps beziehungsweise Likör angekommen, als Ralph sich räusperte und zum Sprechen ansetzte. Muriel, die ihr After Eight genoss – sie konnte bei Pfefferminzschokolade nie widerstehen –, ruckte der Kopf hoch, als ihr aufging, was Ralph gerade sagte.

»Ich weiß, dass wir nicht mit einer wilden, leidenschaftlichen Liebesbeziehung rechnen können, aber warum müssen wir in verschiedenen Häusern wohnen, obwohl wir so vieles miteinander teilen könnten?«

»Warum kann es zwischen uns keine wilde, leidenschaftliche Liebesbeziehung geben?«

»Moo, meine Liebe!«

»Warum sollten wir keine haben, bloß weil wir älter sind? Wir wüssten sie sogar mehr zu schätzen, oder? Wir wären so dankbar für diese Chance. Ehrlich gesagt, du kannst mich jetzt vor aller Augen küssen.«

»Es scheint zum Küssen kaum der rechte Ort zu sein.«

»Ich komme mir verwegen vor. Mein Leben lang habe ich mich zurückgehalten, war zu still, habe nicht gesagt, wie mir zu Mute war, habe das ganze Vergnügen anderen überlassen, und jetzt wird es Zeit, dass ich aus meinem Schneckenhaus herauskomme. Es ist, wie du gesagt hast, ich habe Menschen abgewehrt und keine Nähe zugelassen. Diese ganzen alten Schreckschrauben werden neidisch auf mich sein. Du bist so ein gut aussehender Mann, Ralph. Ich wäre stolz darauf, wenn du mich küssen würdest.«

Beide registrierten die schockierten Blicke nicht, mit denen die anderen Gäste sie bedachten. Ralphs Hände zitterten, als er den Kreditkartenbeleg unterschrieb, und Muriel, die sich auf der Damentoilette vor dem neuen Menschen versteckte, der sie geworden war, konnte die Hand kaum ruhig halten, um sich die Lippen nachzuziehen. Ralph brachte sie in ein Kaufhaus und bestand darauf, ihr ein neues Parfüm zu kaufen. Sie trödelte unschlüssig herum, entschied sich erst für einen Duft, dann für einen anderen, bis sie nicht mehr wusste, welcher ihr am besten gefallen hatte. Schließlich traf Ralph die Auswahl für sie – Obsession, die größte Flasche, die er auftreiben konnte. Dann ging er zielstrebig mit Muriel zu einem Juwelier.

»Ich kaufe dir eine Halskette. Widersprich nicht, ich tu's.«

Sie kamen nach einer Stunde heraus; Muriel mit einem Etui, in dem ein schöner Anhänger an einer langen Goldkette lag, besetzt mit Granaten und Zuchtperlen. Sie fuhren ohne die Möbel, deretwegen sie gekommen waren, nach Turnham Malpas zurück.

Ralph kochte Tee für sie beide und sie setzten sich nebeneinander auf sein Sofa und hielten Händchen. »Leg die Halskette an, Moo.«

»Sie ist viel zu schade für werktags.«

»Nein, trag sie jetzt – ich will sie an dir sehen.«

Er half ihr mit dem Verschluss und küsste sie auf den Hals, ehe er sich zurücklehnte, um die Wirkung zu begutachten. »Ausgezeichnet! Es sieht wunderschön aus.«

»Ich bedaure nur, dass ich nicht jung und schön bin, Ralphie. Wenn ich recht darüber nachdenke, war ich das nie. Ich bin mein Leben lang ein Mauerblümchen gewesen, sogar als junge Frau.«

»Ich bin auch nicht gerade ein Adonis, oder? Wenn du so jung und schön wärst, wie du es sein möchtest, hättest du keinen zweiten Blick für mich übrig. Oh, Entschuldigung, das war nicht besonders galant. Ich bitte um Verzeihung.« Beide lachten und Muriel griff nach seinen Händen und hielt sie an ihre Brust.

»Das ist das Schöne an uns. Wir können zusammen lachen, ja?«

»Oh, meine Liebe.« Ralph nahm sie in die Arme und sie küssten sich, wie sie sich noch nie geküsst hatten. Sie schmiegten sich eng aneinander wie ein gut sitzender Handschuh. Ralphs Finger strichen über ihr Schlüsselbein und dann über ihr Kinn und er küsste sie auf das Ohr, dann auf die Stirn und dann wieder auf den Mund. Er begann, ihre Bluse aufzuknöpfen. Um ein Haar hätte sie protestiert, aber sie ließ es bleiben. Die Schicklichkeit hatte ihr bisher überhaupt nichts eingebracht und es kam ihr richtig vor, was Ralph tat.

Plötzlich sagte er: »Wir müssen aufhören.« Er knöpfte ihre Bluse wieder zu und stand auf. »Ich muss dir gegenüber völlig aufrichtig sein, Moo. Es schmerzt mich, es auszusprechen, aber ich fange diese Beziehung nicht so rein an wie du.«

»Das habe ich mir schon gedacht.«

»Ich habe das Gefühl, du solltest es wissen. Ich muss in diesem Punkt dir gegenüber ganz offen sein. Ich meine damit nicht, dass ich viele Eroberungen für eine Nacht gemacht hätte, aber es hat andere Frauen gegeben. Das soll nicht heißen, dass ich keine ernsthafte Beziehung mit dir möchte.«

Ihre Augen füllten sich mit Tränen. »Ich begreife nicht, was du meinst, Ralphie.«

»Ich meine, ich möchte keine ausschließlich sexuelle Beziehung zu dir, Moo. Ich wünsche mir etwas Besseres.«

»Oh. Ich habe geglaubt, du meinst, du willst nicht ... du willst mich nicht mehr sehen ...«

»Zum richtigen Zeitpunkt werde ich dich fragen, ob du mich heiraten willst.«

»Oh, ich verstehe.«

»Ich bringe dich bis zu deiner Haustür.«

»Nein, tu das nicht. Im Dorf wird sowieso schon genug über uns geklatscht, und es ist noch nicht dunkel. Pericles wird einen Spaziergang brauchen.«

Heirat. Gütiger Himmel. Und sie wäre keine gewöhnliche Mrs. Templeton, sie wäre Lady Templeton. Sie konnte ihn nicht heiraten – oder? Wer hatte je gehört, dass eine Anwaltssekretärin einen Titel trug? Es war rundum lächerlich. Gerade hatte sie sich noch geschworen, kein SEX, und heute hatte sie ihn gefragt: »Warum kann es zwischen uns keine wilde, leidenschaftliche Liebesbeziehung geben?« Was war bloß in sie gefahren?

Ralph war so großzügig, absolut jenseits ihres Vorstellungsvermögens. Vielleicht war das ein Teil der Anziehung – vielleicht wollte sie finanzielle Sicherheit. Das war es, sie mochte ihn, weil er ihr Dinge geben konnte, die sie nie gehabt hatte. Sie würde nichts mehr von ihm annehmen, und wenn sie das nächste Mal ausgingen, würde sie ihn einladen. Keine Küsse mehr, kein Händchen halten, keine Geschenke, streng platonisch, bis sie Zeit gehabt hatte, sich über ihre Gefühle klar zu werden. Sie würde es cool angehen, wie die Amerikaner sagten.

21. Kapitel

Michael Palmer erhielt von der Polizei die Erlaubnis, nach Hause zu gehen. Er bat um Beurlaubung vom Schuldienst, und die Schulbehörde pflichtete ihm bei, das sei das Beste. Er hatte beim Verhör alles erklärt, so gut er konnte; am meisten tat ihm weh, dass er Stella verraten musste, indem er der Polizei von ihrem Doppelleben berichtete. Er erzählte der Polizei von Sharons Drohungen und von ihrem Täuschungsmanöver durch die Behauptung, ihre Mutter habe sie so schlecht behandelt. Er hatte das Gefühl, um den unersättlichen Appetit der Verhörbeamten zu stillen, müsse er sein ganzes Leben offen legen. Schließlich konnten sie ihn nicht länger festhalten, aber er wusste, dass sie ihn scharf im Auge behalten würden. Die Polizei hatte außerdem ein weiteres Problem in Turnham Malpas. Das verschlafene, wohl geordnete Dorf, in dem das Leben seinen wohl geordneten Gang ging, war zu einem Stachel im Fleisch der Polizei geworden. Peter hatte entdeckt, dass zwei Stücke vom Kirchensilber gestohlen worden waren, und zwar in der Nacht, in der Sharon verschwunden war.

Willie, stets auf Sicherheit bedacht, schloss die Kommunionsgeräte immer sofort nach dem Gebrauch weg. Sie hatten keinen Safe, aber einen massiven, mit der Wand verschraubten Schrank, der schwere Türen und ein stabiles Schloss hatte. Mehr war bisher nicht nötig gewesen. Peter hatte davon gesprochen, einen Safe zu kaufen, sich aber wegen der Kosten dagegenentschieden. Der Dorfsergeant seufzte schwer bei der Aussicht, noch ein Problem am Hals zu haben. Der schöne Kelch und die Patene aus dem achtzehnten Jahrhundert waren vom damaligen Gutsherrn gestiftet worden, einem Sir Tristan Templeton, zum Gedächtnis an seine Frau und seine Tochter, die bei einer stürmischen Kanalüberquerung an Bord eines Schiffes ertrunken waren. Die Gefäße waren seit über zweihundert Jahren ständig im Gebrauch.

»Wer auch immer die genommen hat, Sergeant, muss sich bewusst gewesen sein, dass die Gefäße beim Versuch, sie zu verkaufen, sofort erkannt werden. Es muss ein Amateur gewesen sein.«

»Nicht unbedingt, Sir. Das organisierte Verbrechen findet für Kirchenschmuck leicht Abnehmer im Ausland. Sie wissen schon – ›Kirche in Not zum Verkauf gezwungen‹, und die Stücke waren schön. Manche Familien haben seit Generationen die Kommunion daraus empfangen. Das ganze Dorf ist sehr aufgebracht.«

Die Stammgäste im Royal Oak kamen zu dem Schluss, das habe nichts Gutes zu bedeuten.

»Wie kann bloß jemand die Kirche bestehlen? Denkt an den Zorn Gottes, es ist ein Wunder, dass die Diebe nicht der Blitz getroffen hat, als sie den Schrank aufgebrochen haben.«

»Glauben Sie mir, Willie, wer die genommen hat, wird böse enden. Auf einem solchen Leben liegt ein Fluch. Vielleicht passiert das nicht diese Woche oder in diesem Jahr, aber der Dieb nimmt ein schlimmes Ende, so wahr ich hier sitze.«

Jimmy rückte näher an Pat und Willie heran, vergewisserte sich, dass Betty nicht in Hörweite war, und flüsterte: »Ich schätz' mal, dass es diese Sharon war, in der Nacht, in der sie verschwunden ist.«

Pat pflichtete ihm bei. »Die ist ein Luder. Ich hab's keiner

Menschenseele erzählt, aber wenn ihr versprecht, dass ihr kein Sterbenswörtchen sagt, verrat' ich euch, was ich in der Nacht, in der sie und Betty hier drin den Streit hatten, gesehen habe.«

»Dann leg mal los. Wir sagen keinen Mucks, oder, Jimmy?«

»Auf keinen Fall.«

Pat nahm einen langen Schluck von ihrem Lager, parkte ihr Hinterteil sicherer auf dem Hocker und erzählte ihnen, was sie zur Polizei gesagt hatte.

Willie schüttelte den Kopf. »Das glaub' ich nicht, Pat. Mr. Palmer ist ein Gentleman. Der würde Sharon nicht einfach ins Haus lassen. So ist der nicht.«

»Behauptest du, dass ich lüge?«

»Nein, ich sag' bloß, dass du dich irrst.«

»Ich irre mich nicht. Gibt's hier in der Gegend etwa noch 'ne Frau, die wie Sharon aussieht? Wie viele Häuser stehen auf dem Schulhof? Eins – und das ist das von Mr. Palmer.«

»Mal ehrlich, er muss der Letzte sein, der sie gesehen hat, deshalb hat die Polizei ihn verhört.«

»Genau, Jimmy. Genau.«

Betty kam heran. »Habt ihr ausgetrunken und seid fertig mit eurem Klatsch? Ein Jammer, dass ihr euch nicht über wen andern das Maul zerreißen könnt. Ich seh' doch, wie ihr mich anschaut, wie ihr euch vergewissert, dass ich euch nicht hören kann. Ihr solltet Mitleid haben mit Mac und mir, bei der ganzen Sorge, dass unsere Sharon verschwunden ist, und nicht über uns herziehen.«

Willie stand auf. »Da haben Sie Recht. Ich komm' nicht mehr hierher. Wenn ich nicht reden darf, worüber ich will, bei einem ruhigen Pint mit meinen Freunden, dann bleib' ich weg. Sie sind eine aufdringliche, miese Schreckschraube, das sind Sie, Betty. Ich trink' seit über vierzig Jahren in dem Pub hier, aber jetzt reißt mir der Geduldsfaden. Gute Nacht, Pat. Gute Nacht, Jimmy.«

Betty war wütend. »Na schön, schneiden Sie sich ruhig ins eigene Fleisch. Wo wollen Sie denn von jetzt an hin?«

»Ich radel nach Penny Fawcett und trink' im Jug and Bottle was. Die Wirtin dort ist viel gastfreundlicher als Sie, jedenfalls hab' ich das gehört.«

»Wenn du ein Tandem hättest, käm' ich mit, Willie.«

»Hab' aber keins, Jimmy, das geht also nicht.«

Peter war sehr unglücklich über den Diebstahl der Abendmahlsgefäße.

»Wenn ich bloß einen Safe gekauft hätte!«

»Du hast keinen gekauft, weil kein Geld dafür da war, folglich bist du nicht Schuld daran.«

»Ich kaufe aus eigener Tasche einen Safe, Caroline, und die Kirche kann mir das Geld zurückzahlen, sobald sie es aufbringen kann. Im Leben so einer kleinen Kirchengemeinde sind solche Schätze unersetzlich. Sie gehören nicht nur der Kirche, sondern auch den Gemeindemitgliedern, schlicht und einfach, weil sie von ihren Familien schon so lange benützt werden. Stell dir vor, was es für ein Gefühl sein muss, in dem Wissen zur Kommunion zu gehen, dass dein Großvater, dein Urgroßvater, dein Ururgroßvater und in manchen Fällen noch entferntere Ahnen aus demselben Kelch getrunken haben. Ich werde mir das nie verzeihen.«

»Vielleicht werden sie einem Händler angeboten, der die Polizei informiert.«

»Hoffen wir das. Ich muss weitermachen, ich habe diese Woche tausend Sachen zu erledigen.«

»Kann ich dir bei irgendetwas helfen?«

»Genießt du deine Freiheit, seit du nicht mehr arbeitest?«

»Ja. Ich habe nur noch die Zwillinge im Kopf. Ich kann an

gar nichts anderes mehr denken. Wenn es zwei Jungen werden, wie wär's dann mit Thomas und Joshua? Wie wär's bei zwei Mädchen mit Elizabeth und Sarah? Und wie wär's bei Junge und Mädchen mit Thomas Joshua und Elizabeth Sarah?«

»Mach dir bitte keine zu großen Hoffnungen, Caroline. Ich wage es kaum, daran zu denken. Ich nehme an, alle werdenden Eltern kriegen irgendwann eine Gänsehaut bei dem Gedanken, ob das Kind auch gesund zur Welt kommen wird, und das ist die Phase, die ich gerade durchmache.«

»Peter, das darfst du nicht. Im tiefsten Inneren weiß ich, dass alles gut wird.« Es klopfte laut an der Tür. »Ich mach' auf, das klingt nach Willie. Hallo, Willie, der Pfarrer ist im Arbeitszimmer. Kommen Sie rein.«

»Dr. Harris, die Polizei ist hier. Sie haben die Gefäße gefunden. Kann der Herr Pfarrer bitte kommen?«

»Die haben es für eine Bombe gehalten, Sir«, berichtete Willie, als Peter dazukam. »Als ob jemand auf dem Bahnhof von Culworth 'ne Bombe legen würde. Die haben die Sprengstoffexperten geholt und die haben dann festgestellt, dass es unsere Abendmahlsgefäße sind. Sie müssen sie offiziell identifizieren, heißt es.«

»Ich denke, das können Sie besser als ich, Willie. Sie gehen doch schon viel länger mit den Gefäßen um.«

»Das tut nichts zur Sache, Sir. Sie sind sozusagen die Amtsperson.«

Inspector Proctor aus Culworth wartete in der Sakristei auf sie.

»Guten Morgen, Herr Pfarrer. Die Gefäße sind auf Fingerabdrücke untersucht worden, Sie können sie also ruhig in die Hand nehmen. Das sind Ihre, stimmt's, Sir?«

»Ja, allerdings sind sie das, Inspector. Dem Himmel sei Dank, dass wir sie wiederhaben – und noch dazu unbeschädigt. Wo haben Sie sie gefunden?«

»In einem Koffer auf dem Bahnhof in Culworth. Den hat der Dieb dort abgestellt. Darf ich mir den Vorschlag erlauben, Sir, dass Sie die Geräte, sobald sie Ihnen offiziell zurückgegeben werden, in einem Banktresor aufbewahren oder besser sichern als bloß in einem massiven Schrank?«

»Gewiss, Inspector. Ich werde mich gleich darum kümmern. Vielen herzlichen Dank für Ihre Mühe. Nichts Neues von Sharon McDonald, nehme ich an?«

»Überhaupt nichts, Sir. Wenn wir bloß was wüssten, denn da gibt es ein paar Ungereimtheiten, die sie aufklären könnte, wenn wir sie fänden. Ich muss Sie wohl kaum darauf hinweisen, Sir, dass Sie uns informieren, sobald Sie irgendetwas von ihr hören.«

»Selbstverständlich, Inspector. Wir stehen in Ihrer Schuld, nochmals vielen Dank.«

Der Inspector ging von der Kirche aus zum Royal Oak. Er hatte einen kleinen Koffer dabei. Er hämmerte gegen die Tür. Eine Stimme dahinter rief: »Wir haben noch nicht geöffnet.«

»Polizei, kann ich reinkommen?«

Die Riegel wurden zurückgeschoben und Mac machte die Tür auf. »Haben Sie unsere Sharon gefunden?«

»Leider nein, aber wir fragen uns, ob Sie diesen Koffer kennen?«

»Ich hole Betty. Das weiß sie besser als ich.«

Betty, noch im Morgenrock, kam in die Bar.

»Mrs. McDonald, kennen Sie diesen Koffer?«

»Oh, haben Sie Sharon gefunden?« Sie klammerte sich Halt suchend an die Theke.

»Nein, haben wir nicht, aber wir haben diesen Koffer gefunden und fragen uns, ob er Sharon gehört.«

»Na ja, er sieht jedenfalls so aus wie der, den ich vor ein paar Jahren gekauft habe. Ich geh' nachschauen.« Sie nickte dem Inspector zu, als sie zurückkam. »Richtig, meiner ist nicht da, also nehm' ich an, dass Sharon sich ihn für ihre Sachen ausgeborgt hat. Haben Sie irgendwelche Anhaltspunkte, wo sie stecken könnte, Inspector?«

»Wir wissen, dass sie am Tag ihres Verschwindens am frühen Morgen zum Bahnhof in Culworth gegangen ist und diesen Koffer unter einem Sitz in der Damentoilette gelassen hat, und wir nehmen an, dass sie den ersten Zug nach London genommen hat, aber danach fehlt jede Spur von ihr.«

»London? Dort kennt sie keinen Menschen.«

»Viele junge Leute gehen nach London. Sie glauben, dass sie in der Großstadt nicht gefunden werden.«

»Wie auch immer, Inspector, ich muss mich um die Bar kümmern, wenn Sie mich also entschuldigen.«

Mac fragte den Inspector, ob der Koffer leer gefunden worden sei.

»Nein, Mr. McDonald. Die beiden aus St. Thomas à Becket gestohlenen Abendmahlsgefäße waren drin.«

Mac sackte auf den nächsten Hocker. »Nimmt das denn nie ein Ende? Was wird dieses Mädchen als Nächstes anstellen? Es tut mir aufrichtig Leid, dass Mr. Palmer in die Sache hineingezogen worden ist. Wissen Sie, das kann nicht von ihm ausgegangen sein. Das war unsere Sharon – die ist schon seit Jahren mannstoll. Ich trau' mich gar nicht, mir vorzustellen, was sie in Culworth so alles getrieben hat.«

»Wir können uns das ganz gut vorstellen. Aber machen Sie sich im Augenblick darüber keine Sorgen, Mr. McDonald. Falls sich irgendetwas ergibt, sagen Sie uns sofort Bescheid, ja?«

»Selbstverständlich.«

Es überraschte Jimbo, dass Muriel nicht zur Arbeit gekommen war. Sie hatte noch nie gefehlt, außer während ihrer

Romreise. Harriet versprach, bei ihr vorbeizuschauen und sich zu vergewissern, dass ihr nichts fehle.

»Vielleicht hat sie vergessen, dass heute Mittwoch ist. Ich habe nur noch ein paar Sachen zu erledigen, dann gehe ich nachschauen. Hast du irgendwo meine Liste gesehen? Ich lege sie immer hierher neben das Auftragsbuch und ich kann sie nicht finden. Verdammt noch mal, jetzt muss ich erst wieder über alles nachdenken. Ich gehe erst zu Muriel und mache eine neue Liste, wenn ich zurückkomme.«

Harriet klopfte an die Tür und bewunderte Muriels Stiefmütterchen. Wie fand sie bloß die Zeit für einen so hübschen Garten! Jede Blume war gewissenhaft gestutzt und alle Beete waren so sauber und adrett, kein einziges Unkraut. Als Muriel nicht aufmachte, beschloss Harriet, nach hinten zu gehen und an die Küchentür zu klopfen. Immer noch keine Reaktion, obwohl Harriet das Gefühl hatte, es sei jemand im Haus. An der Vordertür klopfte sie noch einmal. Die Tür ging einen Spalt auf und Muriel stand im Morgenrock da.

»Ja? Oh, guten Morgen, Harriet.«

»Ich will mich bloß erkundigen, ob bei Ihnen alles in Ordnung ist. Heute ist nämlich Mittwoch, und Sie sind nicht in den Tearoom gekommen.«

»Ich habe mir den Magen verdorben und kann leider das Haus nicht verlassen.«

»Das tut mir sehr Leid. Kann ich Ihnen etwas besorgen?«

»Nein danke, ich habe alles, was ich brauche.«

»Ich komme morgen wieder vorbei und schaue nach Ihnen. Sind Sie sicher, dass Sie keinen Arzt brauchen?«

»O nein, vielen Dank, keinen Arzt.«

»Gute Besserung, Muriel. Bis morgen.«

Muriel machte die Tür zu und lehnte sich mit dem Rücken dagegen. Das Messer in Sharons Hand war keinen halben Meter von ihrer Brust entfernt.

»Gut gemacht, Moo. Wir machen noch eine Schauspielerin aus dir.«

»Ich ziehe mich jetzt an.«

»O nein, das machst du nicht. Du bleibst, wie du bist. Mach mir jetzt Frühstück.«

Es gab absolut keine Alternative. Sharon hatte das Heft in der Hand. Beide hatten die ganze Nacht nicht geschlafen und Muriel war tatsächlich schlecht. Ihre Gedanken kreisten pausenlos um das Problem. Sie hatte gestern Abend Pericles aus dem Garten hereingerufen und die Tür für ihn offen gelassen. Sie hatte sich bei der Zubereitung ihrer Ovomaltine umgedreht und Sharon entdeckt, die aufgelöst, verdreckt, ohne Make-up und erbärmlich frierend in der Küche stand. Was für eine Vorstellung, dass sich das Mädchen den ganzen Tag lang im Schuppen auf dem Friedhof versteckt und gewartet hatte, bis es im Dorf still geworden war, ehe sie an Muriels Tür kam. Sharon hatte sich eins von Muriels Sabatiermessern gegriffen, die sie als Abschiedsgeschenk im Büro bekommen hatte, und deshalb blieb Muriel keine andere Wahl, als Sharon zu gehorchen und zu hoffen. Während der Nacht hatte ihr Sharon die ganze Geschichte erzählt. Der heiße Kakao und der Lebkuchen hatten Sharon redselig gemacht. Muriel hatte den Imbiss gegen zwei Uhr morgens zubereitet, eigentlich nur, damit sie etwas zu tun hatte.

»Das ist schön, Moo. Richtig anheimelnd. So hast du es gern, stimmt's? Alles gemütlich und anheimelnd, bloß keine Aufregung. Ich hab' gern Abwechslung und Aufregung. Schür das Feuer, es wird kalt. Leg Kohlen nach. Adrett und ordentlich, propper und sauber, so bist du durch und durch. Na, so was! – auf dem Läufer liegt Kohlenstaub. Pfui, das gehört sich doch nicht, oder? In Nummer drei hab' ich 'nen schönen Brand hingekriegt, stimmt's? War 'ne Riesensauerei hinterher. Dein Ralphie hätt' mich an dem Abend in der Bar nicht so abkanzeln sollen. Dein Ralphie, ist der schon mit dir ins Bett gegangen? Das braucht dir nicht peinlich zu sein, Moo, darum dreht sich alles auf der Welt. Männer – die wollen nur das eine, weißt du. Du solltest die Strichkunden auf der King Street in Culworth sehen. Hübsche Marktstadt, echtes Stück Altengland, aber geil sind sie alle. Ich muss es schließlich wissen. Ich hab' dort in einer Nacht mehr Geld verdient als in einer ganzen Woche bei Tesco.«

»Sharon, das glaube ich Ihnen nicht.«

»Klar, du glaubst von allen nur das Beste. Bei mir wirst du nichts Gutes finden. Ich bin durch und durch verdorben.«

»So schlecht ist niemand.«

»O doch, ich bin so schlecht. Du wirst nicht fassen, was ich alles gemacht habe. Ich bin vorgestern Nacht in Michael Palmers Bett gestiegen, war wirklich scharf auf ihn, aber er ist rausgesprungen wie ein erschrockenes Karnickel. Ehrlich, du hättest ihn sehen sollen. Erinnerst du dich an seine Frau Stella? Die war lesbisch, weißt du. Bin ihr mal nachts in Culworth nachgegangen, hab' sie in eine Kneipe reingehen sehen, in der Weiber wie sie verkehren. Ich hab' zu ihr gesagt, ich erzähl' überall rum, was sie so treibt. Sie hat mir Geld gegeben, damit ich die Klappe halte. Dann hat sie sich aufgehängt. Ab mit Schaden, wer will schon mit so versauten Typen was zu tun haben.« Sie nahm das Messer in die andere Hand und richtete es auf Muriel.

»Niemand hat rausgekriegt, dass ich ihr gedroht hab'. Die Bullen sind rumgerannt wie kopflose Hühner.« Sie ließ das Messer durch die Luft sausen, als wollte sie einem Huhn den Kopf abhacken. »Aber ich hab' keinen Ton gesagt. Wer wär' schon auf die Idee gekommen, dass eine Sechzehnjährige so was durchzieht, hä? Dann sind sie rumgerannt wie zwei kopflose Hühner, als sie Toria Clark gefunden haben. So eine Vollidiotin aber auch, legt sich mit mir an und will mich dran hindern, das Plakat zu schreiben. Sie hat nicht gewusst, was ich für eine Macht hab'. In der Nacht hab' ich so viel Macht in mir gehabt, dass nichts und niemand mich aufhalten konnte.«

»Sharon, ist das alles erfunden?«

»Du dumme alte Kuh, glaubst du mir nicht? Jemand muss mir glauben. Nimm gefälligst zur Kenntnis, was ich sage, sonst bist du genau wie alle anderen. Meine Mum hört mir nie zu. Mein Dad hört nie zu und unser Scott zählt sowieso nicht, der kleine Scheißer. Mein Leben lang hab' ich gehört, wie andere Kinder in der Schule gesagt haben: ›Am Wochenende fahren wir mit Mum und Dad nach Weston, und mein Dad hat versprochen, dass er mit uns Boot fährt‹, oder dass sie in den Zoo gehen oder nach London fahren. Und was hat Sharon gemacht? Ist im ersten Stock rumgesessen, mit 'nem Schokoriegel, hat in die Glotze gestiert und auf Scott aufgepasst. Jedes Wochenende. Drum hab' ich mir meinen Freizeitspaß selber gemacht, als ich älter geworden bin. Aber diesen Jimbo hab' ich kalt erwischt, als ich seinen Kater ersäuft hab'. Er hat mich in seinem Laden wie Dreck behandelt, das hab' ich ihm heimgezahlt. Der stinkt vor Geld und hält sich für was Besseres.«

»Er arbeitet den ganzen Tag lang schwer, und das jeden Tag. Er hat sich jeden Penny verdient, den er einnimmt.«

»Schön blöd von ihm. Ich komm' gern auf die schnelle Tour zu Geld. Hast du Geld?«

»Nur ein paar Pfund. Ich bewahre kein Geld zu Hause auf.«

»Das nehm' ich mit, wenn ich abhaue.«

»Wo wollen Sie hin?«

»Weiß ich nicht, aber es muss weit weg sein, weil die hinter mir her sein werden.« Sharons Blick bekam etwas Verschlagenes. Sie sah sich im Zimmer um. »Wo ist Pericles?«

»Er schläft in seinem Körbchen.«

»Du hängst an ihm, stimmt's?«

»Natürlich.«

In Sharons Kopf überschlugen sich die Gedanken. »Wenn jemand die Kirche bestiehlt, stößt dem dann was Schlimmes zu?«

»Haben Sie die Gefäße gestohlen?«

»Na und?«

»Wo sind sie jetzt?«

»Unter 'nem Sitz auf dem Frauenklo im Bahnhof von Culworth. Hab' Manschetten gekriegt, weißt du, weil ich die Kirche beklaut hab'; und ich hab' mir gedacht, wenn ich sie dort lass', glaubt die Polizei, ich bin nach London gefahren. Das bringt sie auf 'ne falsche Spur wie in den Krimis.«

Sharon stand auf, nahm das Messer mit und stieß Muriel vor sich her in die Küche.

Pericles schlief in seinem Körbchen. »Siehst du ihn? Ein Mucks von dir, und ich stech' ihm das Messer rein, ganz durch ihn durch, und dann kannst du ihn schreien hören.« Sie hielt dem Hund die Messerspitze an die Rippen und stupste ihn damit. Pericles fuhr hoch und schnappte nach Sharon.

»Da siehst du es – nicht mal der Hund kann mich leiden. Komm her und lass dich streicheln, du böses kleines Vieh. *Komm her!*«

»Er kommt nicht, wenn Sie brüllen, das ist er nicht gewöhnt.«

Sharon änderte den Ton und schmeichelte: »Komm schon, kleiner Pericles. Komm zu Sharon, sei ein braver Junge, ja, ein braver Junge.« Sie packte ihn am Fell und hielt ihm das Messer zwischen die Augen. »Merk dir das, merk dir das, du kleines Mistvieh.« Als sie ihn losließ, flitzte Pericles über den Boden auf Muriel zu. Sie bückte sich, um ihn aufzuheben, aber Sharon packte sie am Arm. »O nein, Moo, Schmusen hat er nicht verdient. Er wollte die arme Sharon beißen, das wollte er.«

Muriel ignorierte sie und nahm ihn auf den Arm. Blitzschnell fuhr ihr das Messer an die Kehle.

»Setz ihn ab, Moo. Tu, was ich sage – sofort! So ist es besser. Ich habe schon einmal gemordet und kann es wieder tun. Beim zweiten Mal ist es leichter, heißt es.«

Sie scheuchte Muriel ins Wohnzimmer zurück. Beide setzten sich und verharrten schweigend. Wenn ich wach bleiben kann, dachte Muriel, schläft sie vielleicht ein, und ich kann mich hinausschleichen. Du lieber Gott, wenn sie Pericles umbringt, was soll ich dann nur machen? Ralphie, warum bist du nicht hier? Das wäre nie passiert, wenn du hier gewesen wärst. Bitte, Ralphie, komm und finde mich. Du würdest bestimmt merken, dass etwas nicht stimmt. Wenn er jetzt an die Tür käme, wie könnte ich ihm signalisieren, dass etwas nicht stimmt, ohne dass Sharon es merkt? Soll ich blinzeln? Unsinn faseln? Wirklich, die Augen fallen ihr zu. Ich werde bis tausend zählen und dann aufstehen. Es ist drei Uhr morgens. Niemand wird um die Zeit wach sein. Die Telefonzelle, ja – die Telefonzelle und der Notruf. *Hundertundvier. Hundertundfünf. Hundertundsechs.* Sie hat Stella Palmer nicht ermordet, aber in den Tod getrieben, *hundertundfünfzig.* Ein Mord mit einem Schlagballschläger, wie brutal. Grauenhaft. Die Uhr tickte, *zweihundertundzwei*, das Feuer knisterte und Sharon saß immer noch mit geschlossenen Augen da.

Das Zählen in Muriels Kopf ging weiter. *Zweihundertundvierzig, zweihundertundeinundvierzig.* Ich werde nicht bis tausend warten. Ich muss es bei fünfhundert versuchen. *Dreihundertundsieben.* Es ist so schwer, wach zu bleiben. *Vierhundertundneunundfünfzig.* Sie hat die Augen immer noch nicht aufgemacht, aber schläft sie oder spielt sie mit mir Katz und Maus? *Vierhundertundsechsundsiebzig. Vierhundertundsiebenundsiebzig.* Plötzlich fiel eine Kohle im Kamin in sich zusammen und Funken stoben hoch. *Vierhundertund-*

neunundsiebzig. Sharon regte sich nicht; sie hatte es nicht gehört. *Fünfhundert*. Muriel stellte die Füße ein Stückchen auseinander auf den Teppich, vergewisserte sich, dass sie nicht über den Läufer stolpern konnte, und stand langsam, langsam auf. Ein Knie knackte beim Durchbiegen. Keine Bewegung. Keine Bewegung. Muriel machte winzige Schritte. Bitte, Gott, lass Pericles nicht aufstehen und hereinkommen. Winzige Schritte. Nicht atmen, nicht atmen. Gleich war sie an der Tür. Lauf wie der Wind, sobald die Tür offen ist. Hausschuhe machen keinen Lärm. Noch ein Schritt. Sie drehte sich um, wollte sich vergewissern, ob Sharon noch schlief, und stieß mit ihr zusammen, Nase gegen Nase. Muriel schrie.

»Hast geglaubt, du kannst abhauen, was, Moo?« Sharon packte Muriel brutal an den Haaren. Muriel musste den Rest der Nacht mit dem Morgenrockgürtel an Sharons Handgelenk gefesselt verbringen. »Eine Bewegung, und ich merke es. Bloß eine klitzekleine Bewegung, und Pericles muss dran glauben.«

»Du musst mit mir ins Badezimmer kommen. Ich will ein Bad nehmen. Ich habe mich seit zwei Tagen nicht gewaschen.«

»Na gut. Heißes Wasser ist reichlich vorhanden. Ich setze mich vor die Badezimmertür.«

»Nein, du kommst mit rein.«

»Aber Sie nehmen ein Bad.«

»Na und? Hast du noch nie 'ne Frau gesehen, wie Gott sie geschaffen hat? Mit mir erlebst du jeden Tag was Neues.«

Muriel musste ihr das Bad einlaufen lassen.

»Kein Schaum? Ich mag Schaumbäder.«

»Kein Schaum, nur Öl.«

Sharon warf ihre Sachen auf den Boden und stellte sich vor den Spiegel.

»Pfui Teufel, ich brauch' wirklich ein Bad. Du machst die

Augen zu, stimmt's? Du blöde alte Kuh. Moo, das ist der richtige Name für dich. Muuuh. *Muuuuh.*«

Muriel machte die Augen auf und wünschte sich, sie hätte einen Körper wie Sharon. Es war ein Jammer, dass Sharon solchen Missbrauch damit getrieben hatte.

Nach dem Bad wurde Muriel ins Schlafzimmer gescheucht und gezwungen, frische Unterwäsche, Rock, Bluse und Strickjacke aus dem Schrank zu nehmen. Als Sharon angezogen war, stellte sie sich vor Muriels Spiegel und lachte.

»O Gott, was für ein Anblick. Das sieht an dir schon scheußlich aus, aber an mir ist es die reine Katastrophe. Wird höchste Zeit, dass Ralphie dir Klamotten mit ein bisschen Stil kauft. Das fehlt dir – Stil. Jetzt gehen wir nach unten und du machst mir wieder was zu essen.«

Sie waren auf halber Höhe der Wendeltreppe, als an der Haustür geklopft wurde.

Die Messerspitze piekste Muriel in den Rücken.

»Vielleicht gehen die wieder. Rühr dich nicht vom Fleck.«

»Ich muss aufmachen. Vermutlich bringt der Postbote ein Paket. Ich warte auf eins.«

Sharon flüsterte: »Dann mach auf, aber ich bleibe direkt hinter dir. Wo ist Pericles?«

»Eingesperrt in der Küche.«

Sie gingen zur Haustür wie zwei Pferdehälften in einer Pantomime.

Sharon versteckte sich hinter der Tür und Muriel machte sie einen Spalt weit auf. Gott sei Dank, es war Ralph.

»Guten Morgen, Moo. Eben wollte ich dich im Tearoom besuchen und einen Kaffee trinken, aber Jimbo hat gesagt, du bist krank. Kann ich dir etwas besorgen?«

»Nein, nichts ... vielen Dank.«

»Soll ich reinkommen und dir einen Kamillentee kochen?«

»Nein, danke. Ich komme schon zurecht. Ralphie, du hast mich doch gefragt, ob ich morgen Abend mit dir ins Theater gehe, um *Das Geduldsspiel* zu sehen? Ich komme gern mit. Das ist ein Thriller, nicht wahr?« Ihr gelang ein Zwinkern.

Ralph sah verwirrt aus, zögerte und sagte dann: »Abgemacht, ich versuche, Karten zu bekommen. Ich sage dir morgen Bescheid. Hoffentlich fühlst du dich bald besser.« Er sah ihr direkt ins Gesicht, winkte und ging den Pfad entlang weg.

Die Messerspitze stieß leicht gegen Muriels Nierengegend.

»Was sollte denn das?«

»Ich musste ihm Bescheid sagen. Er hat mich darum gebeten und wir wollen doch nicht, dass er wiederkommt und fragt, ob ich mitgehe, oder?«

»Nein.«

Ralph war sehr verwirrt von Muriels Vorschlag. Er hatte sie nicht gefragt, ob sie mit ihm ins Theater gehen wolle. Worüber in aller Welt redete sie?

Er schaute noch einmal bei Jimbo vorbei und erzählte ihm, was Muriel gesagt hatte.

Sie sahen in der Zeitung nach und fanden keinen Hinweis auf eine Vorstellung des Stücks in der Gegend.

»Sie hat gezwinkert, wissen Sie. Sie hat es nicht ernst gemeint.«

»Muriel war vor ein paar Monaten ziemlich krank. Hoffentlich ist das kein Rückfall.«

»Sie war nicht angezogen, was Muriel gar nicht ähnlich sieht, oder? – nicht einmal dann, wenn es ihr nicht gut geht. Ich weiß, es hört sich verrückt an, aber ich hatte das Gefühl, dass Muriel belauscht wird.«

Das Rätsel blieb ungelöst und Ralph machte sich auf die

Suche nach Peter. Er hatte beschlossen, für den Kirchengemeinderat zu kandidieren. Es war an der Zeit, dass er sich an der Gemeindearbeit beteiligte. Er schlenderte den Weg zur Kirche entlang, in der Hoffnung, der Pfarrer sei in der Nähe, und als er ihn nirgends sah, machte er einen Rundgang und sah sich die Grabsteine an. Beim Versuch, eine uralte Inschrift in der Nähe der Friedhofsmauer zu entziffern, merkte er, wie günstig der Ausblick auf Muriels Haus von der Mauer aus war. Er schaute sich um, vergewisserte sich, dass er nicht beobachtet wurde, und ging an der Mauer entlang auf der Suche nach der besten Stelle für einen Blick in die Fenster auf der Rückseite von Muriels Haus. Er stützte sich auf einen alten Grabstein und schaute über die Mauer.

Er stand dort erst ein paar Minuten, als er Muriel sah, immer noch im Morgenrock, offensichtlich mit der Zubereitung von Essen beschäftigt. Dann bestätigte sich sein Verdacht: in der Küche war noch jemand, und dieser Jemand trug Muriels Sachen. Eine so penible Frau verlieh ihre Kleidung bestimmt nicht freiwillig. Die zweite Person kam einen Moment lang in die Nähe des Hinterfensters. Gebleichtes Haar... Wo hatte er das schon einmal gesehen? Wo in aller Welt war das gewesen? Es war die Tochter der Wirtsleute vom Royal Oak, Sharon Dingsbums. Plötzlich war Ralph völlig klar, warum sich Muriel so merkwürdig verhalten hatte. Sharon versteckte sich in ihrem Haus und Muriel hatte große Angst. Ralph war schrecklich kalt und er fürchtete sich. *Das Geduldsspiel.* Natürlich, das war es, was Muriel durchmachte. Ein Geduldsspiel.

Als der Sergeant Ralphs Geschichte hörte, drehte sich ihm der Magen um. Er musste versuchen, einen gelassenen Eindruck zu machen, aber das hier überstieg ganz eindeutig seine Fähigkeiten. Das war etwas für die Londoner Polizei, ja, aber nicht für die Dorfpolizei von Turnham Malpas.

»Ich muss mich mit meinem Inspector in Verbindung setzen, Sir Ralph. Nehmen Sie doch Platz, während ich ihn anrufe.«

»Was auch immer Sie tun, Sie dürfen nicht zulassen, dass die Polizei hier ein Spektakel veranstaltet. Diese junge Frau ist gefährlich. Ich habe Muriel schon einmal vor ihr gewarnt.«

Sharon saß am Kaminfeuer und aß Rührei auf Toast mit zwei Speckstreifen und weißen Bohnen in Tomatensoße. Zum Nachtisch gab es Tee und Lebkuchen.

»So lasse ich mir's gefallen, Moo. Sobald es dunkel wird, haue ich ab. Die Rumsitzerei hier führt zu nichts. Ich muss weg. Schade, dass du kein Auto hast, sonst könntest du mich im Dunkeln wegbringen. Wenn ich es verlange, musst du mir alles Geld geben, was du im Haus hast.«

Muriel versuchte, ihr Essen hinunterzubringen, aber es blieb ihr im Hals stecken. Wenn es nur schon dunkel geworden wäre, aber bis zum Sonnenuntergang waren es noch drei Stunden. Konnte sie bis dahin die Nerven behalten? Oh, Ralph, bitte, versteh, was ich dir sagen wollte, bitte. *Bitte.*

»Ich zieh' einen Mantel von dir an und einen Schal und nehm' den Fünfuhrbus nach Culworth. Richtung Culworth ist der immer leer.«

»Ich muss Pericles rauslassen, sonst macht er eine Pfütze auf den Fußboden.«

»Ich komme mit, wenn du die Tür aufmachst. Ich will nicht, dass du wegrennst.«

Sie griff nach dem Messer, packte Muriel hinten am Morgenrock und zerrte sie in die Küche. Pericles stürzte zur Tür hinaus. Muriel stand vor Sharon, die ihr das Messer an die Rippen hielt, und beide beobachteten den Hund im Garten. Einen kurzen Moment lang war Muriel, als sähe sie einen Kopf, der sich hinter der Mauer bewegte. Sie warf Sharon einen Blick zu, aber Sharon stand ein Stück hinter ihr und hatte eine andere Perspektive als Muriel.

In Muriels Herzen züngelte ein Flämmchen Hoffnung. Pericles kam wieder herein.

»So, Sharon, spülen wir jetzt das Geschirr?«

»Mach du das, ich schau dabei zu.«

Sprechen Sie mit den Geiselnehmern, bauen Sie eine Beziehung zu ihnen auf. Seien Sie freundlich, teilnahmsvoll. Wo hatte sie das gelesen?

»Leider habe ich nicht viel Geld im Haus, meine Liebe, aber es reicht für den Bus und was zu essen. Soll ich Ihnen ein Essenspaket mitgeben?«

»Was soll denn das – willst du mich kirre machen? Mich kriegst du nicht so weit, dass ich mich stelle, weißt du. Könnt's nicht ertragen, eingesperrt zu werden. Da bin ich allergisch dagegen, weißt du. Ich brauch' meine Freiheit, so bin ich nun mal. Ja, mach mir ein Essenspaket. Tu Lebkuchen rein und ein schönes Sandwich mit Marmelade.«

Sharon setzte sich auf einen Hocker und schaute Muriel beim Abwaschen zu. Ihre Nähe war in der kleinen Küche kaum zu ertragen. Muriel hatte schon unter normalen Bedingungen nicht gern Leute im Haus, aber das hier schnürte ihr die Luft ab. Am Nachmittag sahen sie fern und tranken eine Tasse Tee. Bevor es dunkel wurde, machte Muriel das Essenspaket zurecht, holte Sharon einen Mantel und einen großen Schal für ihr Haar.

»Wenn Sie sich nicht beeilen, Sharon, verpassen Sie den Fünfuhrbus.«

»Stimmt. Ich steig' über die Mauer, geh' hinter der Kirche über den Friedhof und wart' hinter der Mauer auf den Bus, dann sieht mich niemand.« Sharon steckte das Messer in die Plastiktüte mit ihrem Essenspaket.

»Sharon, lassen Sie das Messer hier. Sie brauchen es nicht.«

»O doch, ich brauch's. Die Welt da draußen ist groß und böse.«

Muriel machte die Hintertür auf und sagte: »Viel Glück, Sharon.« Die junge Frau warf das gebleichte Haar zurück, lief ohne ein weiteres Wort in den Garten und Richtung Mauer.

Ein entsetzlicher Schrei zerriss den Abendhimmel, als Sharon über die Mauer verschwand, und machte Muriels Selbstbeherrschung zunichte. Sie brach bewusstlos zusammen.

22. Kapitel

Ralph glaubte, sein Herz werde vor Angst bersten. Bestimmt, bestimmt war sie nicht tot? Nicht jetzt, da sie nach so vielen Jahren im Begriff waren, ein gemeinsames Glück zu finden.

Er drehte sie sanft um, auf das Schlimmste gefasst. Sie war bleich wie ein Gespenst und atmete kaum, war aber offenbar überhaupt nicht verletzt. Er brauchte ein Telefon. »Ich lasse dir sofort ein Telefon legen, Muriel«, flüsterte er.

Ein Constable folgte ihm ins Haus. »Ist mit ihr alles in Ordnung?«, wollte Ralph wissen.

»Ich glaube schon, Sir – bloß vor Schreck in Ohnmacht gefallen. Aber untersucht werden muss sie trotzdem. Ich rufe noch einen Notarztwagen.« Während der Constable das über Funk erledigte, deckte Ralph Muriel mit seinem Mantel zu, rieb mit seinen warmen Händen sanft die ihren, sagte immer wieder ihren Namen, im verzweifelten Bemühen, sie zu sich zu bringen.

»Was ist mit Sharon?«

»Sie ist leider tot, Sir. Das Messer hat sie durchbohrt, als sie gestürzt ist, und das Blut ist nur so herausgeschossen. Sie war fast sofort tot. Wir konnten nichts tun, um sie zu retten.«

»Das arme Mädchen. Was für ein Ende. Wissen ihre Eltern es schon?«

»Jemand ist hingegangen und sagt es ihnen.«

Als Muriel zu sich kam, lag sie gut zugedeckt in einem Bett, und Ralph saß daneben und hielt ihre Hand. Caroline war auch da und beide seufzten vor Erleichterung auf, als sie den Mund aufmachte.

»Sharon – ich habe sie schreien gehört. Ist mit ihr alles in Ordnung? Das arme Mädchen.«

»Mach dir jetzt keine Sorgen um sie, Muriel. Seien wir dankbar dafür, dass du okay bist.«

»Sie ist tot, stimmt's? *Stimmt's nicht?*«

»Doch, leider ja. Sie hat gesehen, dass die Polizei auf sie wartet, und hat sich so erschreckt, dass sie ausgerutscht und auf ein Messer gefallen ist, das sie bei sich hatte. Sie war fast sofort tot.«

»Kann ich bitte einen Schluck Wasser haben, Ralph? Ich bin so schrecklich durstig.« Caroline nahm ihren Kopf, während Ralph ihr das Glas hielt. Sie trank ein paar Schlucke und legte sich dann wieder zurück.

»Du hast also verstanden, was ich mit dem *Geduldsspiel* gemeint habe.«

»Ich habe eine Weile gebraucht, aber schließlich habe ich es verstanden. Du warst sehr tapfer, Muriel ...«

»Du hast mich Muriel genannt. Du scheinst erwachsen zu werden.« Sie lächelte.

»Und du hast mich Ralph genannt.«

»Stimmt.«

»Die Polizei muss mir dir sprechen, wenn du dich besser fühlst.«

»Sharon hat Mrs. Palmer in den Selbstmord getrieben und dann hat sie Toria Clark umgebracht. Und es war Sharon, die den Brand in Nummer drei gelegt hat. Vielleicht ist es gut, dass sie tot ist, sie konnte den Gedanken nicht ertragen, dass sie eingesperrt wird. Eigentlich war sie nur ein kleines Mädchen. Sie hat schrecklich viel Liebe gebraucht und nie das

Gefühl gehabt, sie zu bekommen. Ich hatte solches Mitleid mit ihr, als sie gegangen ist.«

Caroline sagte sanft: »Das liegt daran, dass Sie so ein gutes Herz haben, stimmt's, Ralph? Harriet ist am Boden zerstört, weil sie nicht Lunte gerochen hat.«

»Sie konnte nichts dafür. Sharon hat gesagt, ich war eine gute Schauspielerin. Es war nicht Harriets Schuld.«

Eine Schwester kam geschäftig herein. »Nachricht für Dr. Harris. Ah, da sind Sie ja. Sie werden so schnell wie möglich auf der Entbindungsstation gebraucht, Doctor.«

»So? Gut, ich komme. Bye, Muriel. Ich überlasse es Ralph, sich um Sie zu kümmern. Vielleicht darf ich morgen mal kurz nach Ihnen schauen, falls Sie noch hier sind?«

»Selbstverständlich, Caroline. Danke, dass Sie gekommen sind.«

Caroline kam in die Entbindungsstation und fragte sich verwirrt, warum sie hier gebraucht werde.

»Guten Abend, Oberschwester. Sie haben nach mir geschickt?«

»Ja. Mrs. Suzy Meadows aus Turnham Malpas hat darauf bestanden, dass wir Sie über ihre Einlieferung informieren. Sie sagt, Sie sind eine Freundin von ihr.«

»Das stimmt. Ah, sind die Zwillinge unterwegs? Geht es in Ordnung, wenn ich dabei bin? Suzys Mann ist gestorben und sie hat mich gebeten, ihr beizustehen, rein freundschaftlich.«

»Natürlich, rein freundschaftlich. Ich weiß es zu schätzen, dass Sie mich um Erlaubnis bitten.«

Suzy lag bleich und ängstlich im Bett.

»Oh, Caroline, Sie sind gekommen – ich bin so froh. Was hat das alles zu bedeuten mit Muriel und Sharon McDonald? Ich habe am Nachmittag gesehen, dass die Polizei da ist, aber ich war nicht in der Lage, nachzusehen, was los ist, und dann ist Mutter gekommen und ich bin gleich danach eingeliefert worden.«

»Im Augenblick besteht für Sie kein Grund, sich Sorgen zu machen, aber Muriel ist gut aufgehoben, und um Sharon kümmert sich die Polizei. Das hier kommt früher als erwartet, ja?«

»Ja, aber ich bin froh, ich hätte es nicht viel länger ausgehalten. Ich will die Kinder überhaupt nicht sehen. Ich mache die Augen zu und erlauben Sie denen nicht, mir die Kinder zu geben. Sie nehmen sie. Versprechen Sie mir das, versprechen Sie es?«

»Suzy, falls Sie die Kinder behalten möchten, wenn es so weit ist, hätte ich volles Verständnis dafür.«

»Ich will sie nicht behalten. O bitte, Sie dürfen nicht zulassen, dass ich schwach werde. Ich darf nicht schwach werden. Ich will sie nicht, aber ich habe nicht die Kraft, sie zu sehen, sie in den Armen zu halten und dann nicht zu wollen. Sagen Sie das bitte der Oberschwester. Sagen Sie ihr, dass Sie sich um die Kinder kümmern werden, nicht ich.«

Suzy machte die Augen zu und atmete regelmäßig. Sie zog einen imaginären Schutzwall um sich und konzentrierte sich darauf, die Geburt hinter sich zu bringen. Caroline kam sich ausgeschlossen vor. Sie machte sich auf die Suche nach der Oberschwester.

»Das alles ist ganz außergewöhnlich.« Die Frau runzelte die Stirn. »Aber natürlich steht in keinem Gesetz geschrieben, dass eine Mutter ihre Kinder lieben und wollen muss. Wenn sie die Kinder zur Adoption freigeben will, dann verstehe ich durchaus, dass sie die Babys nicht sehen will; sie ist im Moment zu verletzlich, als dass sie emotional stark sein könnte. Aber es ist besser für die Kinder, wenn sie sofort eine Bezugsperson haben. So arbeite ich am liebsten. Wissen Sie, nicht nur die Mütter haben Rechte. Babys sind keine Pakete.«

»Die Bezugsperson bin ich. Suzy will, dass mein Mann und ich die Zwillinge adoptieren, und hat sich innerlich darauf eingestellt.«

»Aha, Sie und der Pfarrer. Im höchsten Maß geeignete Eltern, das muss ich schon sagen. Was hält Ihr Mann davon?«

»Er ist begeistert. Wir können keine eigenen Kinder bekommen, wissen Sie.«

»Bevor die Kinder aus dem Krankenhaus entlassen werden können, müssen gesetzliche Regelungen getroffen werden. Ich kann die Babys nicht so mir nichts, dir nichts irgendjemandem mitgeben.«

»Natürlich nicht.«

Peter klang besorgt, als er sich am Telefon meldete.

»Mein Schatz, wo bist du?«

»Entschuldige, Peter, ich habe das mit Muriel und Sharon gehört und bin gleich losgefahren, um mich zu vergewissern, dass Muriel okay ist, falls also jemand nach ihr fragen sollte, kannst du sagen, sie ist bei Bewusstsein und bis auf den Schock völlig unversehrt. Aber Suzy ist mit Wehen eingeliefert worden, und sie möchte, dass ich hier bleibe, bis die Zwillinge geboren sind. Liebling, ich habe furchtbare Angst.«

»O Gott, also ist es so weit. Soll ich ins Krankenhaus kommen?«

Eine Pause entstand und dann sagte Caroline: »Ich glaube nicht, meinst du nicht auch? Es wäre irgendwie nicht richtig. Hör mal, ich rufe wieder an, sobald es etwas Neues gibt. Liebst du mich?«

»Das weißt du doch. Pass gut auf dich auf, mein Liebling, und halte deine Gefühle im Zaum. Ein Risiko ist immer dabei, das weißt du ja. Ich möchte nicht, dass dir das Herz bricht.«

»Ich weiß, ich weiß. Ich gebe mir die größte Mühe, vernünftig zu sein. Ich verlasse das Krankenhaus nicht, ohne dich anzurufen, also nimm das Telefon mit ans Bett, ja?«

Peter ging in die Kirche. Es war gegen acht. Er stand in der Dunkelheit vor dem Altar. Seine hohe Gestalt, gekrönt von dem dichten, bronzefarbenen Haar, war ganz reglos. In der Finsternis machte ihn die schwarze Soutane fast unsichtbar, so als hätte er nur einen Kopf. Innerlich war er aufgewühlt. Vielleicht noch heute, jedenfalls im Verlauf der nächsten Stunden, würden seine Kinder gesund und sicher zur Welt kommen, worum er Gott bat. Er wagte nicht, sich Caroline gegenüber anmerken zu lassen, wie viel ihm das bedeutete. In diesen ganzen Wochen hatte er versucht, den Außenstehenden zu spielen, den Warner und Mahner, den distanzierten Zuschauer, obwohl ihn ständig diese neuen, starken Gefühle überfielen. Seine primitiven Instinkte, sein Inneres reagierte mit Stolz darauf, dass er Kinder gezeugt hatte, dass seine Ahnenreihe sich fortsetzte. Er begriff jetzt, was mit den Worten »mein eigen Fleisch und Blut« gemeint war. Das eigene Geschöpf in den Armen zu halten, musste ein unglaubliches Erlebnis sein, und er war sich keineswegs sicher, dass er dem gewachsen war.

Er kniete nieder vor Gott und betete um die Vergebung seiner Sünde, um das Leben seiner Kinder und um das Leben ihrer Mutter. Er betete für seine liebste Caroline und dankte dafür, dass sie auf wunderbare Weise beschlossen hatte, seine Kinder in ihre Obhut zu nehmen. Dann stand er auf, neigte den Kopf und ging hinüber zur Orgel, wo er ein trauriges Stück von einem wenig bekannten Komponisten aus dem siebzehnten Jahrhundert anstimmte, das genau seiner Stimmung entsprach. Die Musik strömte aus seiner Seele und er schloss mit einer triumphalen Fuge von Bach.

Als der letzte Ton verklang, hörte Peter jemanden Beifall klatschen.

»Wunderbar, wunderbar. Sie hätten Musiker werden sollen, kein Geistlicher. Sie haben mit dem Herzen gespielt, Peter.«

Ralph trat ins Licht.

Peter, in einer seltsamen Verfassung und nicht in der richtigen Stimmung für Gesellschaft, schaltete die Orgel aus, schwang die Beine über die Orgelbank und ging auf Ralph zu.

»Mir war gar nicht bewusst, dass ich einen Zuhörer hatte«, sagte er ruhig. »Wie geht es Muriel?«

»Sehr gut, in Anbetracht der Umstände. Es war grauenhaft für sie. Es tut mir Leid, dass Sharon tot ist, aber mit dem Mädchen musste es ja ein schlimmes Ende nehmen. Waren Sie bei ihren Eltern?«

»Ja. Ich habe eine halbe Stunde bei ihnen verbracht. Betty ist verzweifelt, aber Mac ist einigermaßen gefasst. Wie schrecklich für Eltern, wenn sie mit so etwas konfrontiert werden.«

»Es ist einigermaßen unwahrscheinlich, dass wir das jemals herausfinden werden. Ich schon gar nicht. Bisschen zu alt dafür.«

»Da haben Sie Recht. Wie spät ist es?«

»Halb zehn.«

»Dann gehe ich lieber ins Pfarrhaus zurück. Ich erwarte einen Anruf.«

»Gute Nacht, Peter. Was führe ich doch für ein ereignisreiches Leben, seit ich hierher zurückgekommen bin. Ich habe geglaubt, dass es in Turnham Malpas friedlich zugeht. Sieht nicht danach aus.«

»Wie wahr. Gute Nacht, Ralph. Wissen Sie, Sie und Muriel könnten zusammen sehr glücklich werden.«

»Vielleicht. Warten wir's ab.«

Das Telefon klingelte um ein Uhr morgens.

»Hallo, Peter. Du bist Daddy geworden. Peter, bist du dran?«

»Ja, bin ich.«

»Sie sind beide gesund, ein bisschen klein, aber gesund.«

»Aha. Aha.«

»Peter, du klingst komisch.«

»Nein, überhaupt nicht. Sind es Mädchen oder Jungen?«

»Ideal für eine Familie – ein Junge und ein Mädchen.«

»Das ist wunderbar. Ist mit dir alles in Ordnung?«

»Ich bin im siebten Himmel.«

»Und … und Suzy?«

»Es geht ihr gut. Sie ist ganz durcheinander, aber immer noch fest davon überzeugt, dass sie die Kinder nicht will.«

»Aha. Das ist gut, oder? Kommst du jetzt nach Hause?«

»In etwa einer Stunde, wenn die Babys gewogen und gewaschen sind. Ich habe sie gleich nach der Geburt auf dem Arm gehalten. Sie sind wunderschön, einfach wunderschön. Du wirst staunen. Du könntest morgen kommen, ja?«

»Ich kann's nicht erwarten.«

Als er Alexander und Elizabeth in den Armen hielt, hatte Peter Tränen in den Augen. Seine beiden, seine eigenen Kinder. Er hatte geglaubt, er werde nie eine solche Freude empfinden, und jetzt war es doch geschehen. Er sah Caroline an und lächelte.

»Sind sie nicht schön, mein Liebling?«

»Und ob. Sie sind ein Segen.«

»Ja, allerdings. Gelobt sei Gott. Caroline, mein Schatz, ich danke dir aus tiefstem Herzen.«

»Ich bin ab jetzt nicht mehr dein einziger Schatz. Muriel kommt auf die Station, um sich die Kinder anzusehen, bevor sie nach Hause fährt. Ich kann es kaum erwarten, jemandem zu erzählen, dass es unsere Kinder sein werden.«

»Sie kommen mir winzig vor.«

»Sie wiegen auch pro Kind kaum vier Pfund, deshalb dürfen sie das Krankenhaus erst verlassen, wenn sie etwas gewachsen sind.«

Die Hebamme hatte Alexander gleich nach dem Durchtrennen der Nabelschnur Caroline gegeben. Das winzige Wesen lag schreiend und quäkend in ihren Armen und wedelte entrüstet über die Störung, die seine Geburt verursacht hatte, mit den schmächtigen Ärmchen. Sie hatte das Tuch weggezogen, in das Alexander gewickelt war, und die zehn kleinen Zehen gemustert, die winzigen Fingerchen bewundert, ihm das blutverklebte Haar gestreichelt, das aussah, als werde es bald dieselbe Farbe haben wie Peters, und bemerkt, wie lang der Junge war, mit zwei ziemlich großen Füßen, die zappelten, während er schrie. Sie musste lächeln. Was war von Peters Kind anderes zu erwarten gewesen als lange Beine, große Füße und rotblondes Haar? Es war unverkennbar, von wem Alexander abstammte. Sie legte ihn in ein Bettchen, drehte ihn behutsam auf die Seite und deckte ihn zu. Als die Hebamme ihr das zweite Kind gab, hielt Caroline ein hübsch geformtes, gefasstes kleines Mädchen in den Armen. Es hatte auf Carolines Armen gelegen und sich gestreckt, gelegentlich die Augen aufgemacht, war aber vor allem damit beschäftigt gewesen, am Daumen zu lutschen. Es hatte vollkommene Füßchen. Elizabeth – das war der richtige Name, entschied Caroline.

Die Oberschwester riss sie aus ihrer Träumerei. »Das haben Sie wunderbar gemacht, Suzy. Einfach hervorragend. Nichts von den Komplikationen, die wir befürchtet hatten. Sie waren eine Musterpatientin.«

»Ich möchte, dass die Kinder hinausgebracht werden, bitte. Sofort.«

»Selbstverständlich. Schwester, übernehmen Sie das, bitte. Dr. Harris? Sie auch – gehen Sie hinaus, bitte.«

Caroline ging zu Suzy hinüber, beugte sich über sie, küsste sie und sagte: »Ich danke Ihnen aus tiefstem Herzen. Gott segne Sie.«

Suzy nickte und stumme Tränen rollten ihr über die Wangen. Sie stieß gequälte Schluchzer aus, während sie versuchte, den Schmerz unter Kontrolle zu bringen, der in ihrer Brust aufstieg. Sie konnte nur denken: »Ich darf nicht schwach werden, ich darf nicht schwach werden.« Wenn sie sich so sicher war, dass sie diese Kinder nicht wollte, würde der Schmerz doch bestimmt nicht anhalten? Sie durfte nicht nach dem Geschlecht fragen. Durfte nicht fragen, wem sie ähnlich sahen. Sie musste damit umgehen wie mit einer Fehlgeburt, mit einer späten Fehlgeburt – das war das Rezept. So würde sie das Problem lösen. Sie würde vom Krankenhaus aus direkt zu ihrer Mutter fahren, dann war ausgeschlossen, dass sie die Kinder sah oder hörte. Sie würde nicht länger als vierundzwanzig Stunden in der Klinik bleiben. Mutter würde sich um den Umzug und den Verkauf des Hauses kümmern. Dann würde sie neu anfangen, fern von Erinnerungen an Patrick und Peter. Ein völlig neues Leben. O Gott, bitte, nimm mir den Schmerz.

Als Muriel auf die Station kam, um sich Alexander und Elizabeth anzuschauen, waren ihre Gefühle gemischt. Sie freute sich für Caroline und Peter. Litt mit Suzy. Empfand Vorfreude beim Gedanken, die beiden winzigen Babys zu sehen, und Angst davor, mit den noch so frischen Erinnerungen an die vergangenen achtundvierzig Stunden nach Hause zurückzukehren.

Als sie hereinkam, waren Peter und Caroline beide da. Sie begrüßten sie und dann ging Muriel zu den Bettchen hinüber. Der Schock, den sie bekam, als sie sich über Alexander beugte, überlagerte ihre eigenen Ängste, denn dort, eingewickelt in

Krankenhaustücher, lag ein exaktes Replikat von Peter. Liebevolle Eltern erzählen pausenlos, wie sehr ein Baby dem Vater oder der Mutter ähnelt, obwohl absolut niemand auch nur die geringste Ähnlichkeit feststellen kann. Aber hier gab es keinen Zweifel. Sie berührte die winzige geballte Faust und streichelte das helle Haar, während sie sich fasste.

»Oh, er ist wunderschön. So vollkommen.«

»Und das hier ist Elizabeth.«

Muriel beugte sich über das zweite Bettchen und sah ein winziges, engelhaftes Baby, das am Daumen lutschte. Der blonde Haarschopf und die Haut wie Pfirsich mit Sahne ergaben ein wunderschönes Bild und Muriel liebte das Kind von diesem Moment an. Hatte Caroline bemerkt, wie ähnlich Alexander Peter sah? Muriel hob den Blick von den beiden Bettchen und sah Caroline direkt ins Gesicht. Ihre Blicke trafen sich und Muriel begriff ohne ein Wort, dass sie richtig vermutete. Caroline senkte den Blick auf die Bettchen und sagte: »Ist es nicht ein Glück für uns, Muriel, dass uns diese beiden Kinder geschenkt worden sind? Auf einen Schlag sind wir eine vollständige Familie geworden.«

»Und ob das ein Glück ist. Ich gratuliere.« Muriel küsste Caroline und wandte sich dann Peter zu.

»Ich gratuliere, Peter. Diese beiden Kinder hätten sich keine besseren Eltern wünschen können.« Sie streckte sich und küsste ihn. »Wenn Sie nichts dagegen haben, möchte ich jetzt nach Hause. Wann immer Sie einen Babysitter brauchen, fragen Sie einfach mich. Es wäre mir eine Freude. Ich fühle mich einem Besuch bei Suzy noch nicht gewachsen, aber sie braucht sicher Beistand. Sie werden sie doch nicht vergessen, oder?«

»Nein, selbstverständlich nicht. Danke.« Caroline tätschelte ihr den Arm und brachte sie aus der Säuglingsstation hinaus.

Als sie fort war, standen Peter und Caroline Händchen haltend da und schauten auf ihre Kinder hinunter.

»Mr. Harris, ich glaube, Suzys Gemeindepfarrer sollte ihr einen Besuch abstatten. Das gehört sich so.«

Peter löste seine Hand aus Carolines und sagte: »Ja, natürlich. Kommst du mit?«

»Nein.«

Peter klopfte an der Tür zu Suzys Einzelzimmer. Sie war hierher verlegt worden, statt auf die allgemeine Station. Der besonderen Umstände wegen hatte die Oberschwester darauf bestanden.

»Herein.«

Ihm war zu Mute, als würden ihm die Eingeweide vor den eigenen Augen verbrannt; das hatte er auch verdient.

»Guten Morgen, Suzy. Darf ich hereinkommen?«

»Natürlich, Peter, such dir einen Stuhl. Falls du gekommen bist, um mir zu sagen, wie dankbar du bist, und dass du dich wie ein Mistkerl fühlst, und ob ich es wirklich so will, weil du und Caroline volles Verständnis dafür hättet, wenn ich es mir anders überlegen würde, dann spar dir die Mühe.«

»Dann lasse ich es.«

»Gut. Ich brauche kein Mitleid. Ich hatte vor, heute Abend hier weg zu sein, aber ich habe eine leichte Entzündung, und die Oberschwester weigert sich, mich zu entlassen. Nach Hause gehe ich sowieso nicht, ich fahre zu meiner Mutter – und ich will nie wieder etwas von Turnham Malpas hören. Das war von Anfang an eine Katastrophe für mich. Geht es Muriel gut?«

»Ja. Sie war eben bei – Sie ist heute Morgen aus dem Krankenhaus entlassen worden.«

»Die arme Muriel. Ich wüsste so gern, ob sie Ralph heiratet, aber darüber werde ich Spekulationen anstellen müssen, weil ich von dem ganzen Dorf nichts mehr wissen will.«

»Ich kann verstehen, dass du einen sauberen Schnitt machen möchtest. Wie geht es dir im Augenblick?«

»Besser, als unter den Umständen zu erwarten war. Nimm meine Hand. Keine Bange, ich werde schon nicht sentimental und weinerlich. Peter, ich werde Patricks Namen nicht in die Geburtsurkunde eintragen lassen – das wäre nicht richtig. Ich lasse deinen eintragen, schließlich bist du der Vater. Wenn die Kinder alt genug sind, wirst du ihnen die Wahrheit sagen, ja? Erzähl ihnen nichts Falsches. Kinder verkraften es nicht, von den Eltern angelogen zu werden, sie sehen darin einen Verrat. Gibst du mir deinen Segen und gehst dann?«

»Selbstverständlich.« Peter stand auf und senkte einen Moment lang den Kopf. »Lieber Vater im Himmel, segne deine kostbare Tochter, die am Scheideweg ihres Lebens steht. Nimm sie in deine liebende Obhut und behüte sie bei der Aufgabe, die sie sich selbst gestellt hat. Segne ihre kleinen Mädchen, Daisy, Pansy und Rose, sorge dafür, dass deine Tochter ihr Leben lang Freude an ihnen hat. Segne sie um ihrer Großherzigkeit willen, ihres Mutes und ihrer moralischen Kraft willen. Lass dein Angesicht über ihr leuchten und gib ihr deinen Frieden. Amen. Möge Gott dich segnen, Suzy.«

»Sorge du an meiner Stelle für sie, ja? Geh jetzt, solange ich die Augen noch zu habe.«

»Danke, Suzy, für dein gesegnetes Geschenk.«

Peter beugte sich über sie, küsste sie auf die Stirn und ging.

23. Kapitel

Die Neuigkeit, dass Suzys Zwillinge ins Pfarrhaus kämen, brachte das ganze Dorf in Wallung.

Pat Duckett erfreute Michael Palmer am ersten Morgen, an dem er wieder in die Schule kam, mit einem ihrer Monologe.

»Der Pfarrer und die Ärztin werden hell begeistert sein. Ist auch ganz in Ordnung so. So viele Kinder könnte Suzy Meadows ja gar nicht ernähren. Sehr vernünftig. Bloß komisch, dass sie nicht zurückkommt, um den Haushalt aufzulösen. Ist aber trotzdem verständlich, wo Mr. Meadows doch Selbstmord begangen hat und dann auch noch die Zwillinge geboren sind. Ich hab' gehört, dass die Zwillinge vielleicht zu Weihnachten nach Hause kommen. Da wird der Pfarrer an Weihnachten mächtig viel zu tun haben, schätz' ich mal. Ich denk' mir, dass er schon lange nicht mehr so viel um die Ohren gehabt hat. Ich mein' aber, dass Dr. Harris das schon deichseln wird. An Babysittern wird's bestimmt nicht fehlen. Alexander Peter und Elizabeth Caroline – das sind hübsche Namen. Offenbar sollen sie Alex und Beth gerufen werden. Altmodisch, aber hübsch. Sind Sie froh darüber, dass Sie wieder hier sind, Mr. Palmer?«

»Und ob ich das bin, Mrs. Duckett. Aber die Schule scheint ohne mich ganz gut ausgekommen zu sein.«

»Glauben Sie das ja nicht. Oh, es ist nichts schief gelaufen, es hat bloß was gefehlt, und das waren Sie. Diese Mrs. Hardaker, die ist nicht bloß dem Namen nach hart. Hat mich gründlich abgekanzelt wegen der Jungenklos. Ich hab' gesagt, wenn Sie den Geruch wegkriegen können, dann machen Sie es doch. Ich tu' mein Bestes, Mr. Palmer, aber der Geruch geht nicht weg. Ich schätz' mal, die Abflüsse sind nicht in Ordnung. Sollen wir das dem Schulamt melden?«

»Ich schau mir das mal an und bilde mir selber eine Meinung. Ist das nicht ein schöner Morgen, Mrs. Duckett? Fast Weihnachten, aber immer noch mild.«

»Muriel Hipkin ist wieder in ihr Haus gezogen, wissen Sie. Hätt' ich nie gedacht. Hab' gedacht, sie lebt in Saus und Braus bei Sir Ralph. Er hat sie eingeladen, aber sie hat ein Machtwort gesprochen und gesagt, das wär' nicht recht. Ich bitte Sie, in ihrem Alter. Ist ja zum Lachen. Ziemlich unwahrscheinlich, dass die beiden was miteinander haben, oder?«

»Das kann ich nicht beurteilen, Mrs. Duckett. Ich schau mal nach den Jungenklos, während Sie hier fertig machen. Die Kinder, die besten Menschen überhaupt, werden bald kommen.«

»Das mit den besten Menschen leuchtet mir nicht so ganz ein, die machen 'ne Menge Arbeit.«

»Kinder sind der einzige Grund dafür, dass diese Schule existiert. Denken Sie dran.«

Er machte sich pfeifend an die Arbeit. Das Leben kam ihm viel besser vor als seit Jahren. Ihm war eine schwere Last von den Schultern genommen worden. Traurig, dass nur Sharons Tod das ermöglicht hatte, aber das ließ sich nicht ändern.

Als er in der Mittagspause zu seinem Haus ging, lag ein Brief auf dem Schuhabstreifer. Er kannte die Schrift nicht, deshalb schaute er nach dem Öffnen als Erstes nach der Unterschrift. Marjorie Vickerman. Wer in aller Welt war das? Sein Blick wanderte zum Briefanfang zurück und er las:

Lieber Mr. Palmer, Sie werden sich fragen, wer Ihnen da schreibt, aber ich bin die Mutter von Suzy Meadows. Mir macht sehr zu schaffen, dass Suzy alle Verbindungen zum Dorf kappen will. Die Leute waren ihr gegenüber so außerordentlich freundlich und hilfsbereit, und das gilt vor allem für Sie. Sie hat so gern in der Schule mit Ihnen zusammengearbeitet, weil sie, was Ihnen sicher schon aufgefallen ist, die geborene Lehrerin ist. Jetzt wohnt sie bei mir auf unbestimmte Zeit. In Kürze wird sie sich um eine Stelle als Lehrerin bewerben. Ihre Adresse lautet mit Sicherheit noch ein Jahr lang: Little Orchards Lane, Beckhampton, Nr. GL 149PJ, Gloucester.

Ich kann mir nicht helfen – es macht mich sehr traurig, dass ich nie erfahren werde, was aus Suzys und Patricks Zwillingen wird, und ich wäre Ihnen überaus dankbar, wenn Sie mir von Zeit zu Zeit Bericht erstatten könnten. Ich bin eine liebevolle Großmutter, wissen Sie. Schreiben Sie NICHT an Suzy, schreiben Sie mir unter der oben angegebenen Adresse. Ich danke Ihnen vielmals für Ihre Freundlichkeit Suzy gegenüber. Mit besten Grüßen –

Sein Herz machte einen Sprung. Er war froh, dass er den Kontakt zu ihr nicht verloren hatte. Wenn sie die Kinder weggegeben hatte, musste sie völlig verzweifelt sein. Die arme Frau. Vor seinem geistigen Auge sah er ihr reizendes rundes Gesicht und ihr langes, silberblondes Haar. Sie war klein von Gestalt, hatte aber ein großes Herz und eine starke Persönlichkeit. Sie hatten etliche gute Gespräche geführt, als sie die Spielgruppe geleitet hatte. Echte Gespräche, nicht bloß Konversation.

Nach dem Mittagessen stürzte er sich in das Fußballtraining, als er Betty McDonald durch das Tor zum Schulhof kommen sah. O nein, nicht gerade jetzt, Betty.

»Guten Tag, Mrs. McDonald. Macht weiter, Jungs, ich komme wieder. Kommen Sie bitte mit ins Rektorat?«

Er lehnte sich an die Schreibtischkante und wartete darauf, dass Betty etwas sagte.

»Ich bin hier, um Ihnen zu sagen, dass unser Scott bald von der Schule abgehen wird. Wir ziehen um. Erst in etwa zwei Monaten, aber es muss sein. Unser Scott und Mac halten es hier nicht mehr aus, deshalb fangen wir anderswo neu an. Hab' gedacht, ich sag' Ihnen lieber Bescheid. Tut mir Leid, dass Sie so viele Scherereien hatten. Unsere Sharon war ein schlechtes Mädchen, ja, das war sie, und wir haben nichts dagegen unternommen. Aber das lässt sich nicht ändern, jetzt ist es zu spät. Danke, Mr. Palmer, für alles, was Sie getan haben.«

»Mrs. McDonald, ich habe nur getan, was jeder gute Lehrer hätte tun müssen. Ihr Scott ist ein sehr intelligenter Junge, wissen Sie, nur schade, dass er nicht fleißiger ist. Er könnte sogar studieren – ich weiß nicht, ob Ihnen das bewusst ist. Wenn Sie ihn ermutigen, schafft er das, glauben Sie mir. Danke, dass Sie mir Bescheid gesagt haben.«

Betty stand auf. Michael hielt ihr die Rektoratstür auf und sie ging hinaus. Er sah ihr nach, wie sie zwischen den Fußballern hindurch über den Schulhof ging. Sie sah aus, als hätte ihr jemand den Wind aus den Segeln genommen, wie seine Mutter gesagt hätte. Der Turm, den sie eine Frisur nannte, war nicht mehr so hoch, ihre Schultern hingen durch und sie hatte eindeutig abgenommen.

»Na, wo ist der Torwart? Pass mal auf, ich komme über den rechten Flügel. Ab geht die Post – es ist ein Tor!«

»Irre, Mr. Palmer, das war ja ein toller Schuss!«

Muriel lehnte an der Schulmauer und schaute den Jungen zu. Sie klatschte Beifall, als Michael das Tor schoss, und ging dann weiter, an der Methodistenkirche vorbei zum Turnham Beck.

Pericles flitzte herum, als ob er noch nie hier gewesen wäre. Er war jetzt zehn und immer noch voller Leben. Was war er doch für ein lieber kleiner Freund. Sie musste die Zeit im Auge behalten, Ralph wollte sie abholen zu Weihnachtseinkäufen in Culworth. Obwohl weder er noch sie viele Einkäufe zu erledigen hatten. Sie würde etwas für Suzys Zwillinge kaufen. Du meine Güte, sie durfte das nicht mehr denken. Für *Carolines* Zwillinge, und ein hübsches Geschenk für Peter und Caroline. Wie in aller Welt war es zu dieser sonderbaren Situation gekommen? Suzy und Peter, und Caroline stand dabei und wusste alles. Muriel war überzeugt, dass sie es wusste, obwohl Caroline nichts gesagt hatte. »Wenn ich es weiß«, sinnierte Muriel, »was ist dann mit allen anderen? Denen fällt es doch bestimmt auch auf?« Freilich, es waren schöne Kinder, und Caroline war ihr Herzenswunsch erfüllt worden. Was im Übrigen auch für Peter galt.

Pericles brauchte ein neues Körbchen. Was in aller Welt konnte sie Ralph schenken? Er hatte genug Geld, sich alles zu kaufen, was er sich wünschte. »Nur noch eine Stunde, dann ist er hier«, murmelte sie vor sich hin. »Ich kann's nicht erwarten. Er ist so lieb. So amüsant, so charmant, so gute Manieren. Wo wir auch sind, ich kann mich hinter seinem *savoir faire* verstecken. Er weiß genau, was zu tun ist. Aber ich wünschte mir wirklich, ich wäre besser angezogen. Es liegt nicht daran, dass ich keinen guten Geschmack hätte, es liegt daran, dass ich es mir nicht leisten kann.« Sie machte kehrt, nach Hause.

»Komm, Pericles. Hier entlang.« Aus dem Gebüsch kam Lady Bissetts Spitz gerannt. »Oh, hallo, PomPom, wo ist dein Herrchen? Das reicht, Pericles, führ dich nicht so albern auf. Beruhige dich, du bringst PomPom ja ganz durcheinander. Oh, hallo, Sir Ronald, ein schöner Tag, nicht wahr?«

»Allerdings. Planen Sie wieder eine Reise, Muriel?«

»Nein, warum?«

»Weil es zwischen Ihrem Pericles und unserer PomPom gleich gefunkt hat. Wenn Pericles nicht da ist, haben wir unsere liebe Not, PomPom überhaupt aus dem Körbchen zu kriegen, aber wenn sie zusammen sind, rennen sie den ganzen Tag lang herum.«

»Für die nächste Zeit habe ich keine Reise vor. Ich wusste es zu schätzen, dass Sie Pericles genommen haben, als ich in Rom war; ich war so erleichtert, dass er nicht ins Tierheim musste. Falls Sie und Lady Bissett verreisen wollen, bin ich jederzeit mit Freuden bereit, PomPom zu nehmen.«

»Vielen herzlichen Dank. Ich hoffe immer noch, dass Sie vielleicht in die Flitterwochen fahren.«

Muriel wurde rot. »Das glaube ich wirklich nicht. Wir sind schlicht und einfach alte Freunde – weiter nichts.«

»Wenn er Ihnen einen Antrag macht, sagen Sie ja. Was hat es für einen Sinn, das Leben nicht am Schopf zu packen? Wenn Sie jetzt zu zurückhaltend sind, könnten Sie es in den letzten Jahren Ihres Lebens bereuen. Lassen Sie Gelegenheiten nicht ungenützt verstreichen, denken Sie daran.«

Er zog seinen Tweedhut vor ihr, als sie sich trennten. Wie konnte dieser Mann es wagen, ihr Ratschläge zu geben!

Ralph kam auf die Minute pünktlich, erpicht auf den Aufbruch. Muriel zog ihren neuen Wintermantel an, na ja, er war drei Jahre alt, aber es war ihr neuester. Der Mercedes war auf Hochglanz poliert und Ralph sah besonders lebenssprühend aus. Sie fuhren nach Culworth und aßen vor den Einkäufen zeitig zu Mittag.

Ralph hatte sie vor der Abfahrt im Auto geküsst. Er küsste sie, als sie in dem mehrstöckigen Parkhaus hielten, und nahm sie fest am Arm, als sie die Straße überquerten. Muriels Herz überschlug sich. Sie fühlte sich äußerst merkwürdig.

Er hatte sich den Rest der Weinflasche eingeschenkt und sagte: »Muriel, ich habe dir etwas Besonderes zu sagen. Du brauchst mir jetzt nicht zu antworten, wenn du nicht willst, aber bitte, denk gründlich darüber nach.«

Sie wischte sich den Mund mit der Serviette ab und hörte aufmerksam zu.

»Ich möchte wissen, ob du mit mir eine Australienreise machen willst.«

»Australien?«

»Ja, aber nicht als Begleiterin wie in Rom. Als meine Frau.«

Muriel faltete die Hände im Schoß, damit sie nicht zitterten. »Ich ...«

»Antworte noch nicht, denk darüber nach. Ich habe verschiedene Freunde in Australien und sie haben vorgeschlagen, dass ich sie im Frühling besuche; und ich habe mir gedacht, es wäre schön, nein, einfach ideal, wenn ich ihnen sagen könnte, dass meine Frau mich begleitet. Ich will dich nicht drängen. Ich möchte, dass du gründlich darüber nachdenkst.«

»Ich verstehe.«

»Muriel, ich hoffe, ich habe nichts übereilt.«

»Nein, das hast du nicht, und es ist eine große Ehre für mich, dass du mich heiraten möchtest. Es ist nur so ...«

»Was ist?«

»Nach der Pensionierung habe ich beschlossen, dass ich völlig damit zufrieden bin, allein zu leben. Ich habe Mutter jahrelang gepflegt und bin Tag und Nacht von ihr herumkommandiert worden. Als ich mein eigenes Haus hatte, bedeutete das, dass ich tun und lassen kann, was ich will, und wann ich es will, dass ich mein Haus einrichten kann, wie es mir gefällt und nicht anderen. Ich weiß nicht, ob ich diese Freiheit aufgeben kann. Ich habe mein Leben gut eingerichtet und weiß nicht, ob ich es ändern will. Glaube nicht, ich hätte nicht schon darüber nachgedacht, wie es wäre, mit dir verheiratet zu sein, denn ich habe darüber nachgedacht.«

»Ich verstehe.« Ralph trank einen großen Schluck Wein und schaute danach in sein Glas.

»Ich genieße es so sehr, mit dir zusammen zu sein. Ich kann mir nicht vorstellen, wie es wäre, dich nicht zu sehen und nicht mit dir auszugehen, aber von mir aus hat es dabei sein Bewenden. Es tut mir sehr Leid. Es liegt nicht an dir, es liegt an der ganzen Vorstellung.«

»Du meinst, die ganze Vorstellung, richtig verheiratet zu sein?«

»Ja, ich glaube schon. Ach, du meine Güte, ich drücke mich gar nicht gut aus, stimmt's? Es tut mir so Leid.« Muriel griff nach ihrem Taschentuch und tupfte sich an den Augen herum.

Ralph schaute immer noch in sein Weinglas. Dann sah er auf.

»Ich habe gedacht, verstehst du, wir könnten es versuchen. Eine Ehe nur der Zweisamkeit halber ist überhaupt keine richtige Ehe, weißt du. Das ist schlicht und einfach ein Stück Papier. Das ist nichts für mich, Muriel – für mich gilt: alles oder nichts. Entschuldige, dass ich dich durch mein überstürztes Vorgehen in Verlegenheit gebracht habe. Wollen wir gehen?«

Auf der ganzen Rückfahrt nach Turnham Malpas saßen sie schweigend da. Muriel schaute starr aus dem Fenster, wünschte sich, sie könne sich überwinden, ja zu sagen. Aber in diesem Fall gab es keinen Kompromiss: Sie konnte sich nicht überwinden, auch nur daran zu denken, mit ihm zu schlafen. Ausgehen, hin und wieder ein Küsschen, zusammen verreisen, geselligkeitshalber, das war schön und gut, aber die letzte Konsequenz ... Nein. Nein. Nein! Das war die Wahrheit – es ging nicht darum, dass sie lieber allein lebte, das stimmte nicht, stimmte nicht mehr. Sie konnte den Gedanken nicht ertragen, »verheiratet« zu sein. Sie fragte sich, ob auf einer Liste wohl die Pros oder Kontras in Sachen Ehe überwogen hätten. Muriel warf einen Blick auf Ralphs Profil. Es sah gut aus, aber es war ausgeschlossen, dass sie jeden Morgen beim Aufwachen dieses Profil neben sich ertragen konnte. Allein die Vorstellung, in dasselbe Bett zu steigen! Ihr war ihr adrettes weißes Einzelbett lieber, in ihrem adretten und ordentlichen Zimmer in ihrem adretten und ordentlichen Cottage. Nein, sie hatte das Richtige getan. Es war nur fair, aufrichtig zu sein und sofort nein zu sagen.

Ralph parkte den Mercedes vor den Glebe Cottages. Er stieg aus und kam auf die andere Seite, um Muriel die Tür aufzuhalten. Sie stieg ebenfalls aus und ging voraus zu ihrer Haustür, rechnete damit, dass Ralph ihr wie üblich folge. Aber dem war nicht so.

»Kommst du nicht mit hinein, Ralph?«

Er stand auf halbem Weg zwischen dem Auto und der Haustür. Sie ging zurück und blieb neben ihm stehen.

»Gott, es ist so verfahren, Muriel. Nein danke, ich komme nicht mit hinein. Ich melde mich.« Er machte kehrt und ging direkt zum Auto zurück. Sie schaute ihm beim Wegfahren nach, erwartete, dass er wendete und zu seinem Haus in der Church Lane fuhr, aber das tat er nicht. Er fuhr Richtung Penny Fawcett. Was machte er da? Wusste er nicht mehr, wo er wohnte? Sie machte sich den ganzen Abend Sorgen um ihn und wünschte sich, sie wäre vernünftiger gewesen und hätte darauf bestanden, dass er ins Haus kam.

Als sie den Abendspaziergang mit Pericles machte, ging sie an Ralphs Haus vorbei. Es brannte kein Licht; folglich musste er entweder zeitig zu Bett gegangen oder noch nicht nach Hause gekommen sein.

Am folgenden Morgen fand sie im Briefkasten einen Brief von Ralph.

Liebe Muriel, nach deiner gestrigen Ablehnung bin ich zu dem Schluss gekommen, dass wir beide Abstand brauchen. Deshalb reise ich eine Zeitlang ins Ausland – mindestens für einen Monat. Danach sind meine Pläne vage. Vielleicht verbringe ich den Sommer in Australien, weil ich dort viele Freunde habe, die ich besuchen möchte. Das habe ich dir ja erzählt. Pass gut auf dich auf. Ralph.

Sie brach in Tränen aus. Heiße, brennende Tränen liefen ihr über die Augen und fielen in ihren Schoß. So ausgiebig hatte sie seit ihrer Kindheit nicht mehr geweint. Es war verfahren, wie Ralph gesagt hatte. Auf blöde, geradezu katastrophale Weise verfahren. Sie rannte ihre kleine Wendeltreppe hinauf und ins Bad, drehte den Kaltwasserhahn auf und benetzte ihr Gesicht immer wieder mit kaltem Wasser, bis ihre Hände und ihr Gesicht taub waren. Dann trocknete sie sich das Gesicht und den nassen Haaransatz ab. Sie kämmte sich heftig das Haar, ohne Rücksicht auf die Frisur, lief nach unten, schob Pericles beiseite und rannte die Church Road entlang zu Ralphs Haus. Es war verschlossen und verriegelt. Sie kam schon zu spät. Er war fort. Sie konnte ihm nicht einmal eine gute Reise wünschen oder ihm anbieten, seine Blumen zu gießen. Er würde zu Weihnachten nicht zu Hause sein, und aus ihrer hübschen kleinen Überraschung, ihn am ersten Feiertag zum Essen einzuladen, würde nichts werden.

24. Kapitel

Ein paar Tage später schaute Caroline in St. Thomas à Becket vorbei.

»Willie, sind Sie da?«

»Ja, Dr. Harris.«

»Ah, Willie, haben Sie meine Handschuhe schon gefunden?«

»Heute Morgen. Sie haben sie in der Sakristei liegen gelassen, als Sie auf den Pfarrer gewartet haben. Ich hole sie Ihnen.« Willies Mesnergewand bewegte sich rhythmisch, als er den Gang entlang in die Sakristei eilte.

»Hier, bitte, Dr. Harris. Wohl behalten.«

»Danke, das ist mein Lieblingspaar.«

»Was meinen Sie, haben Sie die Zwillinge zu Weihnachten schon bei sich?«

»Ich glaube, das wird jetzt doch erst nach Weihnachten der Fall sein. Sie nehmen nur langsam zu und im Krankenhaus wollen sie sicher sein, dass sie sich gut entwickeln, bevor ich sie nach Hause hole. Weil ich so unerfahren bin, bin ich einerseits ganz froh darüber, obwohl Peter sie liebend gern schon zu Weihnachten im Haus gehabt hätte, ganz gleich, wie viel sie wiegen.«

»Machen Sie sich nichts daraus, Sie werden noch ein ganzes Leben lang Freude an ihnen haben. Nächstes Jahr um diese

Zeit werden sie schon herumrennen und Ihnen den letzten Nerv rauben!«

»Allmächtiger, Willie, da haben Sie natürlich völlig Recht, das wird anstrengend!«

Als Caroline zur Tür ging, sah sie Muriel, die das Messing polierte.

»Hallo, Muriel. Bald ist Weihnachten. Haben Sie Ihre Weihnachtseinkäufe schon erledigt?«

»Ja.«

»Heute Nachmittag fahre ich ins Krankenhaus, setze mich zu den Zwillingen und gebe ihnen die Babynahrung. Der Gedanke, mich ganz allein um sie zu kümmern, macht mich richtig nervös. Trotzdem kann ich es nicht erwarten, sie nach Hause zu holen.«

Muriel schaute zu Caroline auf. »Sie haben das Leben am Schopf gepackt, nicht wahr?«

»Was meinen Sie damit?«

»Sie haben gewusst, dass die Zwillinge von Peter sind, und trotzdem haben Sie beschlossen, sie ihm zuliebe zu sich zu nehmen.«

Caroline sackte auf die Kirchenbank, die Muriel am nächsten war.

»Ich habe gemerkt, dass Sie es erraten haben, als Sie die Kinder im Krankenhaus gesehen haben. Ich liebe Peter mehr als mein Leben. Es war ziemlich qualvoll, bis ich mich mit dem, was passiert ist, abgefunden hatte, und als ich dann auf die Idee kam, die Zwillinge zu adoptieren, schien das alles wieder ins Lot zu bringen.«

»Dazu gehört Mut, und den habe ich nicht.«

»Was soll das heißen? Stimmt etwas nicht mit Ihnen?«

Muriel legte den Staublappen weg und setzte sich neben Caroline auf die Kirchenbank. »Haben Sie bemerkt, dass Ralph im Moment nicht zu Hause ist?«

»Nein. Wo ist er denn?«

»Ich weiß es nicht.« Muriel griff zu ihrem Taschentuch, putzte sich die Nase und holte tief Luft. »Wissen Sie, er hat mir einen Heiratsantrag gemacht, und ich habe nein gesagt. Ich habe nicht einmal gesagt, dass ich darüber nachdenken will. Unwiderruflich nein.«

»Ah, und jetzt wünschen Sie sich, Sie hätten ja gesagt?«

»Nein, das heißt, ich weiß es nicht! Er ist verreist und kommt erst nach Weihnachten wieder. Er hat mir einen Brief durch den Türschlitz geworfen. Ich bin zu seinem Haus gerannt, aber er war schon weg, und ich konnte mich nicht einmal von ihm verabschieden.«

»Ach, Muriel, er muss völlig durcheinander gewesen sein.«

»Das stimmt. Wissen Sie, ich habe mich darauf hinausgeredet, dass ich mit meinem Leben völlig zufrieden bin, so wie es ist. Jetzt, wo er fort ist, bin ich mir nicht mehr so sicher.«

»Ihr Problem liegt darin, richtig verheiratet zu sein, stimmt's?«

»Ehrlich gesagt, ja. Ich bin eine vierundsechzigjährige alte Jungfer. Es ist so ein Einbruch in die Privatsphäre, wenn man ein Haus teilt und ein ... ein Bett.«

»Ich bin mir sicher, dass ein so weit gereister Mann viel Erfahrung hat. Ich bin überzeugt davon, dass Ralph ein ungeheuer rücksichtsvoller Liebhaber wäre.«

»Liebhaber? Ach, du meine Güte. Du meine Güte.« Muriel griff wieder zum Taschentuch und putzte sich erneut die Nase, um ihre Verwirrung zu überspielen.

»Haben Sie das nicht gemeint?«

»Doch, ich glaube schon. Es ist ein großer Schritt in meinem Alter. Er ist nicht unerfahren – das hat er mir gesagt.«

»Na, sehen Sie – und Sie würden so ein aufregendes Leben führen, wenn Sie mit ihm verheiratet wären. Die vielen Auslandsreisen, das hübsche Haus, das er gekauft hat, und sein vieles Geld. Sie würden ein wunderbares Leben führen, so reich und ausgefüllt. Denken Sie gründlich über Ihre Entscheidung nach, Muriel. Das Leben kann im Alter sehr einsam sein.«

»Ohne ihn ist es jetzt schon einsam. Vielleicht macht er mir nie wieder einen Antrag.«

»Möglicherweise werden Sie da ein bisschen nachhelfen müssen.« Caroline stand auf, tätschelte Muriel die Hand, beugte sich über sie und küsste sie. »Kommen Sie am ersten Feiertag zum Essen. Es könnte auf Jahre hinaus mein letztes ruhiges Weihnachtsessen sein – dem Himmel sei Dank!«

Als Caroline ins Pfarrhaus zurückkam, ging Peter seine Liste für die Gestaltung der Christmette durch.

»Peter, ich habe das Gefühl, dass seit dem letzten Weihnachten tausend Jahre vergangen sind.«

»Seitdem ist viel passiert. Bist du glücklich, mein Schatz?«

»Und ob. Ich habe geglaubt, mein Beruf wird mir fehlen, aber er fehlt mir nicht. Ich kann es schlicht und einfach nicht erwarten, dass die Zwillinge nach Hause kommen.«

Peter streckte die Hand nach ihr aus und zog sie auf sein Knie. »Diese Christmette wird die beste, die sie im Dorf je erlebt haben. Ralph hat allen Ministranten neue Chorhemden gekauft, Sheila Bissett hat gewaltige Pläne für die Kirchendekoration, und Mrs. Peel übt wie verrückt für den großen Tag. Es steht besser um die Gemeinde, nicht wahr?«

»Ja, und das ist alles dir zu verdanken. Ich habe Muriel am ersten Feiertag zum Essen eingeladen. Ralph ist ins Blaue hinein verschwunden und kommt erst nach Weihnachten zurück und Muriel ist verstört, weil sie daran Schuld ist.«

»Wieso, was hat Muriel getan?«

»Seinen Heiratsantrag abgelehnt.«

»Du meine Güte, was ihr da alles entgeht.«

»Das habe ich auch zu ihr gesagt.«

Muriel machte sich für die Christmette in der Kirche fertig. Es hatte wegen dieses Gottesdienstes eine Menge heimliche Treffen gegeben und die Beteiligten hatten nur geheimnisvoll gelächelt, aber Muriel war so absorbiert von dem Dilemma mit Ralph und seinem Verschwinden, dass sie in ihrer Selbstversunkenheit nichts bemerkt hatte. Sie wusste allerdings, dass Peter die ganze Liturgie der Christmette umgekrempelt hatte, und sie freute sich darauf. Am letzten Heiligen Abend hatte sie eine der tristen Predigten von Mr. Furbank zu hören bekommen. Zugegeben, damals hatte sie seine Predigten nicht für uninspiriert gehalten, aber im Rückblick musste sie einräumen, dass sie es gewesen waren. Gütiger Himmel, wenn sie Mr. Furbank geheiratet hätte, was für ein trübseliges Leben hätte sie dann geführt, du lieber Schreck!

Sie nahm ihren neuen Mantel aus dem Schrank: ein warmes Weinrot mit einem dicken schwarzen Pelzkragen und einer passenden schwarzen Pelzmütze. Natürlich kein echter Pelz, dagegen hatte sie etwas. Ihre neuen Abendschuhe drückten ein bisschen, aber das würde bald besser werden, wenn sie die Schuhe ein paar Mal getragen hatte. Ihr ganzer Stolz war die schöne schwarze Lederhandtasche, die ihr Ralph aus London mitgebracht hatte. Sie hatte einen Schnappverschluss, viele Innenfächer und Reißverschlüsse und Muriel steckte ein sauberes Taschentuch und ihr Portemonnaie hinein. Sie zog ihre neuen schwarzen Lederhandschuhe an. Als sie in den Spiegel schaute, wünschte sie sich, Ralph hätte sie abgeholt; dann hätten sie zusammen zur Kirche gehen, nebeneinander sitzen und sich auf das Essen am ersten Feiertag freuen können. Sie hatte lange Tage und Nächte über ihre Entscheidung nachgedacht. Sie war einem Ja viel näher als bei seinem Antrag, aber jetzt hatte sie ihre Chance natürlich verpasst. Inzwischen musste sie zugeben, dass sie mit beiden Händen nach dieser Gelegenheit hätte greifen müssen. Vielleicht hatte dieser grässliche Ronald Bissett doch Recht. Sie merkte, dass sie etwa eine halbe Stunde zu früh fertig war. Sie würde es nie lernen! Sie setzte sich, um eine Weile in der Zeitung zu lesen.

Sie schaute auf die Uhr. Mutters Uhr. Was hätte Mutter bloß gesagt, wenn sie hier gewesen wäre? Sie hätte gesagt: »*Nein!* In deinem Alter, du dummes Ding? Und was ist mit mir? Was soll aus *mir* werden?«

Das wäre ein ausgezeichneter Grund gewesen, ja zu sagen.

Das Telefon unterbrach sie in ihren Gedanken. O nein, sie würde sich nie daran gewöhnen, sich am Telefon zu melden.

Ralph hatte darauf bestanden, dass sie Telefon hatte, aber sie kannte sowieso so gut wie niemand, der sie anrief. Wer in aller Welt konnte es um diese Zeit sein?

»Hallo, hier ist Turnham Malpas 2 32 35.«

»Muriel? Ich bin's, Ralph.«

»Ralph? Oh, Ralph, du hast mich gerade noch erreicht. Ich bin schon fertig für die Christmette. Wo bist du?«

»In Singapur.«

»In Singapur, was du nicht sagst. Wie geht es dir?«

»Nicht annähernd so gut, wie ich es mir wünschen würde. Wie geht es dir, meine Liebe?«

»Nicht annähernd so gut, wie ich es mir wünschen würde.«

»Aha. Was machst du morgen?«

»Ich bin bei Caroline und Peter zum Essen eingeladen. Und was machst du?«

»Ich werde gleich mein Weihnachtsfrühstück einnehmen.

Ich war letzte Nacht lange wach und habe an das Dorf gedacht und daran, was ihr alle macht. Ich hätte auf keinen Fall so plötzlich abreisen sollen.«

»Ich habe ein kleines Geschenk für dich, wenn du zurückkommst.«

»Danke, Muriel. Vielleicht komme ich früher als geplant nach Hause.«

»Das wäre schön, Ralph.«

»Wirklich?«

»Ja, wirklich. Es würde mich freuen, dich bald wieder zu sehen.«

»Gut, dann ist es abgemacht. Fröhliche Weihnachten, meine Liebe.«

»Dir auch, Ralph. Auf Wiedersehen.«

»Ich sage nicht auf Wiedersehen. Ich sage: auf bald. Schlaf gut, meine Liebe, und wünsche allen fröhliche Weihnachten von mir.«

Die Verbindung brach ab. Muriel griff nach ihrer Tasche und den Handschuhen, tätschelte Pericles den Kopf, schlug die Haustür hinter sich zu und eilte mit frohem Herzen zur Kirche.

Ihre Überraschung und ihr Entzücken kannten keine Grenzen. St. Thomas à Becket war verwandelt. In jedem Fenster brannten hohe, leuchtend rote Kerzen; unter jeder Kerze standen runde Gebinde aus Stechpalmen und Tannenzapfen. Jeder Stützpfeiler war oben mit einer Girlande aus Efeu und künstlichen Weihnachtssternen geschmückt und lange Efeuranken mit eingeflochtenen, glänzenden roten Schleifenbändern hingen herab. Den Altar erleuchteten rote Kerzen und davor standen zwei schöne Gestecke aus den Blüten, die Willie in den Treibhäusern des Herrenhauses bekommen hatte. Zu Füßen des Ambo prangte ein schönes Arrangement aus

Weihnachtssternen, Christrosen und Stechpalmen, mit roten Schleifen, die von der Spitze bis zum Boden reichten. Auf einer Seite stand eine schöne Krippe – keine kitschige, wie man sie in den Schaufenstern zu sehen bekam, sondern prächtig geschnitzte Tiere und zauberhaft bemalte Figuren von Maria und Joseph. Auch das Taufbecken war nicht vergessen worden: weiße Bänder und kleine weiße Chrysanthemen waren zu einem Kranz gewunden, in dessen Mitte eine hohe, dicke weiße Kerze brannte. Alle Lichter waren ausgeschaltet, so dass nur Kerzenlicht die Kirche beleuchtete. Mrs. Peel spielte ganz neue Stücke und legte Herz und Seele hinein, ganz anders als ihre übliche, eher mechanische Spielweise.

Harriet und Jimbo waren mit den drei Kindern da und Sir Ronald und Lady Bissett, sie in ihrem ziemlich auffälligen Leopardenmantel, er wie gewohnt in Tweed. Sogar Jimmy Glover war gekommen und er trug einen neuen Anzug. Was war bloß in alle gefahren? Wie wunderschön die Kirche war, und außerdem zum Bersten voll. Willie hatte zusätzliche Stühle aus dem Kindergottesdienstraum aufgestellt. Wann haben wir die zum letzten Mal gebraucht? dachte Muriel.

Die Orgel schwoll zu einem Crescendo an. Die Ministranten zogen durch den Mittelgang ein und alle sahen sehr zufrieden aus, denn sie trugen die neuen, leuchtend roten Gewänder und neue Chorhemden mit steifen weißen Rüschen um den Hals, die einen bunt gemischten Haufen in Engel verwandelten. Peters Lächeln, mit dem er seine Gemeinde bedachte, hatte etwas Triumphierendes. Alle sangen den Choral: »Fröhlich soll mein Herze springen.«

Muriel fing Carolines Blick auf und beide lächelten.